岳保强 著

高处不寒

中国书籍出版社
China Book Press

图书在版编目（CIP）数据

高处不寒 / 岳保强著 . —北京：中国书籍出版社，
2021.7
ISBN 978-7-5068-8560-7

Ⅰ.①高… Ⅱ.①岳… Ⅲ.①散文集－中国－当代
Ⅳ.①I267

中国版本图书馆CIP数据核字（2021）第124595号

高处不寒

岳保强　著

责任编辑	王星舒　牛　超
责任印制	孙马飞　马　芝
封面设计	中尚图
出版发行	中国书籍出版社
地　　址	北京市丰台区三路居路97号（邮编：100073）
电　　话	（010）52257143（总编室）（010）52257140（发行部）
电子邮箱	eo@chinabp.com.cn
经　　销	全国新华书店
印　　刷	天津中印联印务有限公司
开　　本	880毫米×1230毫米　1/32
字　　数	169千字
印　　张	8
版　　次	2021年7月第1版　2021年7月第1次印刷
书　　号	ISBN 978-7-5068-8560-7
定　　价	49.00元

版权所有　翻印必究

目录

阿里的天空

普兰的雪 | 001

日土的云 | 005

噶尔的风 | 011

札达的雨 | 016

阿里的山

世界屋脊的屋脊 | 021

燕尾山 | 027

多情圣女 | 032

冈仁波齐 | 039

阿里的河

  斑斓的孔雀河 | 046

  静静的狮泉河 | 051

  马泉河探源 | 055

  象泉河落日 | 060

阿里的湖

  班公湖的鸟 | 073

  鬼湖之媚 | 077

  圣湖之恋 | 081

  斯潘古尔湖的鱼 | 087

  扎日南木错行 | 094

阿里的路

  天路守护神 | 103

  前往什布奇 | 112

  无情的新藏线 | 124

  寻找西兰塔 | 135

阿里的绿

菜从何来 | 145

高原上的小草 | 149

那么高的地方有树吗 | 154

雪域温泉 | 160

阿里的牲灵

高原之舟 | 167

飘移的旋风 | 177

雪山下的精灵 | 183

雪域良驹 | 188

阿里人

不舍的歌者 | 195

多吉和他家的宝贝 | 202

他从陕北来 | 207

高原卫士 | 212

雪山"樵夫" | 216

阿里的梦

梦可以不在远方　|　223

失落的莲子　|　227

文明的泉眼　|　235

心可寄托的地方　|　244

► **阿里的天空**

普兰的雪

普兰,西藏阿里地区西南部的边境小县,位于中国、印度、尼泊尔三国交界处。县城宁静而悠闲。婀娜多姿的孔雀河从它脚下缓缓流过,冰冷的纳木那尼峰在它身边高高耸起,还有一座座叫不上名字的雪山深情地将它拥抱。或许正因如此,普兰才被称为"雪山围绕的地方"。

雪,是普兰不可或缺的景致,也是普兰再熟悉不过的朋友,没有谁比她更亲近这里的山山水水、一草一木。每年寒季来临,隔三岔五,雪就飘落人间,或大或小,或疏或密,或如鹅毛,或似拳头。有时她也撒娇,六七月份居然漫天飞舞,给人间增添惊喜,让人们措手不及。

普兰的雪很痴情。她总是那样不紧不慢,优哉游哉,不为争抢什么名分和功劳,也不急于表露心机,她只按自己的节律舞动。对于心仪的物什,她会尽情地、毫不保留地附身其上。

她本来自天际，距高原并不遥远，落在普兰这块土地是她最好的选择。这样她就不用东奔西走，忍受寂寞漫长的空中之旅。她对普兰情有独钟，这里是绝好的安乐窝，不用担心炽烈的阳光将她驱赶，也不用担心暖和的气温早早将她融化。

她潇洒地落在普兰王国遗址的废墟上，追问着数百年来发生在城墙堡寨里的故事。她对神圣的事物充满敬意，迫切地希望感悟出王朝更替的历史沧桑。或许，她是想知道久经风霜、摇摇欲坠的残垣断壁背后到底掩藏着什么秘密。

她舒缓地围绕着山头竖起的经幡打转，她要读懂这风马旗上的祝福，她要参透这佛经的内涵，她还要在红、蓝、白、黄、绿的片段上翻滚，帮它们除去尘埃，只留清白。

她虔诚地落在千年古刹科迦寺的佛塔上，不发出一点声响，不惊动任何生灵。她想把自己融入那梵音净土，想在来世的轮回中求得更高更远的幻化。

她默默地飘落在进藏先遣连战士曾经战斗过的堡垒和曾经驻扎的地窝子上。英勇的战士用鲜血和生命解放了普兰，解放了阿里，她用洁白的哈达祭奠英烈，追忆昨天。这血染的堡垒，不久也会化作雪山。

她轻轻覆盖在孔雀河的冰面上，抚慰这最可亲的姐妹，她们互诉衷肠，彼此倾听离别之后的浪漫与悲凉。

普兰的雪很安静，也很有心。她经常在夜深人静的时候悄无声息地来。即使白日临头，她也不会仓促地走开，照样落得轻盈，落得干净，落得沉稳。她不需要狂风来助威，她知道自己是上天派来的使者，她相信自己是有力量的,她不想毁掉什么。

人们尽可以做自己的事,她谁也不想打扰。如果你在围炉读书,她愿意给你带来意境;如果你与兄弟对饮,她愿意陪你到天明;如果你在伏案奋笔,她愿意化作你笔下的精灵;如果你劳累了一天,只想睡个好觉,她愿意赶走一切纷扰,给你一片安宁。

普兰的雪有时也很执着。一连下两三天,不管你出行是否方便,也不管你房子是否结实,更不管你的家里是否存有足够的水和粮食,她只管任性地下呀,下呀……

有一年冬天,我在普兰边防连队蹲点,就遇到了一场非常固执的大雪。

头天上午,天阴沉沉的,空中落下的是小粒粒雪,"吧嗒吧嗒"掉下来,时断时续,没有人在意她。第二天,雪越下越大,慢慢地变成鹅毛大雪,弥漫空际,半天工夫即达半尺。到了晚间,她更加肆无忌惮,如同拳头大的雪块从天上"噼里啪啦"砸了下来。

我有点担心,这样大的雪会不会影响连队的工作和生活,会不会封住我们出行巡逻的路线。战士们说,雪虽然大,但封路并不可怕,可以骑马巡逻。如果骑马都走不了,那么敌人也同样无法出动,边境当然不会有什么事。我又问战士,这么大的雪,连队的给养够吗?营房坚固吗?战士们笑着说,我们的储备足够吃到来年五月份,我们的营房早就经受了多年的考验。如果真是这样,那我就没有什么可担心的了。然而,令我没有想到的是,那场雪可是几十年不遇的暴雪。

晚上,快要熄灯就寝的时候,突然传来一阵急促的集合哨声。我走出房间，看到连队干部正在对全连官兵下达命令：全体出击。

他们这是要干什么？边境有情况？还是要去救灾？很快，我就明白了，他们是要保卫连队的温室大棚，那可是战士们的"菜篮子"啊！

高原地区，种植蔬菜非常不易。战士们经过多年努力，反复试验摸索，自建了两个温室大棚，又想了很多办法，换土、积肥、育苗，终于种出了新鲜蔬菜。即使在冬季，大棚里也能生出韭菜、菠菜、白菜等菜品。

前些年，由于缺少蔬菜，战士们常年吃罐头食品，或者是粉条、海带、木耳等干菜，很少能吃上新鲜蔬菜，土豆、白菜、萝卜就算是奢侈品了。营养不良加之缺氧，战士们嘴唇发乌、指甲凹陷。后来交通改善，山下的蔬菜可以运输一部分来，大棚里再种一些，吃菜的问题基本得到解决，战士们的身体状况也有所好转，指甲和嘴唇也没有那么可怕了。温室大棚对战士们来说，不仅仅是一块菜地，还是战士们的"天然氧吧"，更是休闲的后花园。因此每次下大雪，普兰的战士们就会提心吊胆，生怕温室大棚出问题。

那天晚上，真是差点出了问题。为了保护来之不易的大棚菜，我也参与到了抗雪的战斗中。

一排的战士小心翼翼地站在大棚顶上，用扫帚往下扫雪。二排的战士在大棚下面用铁锹往外翻。雪不停地下，战士们就不停地扫，不停地翻。一拨人干累了，再换一拨。战士们干得热火朝天，一个个满头大汗。起初只要把雪扔到大棚底下就行，后来雪越积越多，不得不动用小推车将雪运到别处。因为小推车只有两辆，人可以稍做休息，车子得不停地来回跑。炊事班的战士抬来热气腾腾的姜汤，战士们喝几口，顿时精神大振。

这场战斗一直持续到雪停，也就是天亮的时候。太阳出来了，奋战了整整一个晚上的战士们累得腰酸背痛。他们顾不上整理衣服、鞋袜，和衣倒在床上，鼾声从门缝里传了出来。

我自幼生长在北方，对雪有特殊的感情。然而，这些年故乡已经很少下雪了。在普兰，我又找到了儿时爱雪、玩雪的感觉。人在拥有某样东西的时候往往不在乎它，一旦失去，就会发觉它的珍贵，就像雪。

在普兰，尽管雪给人们的生活、工作带来麻烦，但我还是希望普兰的雪能保持她的特色和魅力。如果没有了雪，普兰还是普兰吗？

普兰的雪，年复一年地飘落，人与雪的故事，还在年复一年地流传。

日土的云

日土县地处西藏阿里西北部，北邻新疆和田地区，西与印控克什米尔接壤，是新疆进入西藏的北大门。县城距阿里地区首府狮泉河镇100多公里。

日土属高原湖盆区，喀喇昆仑山和冈底斯山横穿全境。因早期地质运动形成了众多集水洼地，山脉之间的断裂或为宽谷，或为串珠状湖盆，所以被称为"湖泊之围"。

日土的天很蓝很蓝，日土的云变幻多端。

正如红花需要绿叶陪衬，蓝天如果没有白云为它装点，也会显得空洞无趣。由于山高湖多，日土的云姿态万千，精彩纷呈。我常常站在山头或湖边凝视这梦幻般的云朵。看着它，有时让人的内心宁静，有时却令人更加烦乱，它似乎能左右人的感情。

我曾经徘徊于山川水草之间仰天长问，日土的云，你能否带上我去自由飞翔，领略高原无尽的美景？你能否把我的心事捎给远山，让那冰冷的雪峰感受我的温情？日土的云，你是如此干净纯洁，不染一丝杂色。你是无际天空中的舞者，你是高原上的天仙，你是人们心头的祥瑞，岂能这样默默无闻？你可知道，在高原人的心里，你是何等华贵？

日土的云，有时你像团团雪白的棉花，簇拥着、翻滚着、咆哮着，你有雷霆万钧之力，你有博大宽广之胸怀。你轻描淡写就可以飘过高高雪山，在它的头顶舞动，撩拨山峦的散发，让它敢怒不敢言。你随随便便就可以掠过无边无际的草原，追赶一群群牛羊，它们就是你在大地上留下的身影。你高兴时会在平静的湖面上翩翩起舞，与无数水鸟争夺天空。你把鸟儿裹挟，让它们追逐厮打，而你只是那无声无形的主宰。

美丽的云啊，你像一条白色的鲸鱼跃出水面，把那优美的身姿展现，还拖着长长的水花；有时又喷射出巨大的水柱，蓝天就是你挥洒自如的海洋。

潇洒的云啊，你像一个扫把，一头握在群山手中，另一头还拖在湖里，你是要蘸点湖水来清扫山头本来就不多的杂草，还是在等待着哈利·波特骑在你的身上，让他成为法力无边的天神？

多彩的云啊，你有时翻卷着挤在一起，像两头白狮互相打斗，谁也不让谁；有时又是淡淡的、薄薄的、轻飘飘的，就像地面上刚下了一层小雪，被人用扫把随便划拉几下，零乱而又不失飘逸。那是小孩子的涂鸦，还是大师的抽象画？

日土的云，有时你会在山涧游荡，一会儿飘过来，一会儿飘过去，像是被孙悟空驱赶着去搜寻丢失的天马。有时你在两座山之间架起一座云桥，似乎要给那对天地鸳鸯牛郎织女做成好事。每当看到这种情形，我就在想，那座山里一定住着神仙，王母娘娘可能正在举办蟠桃盛会，引得各路神仙纷至沓来，要不怎么会有那么多仙气？那时的你不是风，不是云，也不是雾，而是天地之间的神灵之光。

夏天的午后，是你最活跃的时候，一阵风吹来，你就按捺不住内心的狂放，变得激情四射，不受约束。你随处飘散，千变万化的造型令人目眩，那无比广阔的天空为你搭建了自由发挥的舞台，任由你去挥洒丰富的想象。

每一天，每一刻，你的装扮都不重样，总是技压群芳。

你是雄狮的长鬃，迎风凛凛，飘忽不定，却又不会散开。所到之处，你的豪情奔放，洒脱异常。你是白发魔女的霓裳，妩媚妖娆，跟着她的身段曼妙轻舞，伴着她的剑气四处飞扬。你是太白金星的美髯、拂尘,轻轻一缕,潇洒一挥,带来令人仰慕的仙风道骨。你是花果山水帘洞的瀑布,磅礴汹涌,猴群可以从你的幕帐中来回穿梭,不留下一点痕迹。你是天女散花,抛洒出一串串晶莹的梅朵,似珍珠,似项链,在空中种下一个个希望。你是航空博览会上飞行表演队释放出的白烟,婉转流连,凄美无限。你是大洋上郑和船队的长帆,随着波浪的起伏,迎着旭日招展……

日土的云啊,白色是你的主色调,可我知道你不会甘心只有这一种单调的颜色。假如要下雨或下雪,你就会变脸,阴沉、愁苦、紧皱着眉头,一副苦大仇深的样子,往日的活泼早已飞到九霄云外。你从山那边徐徐走来,拖着沉重的步伐,背负着艰难的使命,似有千斤重担压得你直不起腰。看来你是不喜欢这个样子,可是天公的命令你不能违抗,你只好收起笑容,带着无数天兵天将慢慢前行。

日土的云啊,此刻的你怎么变得如此灰暗?你还在留恋那美白的身躯吗?是你不忍心剥夺蓝天的深邃吧?!你的步履迟缓、凝重,你不像白云那么自由散漫,你的队伍总是整齐、团结,几乎不留一点空隙让阳光露脸。你走过的地方,必定光影暗淡,死气沉沉,随之而来的就是蒙蒙细雨或者纷繁雪花。

你一步一个脚印,步步为营,不管前面是艳阳高照,还是晴空万里,你的铁甲战车推进到哪里,哪里就是你的地盘。你给人的感觉是压抑,是负担,是无法言表的内心苦楚。

你来了,天要变了。牛羊急着回家,拥挤成一堆,牧人的鞭子挥得更响了。湖里的鱼儿欢蹦乱跳,它们急着吸取这存量不多的氧气。

你走向乡村，转经幡、转佛塔的人们开始往回家的路上走去，有的人整理院子里的物什，给房子里捡拾一些干柴火。你飘向城镇，街道上的行人神色匆匆，店铺也准备关门。你的势力越来越大，太阳对你也束手无策。终于，你像一顶帐篷把整个天空完全布满，地面上的生灵都处在你的笼罩之下，谁也摆脱不了你的统治。此后要发生的事，就全由你说了算。

灰色的你，喜欢灰色的时光。你要么趁着夜幕而来，要么赶在天亮之前抵达。在人们不知不觉中，你就占据了整个世界。那时，你的形象虽然不很美观，但你带来的雨水飞雪却给这干燥的土地以滋养，水草虫鱼都喜欢你，庄稼花木也欢迎你。你是阿里的朋友，也是日土的风景。

如果说你只有灰白两种色调，那也太小瞧你了。你最美丽的面容会在傍晚的时候展露，红霞是你热情的表演，也是你热烈的欢唱。我见过很多地方的落霞，只有在日土，你那红色的面纱最艳丽、最纯洁、最多变、最浪漫、最具视觉冲击力，简直无与伦比。

你舞动着红裙，说来就来，说走就走，没有什么征兆，留下很多遗憾。傍晚在户外散步的人，不时就会看到天边一片红彤彤，云蒸霞蔚，那是你要闪亮登场了。日土多山，你总是围绕在山头，那也是日落的方向。你的红袖一扬，那里就红透了半边天，你的秀发一甩，黑云也被你幻化成红色。

有时你与姐妹挤作一团，有点抱团取暖的意思；有时你拂袖离去，带着娇滴滴的嗔怒四处散开，各自去追寻自己的情郎；有时你挥舞着长袖,像是哪吒三太子的飞火轮,旋转着、辐射着,从一个山头滚到另一个山头;有时你腾空而起,呵斥群妖,像是掌握着红孩儿推来的小车,见到不听招呼的妖精,拍一拍鼻子,就喷射出一束束三昧真火,把整个山头烧得火红火红;有时的你飞起一脚,把自己那鲜红的鞋子甩了出去,就像电影里沾满鲜血的奇怪武器"血滴子",飞速前出,空中盘旋,然后再回到你的脚底。当然,最美丽的景致是你含情脉脉依偎在雪山顶上。雪白云红,辉映成趣,无比浪漫。

就像世间一切美好的事物一样,你的存在总是短暂的,令人留恋,让人感叹。你的胭脂扑面、红袖缠绵来得很快,消失得更快,让人来不及拿出相机,你就收了笑颜、变了身姿、换了装扮,多情的人还没有找到适当的观察拍摄位置,你已经躲到山的后面。

"落霞与孤鹜齐飞"的美景,常常出现在班公湖的傍晚,日土因你而闻名、璀璨。红云,一旦出现,不仅仅预示着来日方晴,更寄托着一种思念。当我看到暮色中的羊群在你的裙摆下爬行,看到巡逻的战士被你的红纱打湿了眼睛,我就在想,何时能翻过那高高的山峰,去看看山那边有没有同样的日落,有没有你的家,有没有世外桃源,有没有亲爱的人让我思念。

日土的云啊,你飘荡在天上,也徘徊在我的心底。你把边关游子的心都扰乱了,你总是辜负边防战士的期盼。在那寂寞的大山深处,在雪山环抱的哨卡营盘,想家的战士只能看你从东飘到西,从白变成黑。你没有给他们的心上人捎过一句话,你也没有把战士故乡的云带来与他们相会。你是不是应该做得更好,更有人情味,别总是那么无忧无虑、只顾自己！

日土的云啊，如果有一天离开阿里，我想割一片你的衣袖，让它随着我走遍中国大地。因为我知道，离开了日土，哪里也见不到这般美丽的你。日土的云啊，你会永远留在我深深的记忆里。

噶尔的风

噶尔县位于西藏的最西部，县城是阿里地区首府所在地，海拔4400米。境内多山，两条大河——狮泉河、噶尔河贯穿全境，属亚寒带干旱气候，干燥寒冷，日照时间长，太阳辐射大。一年四季有风。

风这种自然界的气流运动，不论是陆地还是大洋，随处可见。

海洋之风，或掀起数丈巨浪，带来暴雨冰雹，或徐徐拂面，给沙滩、游艇上的人以清凉爽快。

沙漠之风，平和的时候带来滚滚热浪，袭击着人的汗腺，一旦发怒，起于微毫，骤间形成，飞沙走石，遮天蔽日，扑人口鼻，呛人肺腑。

杨柳之风，吹面不寒，婉转轻盈，温柔可亲，时常还会携来如油春雨，细蒙蒙、甜腻腻，犹如多情少女，撩人心弦。

高原之风，凛冽刺骨，寒彻心肺，没有温情，没有浪漫，只有刀剑冰霜，刻薄冷酷。

噶尔的风，就是高原的风，它最大的特点是执着。

从季节来看，不论春夏秋冬，还是严寒酷暑，风始终在吹，它似乎对这片神奇的土情有独钟，总有唱不完的情歌，说不完的情话。它从来不知道累，也很少休息。风向是固定的，从年初到岁末，西风始终是西风，连个西北风都不会吹，更不要说东南风了。

晴天，它不紧不慢地呼吸。风力不大，三四级，四五级，很少有超过七八级的大风。和煦的阳光照在人的身上，本应该感觉到温暖，而在噶尔，却总是遭到风的干扰。太阳的热量被风卷走了，留给人们的更多的是寒冷。只有坐在透明的暖房里，隔着风，晒着太阳，才不辜负这高原之光。

雨天，风不冷不热地诉说。噶尔的雨很少，也下不大，小雨伴着轻风，给高原的孤寂增添了几分诗意、几分朦胧。红柳白柳的腰肢在雨中摇摆，细而窄的树叶在风中轻吟。

雪天，风不依不饶地呼啸，一会儿像雪山狮子张开血盆大口怒吼，一会儿像旷野苍狼对月长嚎，一会儿又像河边的野狗在乱叫，一会儿像牧归的藏马登高嘶鸣。它是想卷起千堆雪，让人吟诗咏叹；它是想扬起万树梨花飘，营造梦幻般的醉人场景。

噶尔的风不仅执着，还很有规律。夜晚，它隐藏在寂静的山谷沟壑。晨起，天冷，它沉浸在蒙眬睡梦中，人们感觉不到风在哪里。早不吹，晚不起，中午时分一到，它不请自来，特别准时，定会吹皱满河水。

风来了。吹得白云漫天飘荡，无法定格出美妙的图案；吹得树枝左摇右摆，停不下婀娜的舞姿；吹得路边的垃圾满院子逃窜，打扫卫生的人想追都追不上。到了傍晚，风又会变小，这时如果去狮泉河边折柳观鸟，夕阳西下，轻风拂袖，倒有几分春寒不冷的感受。

噶尔县城所在的狮泉河镇靠山面水，地势较为开阔平坦，气流来回畅通，所以白天风大，晚上风小。若是在山谷地段，情况就大不相同了。

噶尔的风很有耐心，不温不火。

晚饭后，我经常去狮泉河边散步。那天，像往常一样，从单位的食堂出来，直接走上河堤，迎着落日向西步行两公里，到达一处拦水坝。在那里，我看到一个红色的塑料袋子被风卷起落在面前。我准备把它捡起来，刚弯下腰，一阵风扫过，它就向前飘去，在我前方十来米的地方落下，我不急于去追它。走到它的跟前我再次弯腰时，风又把它拖起向前送出。我倒要看看，风到底能将它吹到哪里去。

沿河的马路边有混凝土砌成的矮墙，这红色的塑料袋就顺着墙根一路向东，一会儿翻滚着，一会儿停下来，一会儿又拖着地面磨蹭着，总之它始终在我的前面。当我加快脚步超过它，它似乎也并不在意，它只按自己的节奏运动。

在路上，我碰到一个熟人，聊了几句。我已经忘记那个袋子了。等我举步前行来到一座桥头时，发现那个红色的塑料袋早已在此等候。

风虽然不大，可是它的耐心比我好，定力比我强，信心比我足。给它一个方向，它便向前，向前，向前。

噶尔的风很有穿透力，一旦它发作起来，令人无处躲藏。它可以刺穿厚厚的帽子和衣服，或者从衣襟、袖口、帽檐、耳边钻进去，直逼人的肌肤，不达目的绝不罢休。它可以从窗户的缝隙、门帘的角落，甚至烟囱里钻进你那温暖的房子，让你冷不防打个寒战，或者让你的炉子烟火倒灌，满屋子都是煤烟味。尤其是冬季，它的穿插、突击力度更是不可思议。你坐在窗台下面，虽然窗子是关上的，窗帘也是拉上的，听不到它的声音，可是依然能感到从窗外侵进来的寒风。你无法知道它是从哪里钻进来的，但它确确实实就已进入你的空间。住在楼房里尚且如此，那野外的帐篷就更苦不堪言了。

那年秋，我去扎西岗乡一处野外营地蹲点。那个地方叫莫拉，是夹在两山之间的宽谷，狮泉河从山谷中间流过，营地就设在山脚下。此处与狮泉河镇不同，白天风很小，一到晚上，狂风四起，鬼哭狼嚎，整夜整夜地拍打着帐篷，让人难以入眠。

通常情况下，太阳一落山，风就起来了。难道白天它去了噶尔县城逛大街，晚上商户关门了，它又回到这空谷吗？

起初时分，风力不大，帐篷的窗帘不时被掀起，它要告诉帐内的人，天已经黑了，我来了。过上一阵子，风力便会加大，它就开始掀门帘，虽然门帘较为厚重，但这风还是要掀起来，它要看看战士们在里面干什么。这样的地方人们还能干什么呢？无非是读书、练字、看电视。等到夜深人静，战士们准备睡觉了，这风就更加吹得起劲。

每次临睡前，我都要将帐篷的门帘用砖块压住，生怕被风卷起，窗帘也要用绳子系紧。可是到了半夜，那风还是一个劲地抖动门帘，挑拨窗帘。晚上气温低，帐篷里生着火炉，为了安全起见，还不能把所有的窗口都封闭，需要留一个小缝，就是这个细小的缝隙，狡猾的风便会抓住这个漏洞，把帐外的沙尘用力往里塞，撒得满帐都是，被子上、桌子上会覆盖着厚厚一层沙土，连人的嘴里也不例外，牙齿移动时，会有磕碜的感觉。

这风不光是想着掀门帘，我看它那架势想把帐篷也掀翻。风大的时候，支撑帐篷的铁架子发出"吱吱呀呀"的声音，若不是四周都有绳索打桩固定在地上，说不定哪一天夜晚就会垮下来。帐篷四壁像舞蹈演员的裙摆，飘摇婀娜。躺在床上，那篷布就在床边拍打，如同婴儿入睡前母亲还要拍拍孩子。在这样的帐篷里睡觉，难免常常做噩梦，这都是风的功劳。早晨，天光放亮之后，它们就跑得远远的，一丝一毫都不见了踪影。

噶尔的风像刀刻斧凿，不仅侵蚀大山草木，还摧残着这里的人们。风吹在脸上，比刀割还难受，不在你的脸上刻下些皱纹它不肯善罢甘休。风吹在手上，皮肤皲裂，再娇嫩的手它也不放过，直到粗糙得不能再粗糙。出门的时候，如果不戴帽子，不消十分钟，风就会吹得人头痛。尤其初上高原的人，最怕这种透骨风。在户外活动，人们都要戴上帽子、口罩、眼镜，还有手套，既是遮光，更是防风。这风与强烈的紫外线互为帮凶，伤害着人们的皮肤，催着人快点变老。

阿里的气候条件十分恶劣。在噶尔，不怕烈日，不怕雨雪，最怕的是风。无风的日子，可以享受美好的生活。有风的日子，只能忍受这无情的虐待。人们无法改变气候，只希望少一点风，多一点雨，让这干涸的土地得到滋润，让善良的人们少受一些伤害。

札达的雨

札达县位于阿里高原西部。

札达，意思是"下游有草的地方"。所谓的"下游"，是指象泉河流域的下游，这里孕育了古老的象雄文明。

札达县是由两个宗（相当于县）——札布让宗和达巴宗合并而来，平均海拔4000米，地势南低北高，属高原亚寒带干旱气候区，冬寒夏凉，空气稀薄，干燥多风。在两万多平方公里的县境内，风霜常见，大雪频频，可就是难见落雨。

雨对于这片土地上生活的人来说，也许只是一个气象学的概念，雨到底长啥样，有的小孩子长到两三岁也没有见过，说不出个一二三。干旱是常态，雨实在少得可怜。然而，千百年来，人们就是这么过的，他们已经习以为常了。没见过雨也不是什么稀罕事。

当地民众的生产生活方式与内地平原地区有很大差异。由于交通不便、经济落后，农牧业是札达的基础产业，而耕种放牧是需要条件的，最根本的需求是不能没有水。好在县境内有大小河流十多条，靠着这些河水，人们的日常用度、浇灌农田、牲口饮用基本可以满足。

正因为气候干旱，农牧民的房子只需要注重保暖采光，而不用考虑防雨渗漏。这里的房子大多是两层的碉楼，土石木结构。房顶是平的，糊上泥巴即可。如果下雪，小雪就随它去吧，雪大了就上房顶清扫一下。屋顶根本不用做过多的防水处理，预留的排水管也就是个摆设，多年用不了一次。

雨水稀缺，造就和保留了札达县境内特有的景观——土林。据考证，亿万年前这一带曾是巨大的湖泊，由于地壳运动，喜马拉雅山隆起，导致湖底开裂，湖水四处逃窜，最后形成一个盆地，原来湖底的小山、湖心的小岛都水落石出，又经过无情岁月的风蚀，终于形成了今天这般奇异瑰丽的地质景观。

驱车从狮泉河镇往札达县去，翻过几座大山之后，就是广阔平坦的草原。靠近县城时，公路插入一条深沟，海拔迅速下降，弯弯曲曲几十公里。札达的地形活生生就像是在平地上挖了一个大坑。按理说这样的盆地是有利产生降雨的，可是札达却没有那么幸运。

当然，如果这个地方经常下雨，那么土林就会被雨水冲刷成泥石流，要不了多久，这块盆地就会被污泥堆满。少雨，让土林永远威风凛凛、张牙舞爪，留给世人的是它亿万年来的本貌。

札达的另一个景观是不朽的古格王朝遗址。那个矗立在象泉河边高高山头上的土木结构宫殿，之所以历经千年岿然不动，不仅是因为它的建造独具匠心，还有一个原因是这里干旱少雨。不难想象，若是像江南的梅雨季节，阴雨连绵一两个月，再辉煌的宫殿也可能倒塌，再精美的壁画也难保存。

为什么札达这个地方如此少雨呢？令人费解。

我们都知道，雨是水蒸气上升到高空后遭遇冷空气，凝结成小水滴，当空气的浮力不足以托起它时，它们就成群结队地掉落下来。但是，这空气还不能太冷，如果温度过低，那么小水滴就变成小冰晶，落下来的就是雪而不是雨了。虽然雨和雪都是属于水，但是对于地面上的生命来说，意义大为不同。

冷空气在高原地区并不缺少，那么不下雨的主要原因就是没有或者很少有水蒸气。为什么阿里高原就缺少水蒸气呢？一方面，高原寒区暴露在空气中的水面很小，虽然有一条条大河、一个个湖泊，但相对于广阔的高原大地，那些水量太少，高原地带植被分布稀缺，植物表面附着的水分极其有限。尽管有十分充足的阳光，可是没有足够的水可以蒸发，也难以形成有效降雨所需的水蒸气或者叫水成云。

有人可能会说，高原有那么多的雪山冰川，离太阳又近，冰雪融化会变成水，也能蒸发。听起来似乎是这个道理，但是仔细想一下，并不是那么简单。水要升华成水蒸气那需要多少热量，将冰雪融化需要热量，再将融化后的水变成气体更需要热量，而高海拔地区的热量本来就少得可怜，怎么可能满足那么多水成云的需要呢？这便是世界屋脊的特点，而阿里被称为世界屋脊的屋脊，就别指望雨水的青睐了。

不过，也有一点点例外，阿里地区的措勤、改则、革吉等县，有广袤的羌塘草原，雨水相对较多，雨量充沛。这并不是因为水面很宽，而是因为从外面飘来了许多水成云。印度洋的暖湿气流在季风的作用下不断爬升，翻过喜马拉雅山，继续借势东移，再飘过冈底斯山脉，走累了，没劲了，高度也下降了，遇上一股冷空气就会变成雨。而札达县地处喜马拉雅山脉北麓，就在山脚下，水蒸气翻过喜马拉雅山的时候能量还很足，不愿意在此留驻，乘风直往东去，所以札达就只能望云兴叹，它没有东三县那么好的福气。

少雨给札达带来诸多不利影响。农业方面，小麦青稞如果没有雨露滋润收成肯定不好。靠近河谷地段的还可利用河水，种在山坡上的，只能祈求上天，而靠天吃饭显然是吃不饱的。

前些年，水利建设滞后，农业基础薄弱，牧业也好不到哪里去。草是最喜欢水的，有水的地方通常会有草。札达县虽然有数千万亩草场，但牧业发展不平衡，牧民的收入也不理想。靠近河谷的草原，牛羊肥壮；远离河道的草场，牲畜就瘦小羸弱。主要原因还是缺水，草的长势只能用瘦弱来形容。冬季尽管会有降雪，可是这些雪化了，春天很快就会过去。

在札达，草的青春期特别短，通常是五六月份返青，八九月份就开始发黄枯萎。牛羊能享受美味的时段非常有限。可想而知，吃青草的羊与啃枯草的羊能一样吗？显然不可同日而语。

札达的雨，怎么那么金贵？让人常常怀疑头顶的这片天空是不是丧失了降雨的功能。大自然真是不公平，江南的梅雨、关中的连阴雨，给当地百姓带来多大苦恼，人们都烦死了，可是为什么它还是那样缠缠绵绵下个不停，年复一年，到时候就来？高原的干旱那么严重，老天你怎么就不睁开眼睛看看呢？平衡一下不行吗？

没有雨，人们就不活了吗？不，人还得生存。靠什么？靠谁呢？最终还得靠自己。勤劳善良的藏族人不屈不挠，他们靠人背、畜驮满足自家的饮用、洗涤，他们用自己的双手开山引渠灌溉庄稼，他们以极其简单的生活需求保护这本来就脆弱的生态。这是他们的家园，天再干，雨再少，他们也不肯离开。没有雨的日子，他们顽强地生存，执着地繁衍，他们创造了非同寻常的象雄文明和灿烂不朽的古格文化。千百年来，他们就是这样过来的，以后的千百年，他们还将这样生活下去。他们不是与天斗，而是在适应这里的天，适应这里的地。

雨落在身上会打湿衣服，有的人抱怨，有的人烦忧；雨落在心上会浇透心情，有的人失望，有的人欢欣。希望上天能够眷顾阿里，怜惜札达，多给这片净土抛洒甘霖，多给这里的生命带来希望，让阿里高原更加纯洁干净、富有生机。

► 阿里的山

世界屋脊的屋脊

青藏高原有一个形象的地理学称谓——"世界屋脊",而西藏阿里就是这"屋脊上的屋脊",地球上海拔最高的地域,人称"万山之祖"。

这里聚集了最有名望、最具实力的高大山系——喜马拉雅山脉、冈底斯山脉、喀喇昆仑山脉、昆仑山脉、念青唐古拉山脉。它们高高耸起,相互压挤,条条不屈不挠,座座英姿勃发。

千万年前的地壳运动将这群桀骜不驯的天之巨子聚拢于此,它们的集合像是部落首领的碰头,像是各路诸侯的会盟,更像三界神魔的盛宴。它们切磋板块运动的震感;它们争夺摩天捧月的地盘;它们把酒言欢,笑看风雪;它们交流体验,相互比肩;它们比阔斗富,看谁蕴含更多的金银铜铁、美玉宝石;它们互诉伤愁,声讨上天不公,将它们逼到如此苦寒之地。

阿里，就是这样一块神奇的土地。

阿里的山雄奇。刺破青天锷未残，天欲堕，赖以拄其间。高，是阿里的山最大的特点。随便一个山头，海拔都在五六千米以上。这也难怪，它们全都是站在巨人的肩上，即使是个矮子，你也不能小视。

阿里地区最高的山峰是喜马拉雅山脉的纳木那尼峰，海拔7694米，位于中、印、尼三国交界处的普兰县境内。它的形状像一个直角三角形。南坡是垂直的峭壁，北坡是三角形的斜边，稍微平缓一些。20世纪80年代，它才被中外联合登山队征服。

在天气晴朗的日子里，从国道219线南行，远远就可以看到它那别样的身躯。北坡被冰雪覆盖，俨然一座冰山。为什么征服它那么难呢？因为南面是峭壁，无法攀登，北面的坡度虽缓，但却是冰面。

险，是阿里之山另一个特点。阿里的山峰人类均难涉足，且不要说像纳木那尼峰那样的高峰，即使是一般海拔五六千米的山峰，也很难爬上去。冈底斯山脉的主峰冈仁波齐海拔6388米，比珠穆朗玛峰差两千米，但至今尚无人登顶。冈仁波齐是一座山峰，更是一块橄榄状的巨石，整个山体浑然天成，着实罕见。如果说江南的山秀气清灵，那么阿里的山就是面目狰狞；如果说江南的山是玉女，那么阿里的山就是型男；江南的山身披绿衣，阿里的山要么赤裸着乌黑的身子，要么被白雪包裹。

阿里的雪山一座连着一座，蓝天下它们的身姿异常挺拔，它们从来不曾低下高贵的头颅，它们就是要做擎天之柱。雪山之所以称为雪山，不是因为冬天有雪，而是因为在夏季也能保持自己的风采。它们为牧场提供了不竭的水源,水量不大,不像雨后的江河,但是它源远流长。它们独具特色的身姿,为人们指引着回家的方向。它们终年不化,雪上加霜,霜上加雪,是在告诉人们什么叫坚贞。

最具特色的雪山是冈仁波齐。冬天,它与周围的那一群山峰没有多大的区别,全都被白雪覆盖,除了它的个头稍微高出一点,你看不出冈仁波齐有什么过人之处。然而,到了夏季,别的山峰都无可奈何地脱去银装,露出"肌肉"的本色,冈仁波齐依然不肯褪去洁白的面纱。那时,从它的正面看去,隐隐约约一个"卍"字符镶嵌在它的胸前,让人们越发相信,它就是佛教圣地。更为新奇的是,它的阳面终年积雪,它的阴面却少有雪的痕迹。

冰山,也是阿里的一道风景。阿里的冰山养育着高原的人畜。由于受到喜马拉雅山脉的阻隔,印度洋暖湿气流很难抵达藏北高原,这里常年少雨,海拔虽高,冰川发育却不够成熟。不过,纳木那尼峰是一个另类,它有五六条大的冰川依附在山顶周围。它一点点消融,哺育着玛旁雍错,也滋润着孔雀河。

在阿里,还有很多山,是由黑色的岩石构成,山上寸草不生,没有一丝绿意,给人以生硬冰冷的感觉。山形突兀,棱角分明,像一个个硬汉亮着肌肉站在那里。若要用一个字来形容,那就是:酷!

阿里的山倔强,欲与天公试比高。它们似乎不需要证明自己的刚强,但它又无时不在证明着自己的不屈。一般人来高原都是胆战心惊,他们怕这里缺氧,担心这里的严寒,更不要说来阿里登山了。不管太阳的紫外线有多强,看似薄弱的冰雪依旧不化,不朽的山体依旧保持原样。尽管寒风吹了几千年、几万年，突出的山头依然傲视群雄，空谷里山洞从来就不曾缩小变窄或者坍塌。尽管地震打雷下雨，山腰那块巨石死死地扣住山体，让你看着担心，它却在那里龇牙咧嘴地坏笑。敢于进入藏北高原的人，身上都有胆气，可是你敢攀登这里的山峰吗？征服高原的公路、城镇相对容易，要想征服高原上的大山就难了。

以前，人们想爬到山头去树起一座经幡，需要多年的努力。如今，虽然有了先进的机械，似乎在山里开一条路没什么难的。然而，当挖掘机开进山，人们就会发现，半天也挖不了几米路。不但石头硬得让人恨，就连看起来像沙土一样的沉积物，想把它捣碎，也得费很大的劲。

在阿里，许多地方的半山腰有很多小山洞，据说是当年的农奴居住的地方。我没有去实地探察过，但是想要爬到半山腰，再开挖出山洞，在没有任何现代设备的条件下，仅靠简单的锄铲，其艰难程度难以想象。如果是盖土坯房子，恐怕也比在山里挖洞要容易些吧。所以，我怀疑那些山洞是天然而成，它们的存在与山体的形成是同一个年代，久远而坚固。

阿里的山朴实。这里不仅有雪山、冰山、石头山，还有些土山。那些相貌平平的土山，一般是比较平缓的、靠近草场的。山坡上稀稀疏疏长一些毛刺、红柳之类的高山植物，从来没有形成林区。它们是草木，是灌木，生存不易，成长艰难，而且每年返青只有那么短短的三四个月。

这些土山因为低矮，没有冰雪滋润，又营养匮乏、雨水稀缺，山坡上的各类杂草有时连续几年不发芽,但又不曾死去,而是在那里顽强地等待着,等待着雪水、雨水,等待着春天的召唤。有些年份,雪大一些,雨水相对多一些,它们就活跃起来。只要下三五天的雨,光秃秃的山头,就会泛出绿意,曾经干巴了几年的毛刺,突然变了颜色。曾经发黄枯萎的毛草,一夜之间显露生机。

阿里的山就是这样朴实,你不给它营养和水分的时候,它从来不去伸手要,它不会去乞求怜悯,它可能会去祈祷,但更多的是等待。一旦你给它一点温润,它就回报你美丽的颜色,这是一种知恩图报的善良,这是一种暗合着西藏民风的自然现象。它们要的不多,只要能生存就行了。

当地人的生活何尝不是如此?他们生活简单,所吃的食物单一,但他们知足常乐,他们的幸福指数并不比生活在大城市、生活在富裕的东南沿海的人们低,相反,从他们真诚的笑脸上,你可以看出他们的自在、自由、自乐。

阿里的山浑厚。看起来是有点贫瘠,但其实很富有,精神上的富有。每座山都有美丽的传说,有的还是宗教的圣地,佛教的寺庙绝大多数都是建在山上的。此外,它还有实实在在的资源,有的山里含有丰富的金矿铜矿。只是由于自然环境恶劣,植被稀少,生态脆弱,不允许随便开采罢了。

阿里的山让人琢磨不透。每一座山就像一个人,它们的面孔各异,表情不同。我常常望着一座山发呆,想不出它摆出那样的造型,流露那样的神情,到底想表达一种什么意思。也许是千万年了,没有人能理解参透它,所以它便一直保持那个样子。它们的神态不同,但有一点是相通的,那就是它们都不高兴,要么是愤怒,要么是伤心,要么是无所谓,要么是不冷不热。南方的山,有的会笑,有的会说,有的含情脉脉。在阿里,绝对不会有那样的情况出现。

阿里的山都很稳重,很矜持。你理解它,尊重它,它就顺应你。你蔑视它,玷污它,它就惩罚你。初来乍到的人,觉得它们不够友好。的确,它们的表情是有些生硬古板,它们的怀抱也不够温柔浪漫,因为它们没有那么茂密的植被,也没有多情的沟壑。可是,它们是真诚的,从不掩饰自己。这样的山,只有你跟它待久了,才会对它有感情,才有可能体会到它温情大气的一面。这需要时间,只有时间可以让你与之交流、引起共鸣。

当然,还不仅如此,要想真正了解它,还是很不容易。它的思维与人类不同,与大山之外的人差异更大,只有深谙阿里环境气候和风情的人才能略知一二。你敢与它亲近吗?有这个胆量吗?有这个魄力吗?有这个耐心吗?有这份真诚吗?如果没有,就不可能真正走进它的心里。它对你来说,永远是冰冷的、无情的、冷漠的、没有知觉的大山。

阿里,是山的群落,是山的圣地。走进阿里,你就走近了真正的大山。走近了大山,你才知道自己是多么渺小。知道了自己如同微尘一般的身世,你才能看清自己,了解自己。与大山的亘古不朽比起来,人的生命不过百年,何其短暂;与剧烈的造山运动比起来,人的力量又是何等微不足道。

到阿里去吧，去朝拜那里的山，让灵魂得以洗礼，让精神得以升华，让心态得以平静，让人生得以顿悟。

燕尾山

在狮泉河镇工作的那段时间，我一直有个愿望，就是登上燕尾山，领略阿里地区首府的全貌。可是，直到我离开狮泉河镇，也未能爬一次燕尾山。

燕尾山坐落在狮泉河镇东侧，是小镇附近最高的山峰，海拔在4500米以上。黑灰色的山体像生锈已久的铁锚。山上怪石林立，寸草不生。山形突兀锐利，好似燕子的尾翼，故而得名燕尾山。

初到狮泉河镇，我就打听有没有同事愿意周末一起去爬燕尾山。同事没人应和，反倒劝我不要爬那座山。他们说，燕尾山山势凶险，山顶的风特别大，曾经有好事者登顶之后被困在山头，多亏武警战士营救，才保住了小命。听了这话，我不禁对燕尾山有了一丝畏惧。不过想想，在阿里，比燕尾山更高更险的山多了，凭什么燕尾山让人望而却步呢？

几个月后，我的身体适应了高原的气候环境，与周围人也混熟了。我又撺掇要好的朋友去爬燕尾山。可他们说，燕尾山不能爬，男人爬了那座山，就再也不是男子汉了。那时我才知道，燕尾山还有一个别称叫"阳痿山"。至于为什么有这个名号，大家说东说西，语焉不详。

我虽不相信这种无厘头的说法，但如此膈应的山名搞得我犹犹豫豫，始终没有鼓起攀登燕尾山的勇气。

后来，我调离狮泉河镇去普兰县工作，有几次想起燕尾山，觉得它可能是生得丑陋、怪异，没有什么美感，才没有人愿意与它亲密接触；或者是因为山峰险峻，却又寂寂无名，不值得去攀爬冒险，登顶燕尾山的想法也就抛之脑后。

有一次，我探亲休假路过狮泉河镇，远远地看到燕尾山的雄姿，内心的冲动重新被唤醒。我决定自己一个人去爬燕尾山。

那是一个阳光明媚的上午，我背上水壶，拿起登山杖，坐出租车驶出狮泉河镇，来到燕尾山下。燕尾山有两座山峰，雄踞在狮泉河两岸。东岸的山峰名叫隆彭，西岸的山峰叫座普哈热。这都是学术名，没几个人知道。西峰高于东峰，我选择了爬西峰。

燕尾山上没有草，没有树，也没有路。我离开公路，走过一片戈壁滩，开始沿着缓坡向山顶冲锋。由于没有固定的登山线路，想怎么走就怎么走。唯一确定的就是山顶。最高处即是目标。

我在阿里高原已经待了数年，海拔5000米以上的山峰爬过几座。没费多少工夫，我就登上燕尾山一座较矮的山头。站在这个山头上，狮泉河镇一目了然。大大小小的楼房、平房像随意摆放的积木，纵横交错的街道与河流若隐若现，道路上的汽车小得像爬虫，行人只有芝麻粒那么大。

看看山顶，还远，不敢耽搁，继续攀登。

在我感觉到内衣已被汗水打湿了的时候，我已登至燕尾山的半山腰。阳光十分刺眼，风也大了起来。我摘下帽子擦汗，一不小心，帽子被风吹走了。等我回过神来，那顶黑色的遮阳帽飘向空中，又落在山坡上，翻滚着冲下山崖。

我回头一看，狮泉河镇尽收眼底。拥挤的房屋建筑被河流和街道切开，像是布满棋子的棋盘。碧绿的狮泉河水穿城而过，向西流去。城内的河道被两岸的建筑挤压变形，少了些许自然风韵。出城之后，河流又恢复了女人腰身般的曲线之美。

山脚下，有一个不大不小的人工湖，如同一颗加工过的绿宝石镶嵌在燕尾山与小镇之间。湖是依河开挖的，并非在河面上直接拦河建坝。湖水是深蓝色的，河水是碧绿色的，尽管只有一堤之隔。

没有了帽子，毒辣的太阳晒得人脸皮发痒。没有了帽子，凛冽的风吹得我头皮发麻。我在半山腰犹豫了好一会儿，要不要再往上爬呢？内心深处传来一个声音：无限风光在险峰，爬！假如这次放弃，以后再也不会有机会登顶燕尾山了。

随着海拔不断升高，呼吸越来越困难。快到山顶时，地势异常陡峭，只有手脚并用才能向上攀登。如果说前半程是在用脚"登"山的话，这最后的一段就真的是在"爬"山了。

终于，我登上燕尾山的最高点。风忽然变小了。这时候再看狮泉河镇及其周边，真有一种"会当凌绝顶，一览众山小"的感觉。

小镇侧卧在大山的怀抱里，东边、北边和西边都是山峦，南边是广阔的戈壁滩。顺着戈壁往远处看，雪山的天际线清晰可见。小镇里那些密密麻麻的房屋，像是一幅山水画被打上了马赛克。狮泉河不再是一条玉带，而成了一根深色的黑线。街道、公路则变成灰白色的线条。再找那个人工湖，已被山头遮住，看不到了。

我坐在一块大石头上，喝了几口水。无意中突然发现，燕尾山的山顶竟然生长着浅绿色的毛草，一簇一簇的，全是细细的针叶类。毛草在风中发抖，却依然牢牢地抓住碎石黄土。

我在狮泉河镇工作时，几乎天天可见燕尾山，却不知燕尾山上还有绿意。若非亲眼所见，我永远都不会相信铁矿石般的燕尾山上能长出青草。这些顽强的生命，简直就是铁板上生出的豆芽。以前我没有注意到燕尾山的小草，是由于离山太远。燕尾山，在远处看是一个样，走近了看，又是另一个样子。真相，往往在接近之后才能发现。

然而，离得近就一定能发现真相吗？好像也不完全如此。

曾几何时，走在狮泉河镇的街道上，看到的是商铺，是行人，是车辆，而我却无法说出狮泉河镇到底长啥样。因为我离它太近。不识庐山真面目，只缘身在此山中。只有当我离开小镇，登上燕尾山时，才看清了小镇的全貌。真相反而在远处。

曾几何时，坐在狮泉河镇的办公室里，面对的是冰冷的墙壁；漫步狮泉河边，看到的是冰冷的水泥大堤。我离它们很近，却感觉不到它们的温度。但是，当我登上燕尾山，离小镇远了，我却感受到了雪域高原边塞小城的温暖。小小的狮泉河镇像是躺在摇篮里的婴儿，很小，很脆弱，但我能听到她心跳的声音。

远和近、冷和热，有时是客观存在的，有时只是一种感觉。

我双眼微闭，调理呼吸，尽情地享受着登顶之后的快意。风吹过我的脸，拂过我的手，似乎也穿透了我的身体。一时间，我与身边的空气、山石乃至周围的世界融为一体，不分彼此。那种空灵的感觉我以前从来没有体验过。

曾经面对大山，我感慨人的渺小。可是这一次，我似乎忘记了"我"的存在。这世界与"我"本来就没有界限，是"我"用意象编织了斗篷和面纱，把自己与世界分隔开来。在燕尾山顶，风帮我解开斗篷，撕去面纱，阳光穿透了我的身体，我看不见自己的影子。

不知过了多久，我睁开眼睛，再次俯瞰狮泉河镇。小镇仿佛又成了堆满灰烬的火塘，表面上没有火焰，但只要吹开浮灰，就可以发现生生不息的火种。阿里的高原人，就是这样一种存在。

我内心突然有种莫名的感动，以至于热泪盈眶。我想对着小镇大喊："狮泉河，我来了。"然而，终究没有喊出来。

就像我第一次到阿里，在飞机上瞥见这孤零零的小镇时，也是在心里说："狮泉河，我来了。"那次我是从新疆喀什坐飞机直飞阿里。飞机翻越巍峨的喀喇昆仑山进入茫茫雪域。从悬窗往下看，大地上除了簇拥着的雪山，就是灰色的荒原戈壁，看不到绿色，看不到城市，也看不到人烟。这就是藏北高原，地球上最高的陆地。很难相信人类可以在如此恶劣的环境下生存。

诗人说，高处不胜寒。阿里，离天很近，离大地很远。高，似乎就意味着寒。可是，当我的双脚踏上这片土地，我感受到的却是人间的温情。看着一张张灿烂的笑脸，不用问，我就知道他们心底里藏着幸福。披上一条条洁白的哈达，不用说，我也清楚当地人内心的信仰与祝福。

其实，高处不寒，因为心中有火。

时间在不知不觉中流逝。风吹来一片云，遮住了太阳的光芒。山头被阴影覆盖，小镇仍暴露在阳光之下。无形的斗篷和轻柔的面纱似乎又将我包裹。我和身外的世界又隔离开了。

我知道，该下山了。

以前总听人说，"上山容易下山难"，我从来不信。爬过多少次山，都是上山艰难、下山轻松。可是，这一次我信了。如此陡峭的山坡，人是无法正常走着下去的。我只能坐在陡坡上慢慢往下滑。脚跟蹬过的地方，一堆碎石顺着山坡奔涌而下。费了好大周折，总算是回到了山脚下。

回眸望去，燕尾山还是那座燕尾山，而我，已经不是原来的我。

多情圣女

坐在普兰县城那间狭小的办公室里，只要稍稍一侧身，就可以透过窗子看到她秀美的身姿。

她，就是喜马拉雅山的女儿纳木那尼峰。虽没有姐姐珠穆朗玛峰那样俊俏挺拔、举世瞩目，但她也系出名门、风姿卓绝。

关于纳木那尼，有一个动人而凄美的神话爱情故事。

很久很久以前，至高无上的天神发了善念，对青藏高原的喜马拉雅家族和冈底斯家族施以魔法，把它们幻化成人，让他们生活在藏北高原广阔的大草原。美丽的姑娘纳木那尼每天挥舞着鞭子，在孔雀河边放牧。

有一天傍晚，她正赶着羊群回家，突然发现河边躺着一个昏迷不醒的年轻人。他的衣服已经湿透，身体发凉，但还有一丝气息。纳木那尼赶紧生起火来帮他取暖，又给他喂了些热茶。渐渐地，他苏醒了。年轻人睁开眼睛，看到一个美若天仙的姑娘救了自己，感激不尽。原来，这个英俊的小伙就是冈底斯家族的儿子冈仁波齐。他白天去山谷打猎，马失前蹄，连人带马掉进河里。后来被河水冲到纳木那尼放牧的河边。

那个夜晚，他和她就围在火堆边，看天上的星星，说心里的话。两颗火热的心在那一夜发生了碰撞，他们度过了一个甜蜜美好的夜晚。

不久，冈仁波齐备足厚礼，到喜马拉雅家求婚。他如愿以偿地娶纳木那尼为妻，他们过上了幸福的生活。

一年一度的赛马会来临了，参加赛马会的有冈底斯家族、喜马拉雅家族、喀喇昆仑家族，还有唐古拉家族的成员。赛马会，也是难得的相亲会，那时，会有许许多多的年轻人出头露面。小伙子个个精神抖擞、意气风发，姑娘们打扮得雍容典雅、俏丽妩媚，他们想方设法，都在吸引着对方。当然，对于男人来说，没有什么比摘得赛马会桂冠更能吸引姑娘的眼光。

冈仁波齐，果然出类拔萃，他以无与伦比的高超骑术拔得赛马会头筹。美丽的姑娘们为他献上一束束鲜花，送去一道道秋波。冈仁波齐在兴奋和喜悦中，看到了一双明亮清澈的眼睛。那双眸子，只看它一眼，立刻就被摄去了魂魄。从此，冈仁波齐茶饭不思，坐卧不宁，常常到河边发呆。他不知道那姑娘叫什么名字，也不知那她是谁家的女子。他只记得那一双迷人的大眼睛。

一天黄昏，冈仁波齐还深陷在对那双眼睛的回忆中，一位美丽妖娆的姑娘出现在眼前。冈仁波齐简直不敢相信，这不就是他朝思暮想的那个姑娘嘛！他太激动，太兴奋，不知道说什么好。姑娘告诉他，她是昆仑家族的女儿，因为不愿听从父母的婚命嫁给唐古拉家族，所以跑了出来，现在无家可归，希望能得到冈仁波齐的庇护。冈仁波齐正求之不得，一把将她揽入怀中。

从此，冈仁波齐常常晚上出来与这个姑娘幽会。他不知道，这美丽的女子其实不是什么昆仑家族的女儿，她是海神之女，名叫玛旁雍。她厌倦了海里生活，飞身来到高原，见到英俊魁梧的冈仁波齐顿生爱慕之情，于是使出浑身解数、万般妖艳，终于迷住了冈仁波齐。可怜的纳木那尼还蒙在鼓里，她没有在意丈夫常常夜不归宿，她一如既往地深爱着冈仁波齐。

直到有一天，纳木那尼去河边取水，发现了冈仁波齐与别的女人相拥。她的心都要碎了，她强忍着悲伤和失望继续无微不至地照顾冈仁波齐的生活，坚定地履行着妻子的责任，她希望用自己的勤劳、善良和温柔唤回丈夫的心。然而，冈仁波齐坠入情网不能自拔。

纳木那尼绝望了，她知道已经无法挽回这段姻缘，于是她做出一个决定，离开这个令人伤心的地方，回归喜马拉雅家族。可是她要独自跨过茫茫的巴嘎草原何其艰难,而且必须得在晚上行走。纳木那尼虽然舍不得冈仁波齐,放不下这段爱情,可是她必须离开,也只能离开。她一步一回头,三步两行泪,如此这般留恋、徘徊之中,天亮了。黎明之神收回了附着在她身上的法力。纳木那尼感到手脚开始变硬,胸口被冰雪包裹,最终她化成了一座山峰。

冈仁波齐早晨醒来,找不到自己的妻子,却看到远处升起一座山峰,他明白了,那就是纳木那尼。曾经恩爱无比的夫妻,一夜之间相隔两世。他幡然醒悟,觉得对不起妻子,他不顾玛旁雍的阻拦,冒着法力被收回的风险去穿越巴嘎草原。结果,他也变成了一座山峰。

他再也追不上纳木那尼,他再不能把她拥在怀里,他们之间不仅有巴嘎草原的阻隔,而且他们都已无法移动身躯。他只有含情脉脉地注视着她。

玛旁雍这位海的女儿,不愿回到海里,也不想离开冈仁波齐,她就化作一个湖泊,镶嵌在巴嘎草原上,她要把纳木那尼的泪水收集起来,她还要把冈仁波齐的汗水存储起来,她希望冈仁波齐每天能看到她。那就是高原圣湖玛旁雍错。然而,冈仁波齐再也没有看她一眼,他不希望把自己的任何东西送给玛旁雍,他宁愿让自己的汗水流入另外一个湖——拉昂错,也不愿为玛旁雍错补充一滴水。他的目光始终只投向远处的纳木那尼。

一个悲伤的爱情故事。不知别人听了什么感觉,我的感觉是冈仁波齐本性是喜新厌旧,好色贪淫,始乱终弃。

千万年过去了,纳木那尼被当地人称为圣母之山。她优美的身姿常年冰雪不化，显示了她的冰清玉洁。

纳木那尼峰下，有一条小河，名叫樟杰河，河水自东向西汇入孔雀河，它的来源就是纳木那尼的冰川融化。小河所在的沟叫樟杰沟，很深很长，沿着沟底的小道可以一直走到尼泊尔境内。樟杰沟里有一个小村，叫樟杰村，隶属于普兰镇，二十多户人家，百十号人口。

那年，为了拍摄普兰特有的孔雀服饰，我陪同摄影家向文军进了樟杰村。我提前联系到一个藏族小战士，他的姐姐家有一套精美服饰，传了数百年，平时从来不拿出来示人。摄影家的运气不错，战士的姐姐答应了我们的拍摄请求。

一天下午，我们如约来到战士姐姐家。她家的房子是当地最普通的二层碉楼，底层是储物间和牲口圈，我们沿着一个窄窄的木制楼梯上到二楼。这才是家庭起居之所，有客厅、厨房、卧室，还有佛堂。战士说，他的姐夫几年前去世了，家里还有一个老母亲，由姐姐照顾。姐夫的其他兄弟都不在这个家里住，平时就她们两个女人。姐姐操持着家里的一切。

主人显然是早有准备的。我们刚进门，就闻到了羊肉的香味。不出所料，厨房的炉子上已经炖起了鲜美的羊肉，香味从门帘缝隙飘过来。姐姐给我们倒酥油茶、青稞酒。我们不好拒绝，都顺从地喝了。姐姐三十多岁，人长得很漂亮，皮肤也不差，与她交谈我要通过战士的翻译，看她的举止很是得体大方。我们请她穿好衣服，准备拍照。她去打扮了。战士陪着我们喝茶。过了好一阵子，也没有见姐姐出来。

战士说，走吧，看看姐姐家还有什么宝贝。于是我们来到客厅紧挨着的一个房间。原来，家里的老人正帮助姐姐穿戴那套烦琐富丽的孔雀服。看似一件衣服，其价值远远超过家里的其他家当总和，这可是他们的传家宝。

如此精美而又稀罕的民族服饰，真让我们大饱眼福，急不可待地拍了起来。姐姐动作虽然有些笨拙，但是自然天成，没有舞蹈之美，却有神灵之韵。

摄影家拍摄到了想要的镜头，我们吃了羊肉，又喝了些酒，这才离开。为了表达谢意，送了两箱啤酒给他们。当地人都喜欢用这个来招待客人。

后来，我问起这个战士，为什么姐姐一直守寡，不肯另外嫁人？我印象中，当地没有那么多的封建礼数，推崇烈女贞妇，何况她年轻漂亮，应该不愁找不到人家。

战士含含糊糊地讲了姐姐的故事。

姐姐和姐夫是很般配的一对儿，婚后生活甜甜蜜蜜。姐夫虽然没念多少书，但是人勤劳努力，家里除了有牧场和牛羊，他还在县城打零工。前些年，西藏的旅游业逐步发展起来，纳木那尼峰海拔7000多米，很具挑战性，所以来普兰探险登山的人多了。姐夫看到这个商机，就与这些登山队联系，给他们当背夫、向导。因为从小就生长在纳木那尼峰下，对这里的地理环境、气候条件很熟悉，这对他并不是什么难事，而且收入颇丰。

然而，好景不长。一次在给一个奥地利登山队当向导时，因遇特殊天气，为营救一位女登山队员，姐夫不幸滑下冰谷，再也没有回来。

外国人给了他家一笔不小的赔偿款,虽然拿到了钱,可是怎么能补救一个家庭的不幸呢?姐姐几次只身攀登纳木那尼峰,她想要找回丈夫的尸骨,却没能如愿。时间长了,她便不再执着于此,但一直守在纳木那尼峰下的樟杰村。没事的时候,她就登上碉楼顶,仰望纳木那尼峰出神。

姐姐是一位不幸的女人。也许,姐姐不曾听说过纳木那尼的传说,她为自己的命运伤心过,可是她坚守着自己的信念,不肯再嫁。她还在等,等着她的丈夫回来,即使是千年、万年。或许她认为,她的丈夫已化作了喜马拉雅山脉的一座山峰。她每日看到的,不仅是纳木那尼,还有她的丈夫。

我不知道纳木那尼峰还隐藏着多少悲情故事,但为什么受伤最深的,总是付出爱最多的人?

因为听多了关于圣女峰的情感故事,平时我就更多地留意她的风姿。早晨,当第一缕阳光从东方抛洒过来的时候,纳木那尼峰就在群峰的护卫下露出笑脸。晨曦给她的脸颊涂了胭脂,给她的香唇抹了口红,那么妩媚动人,那么多愁善感。她站在那里,昂首挺胸,正视南方。她为什么不向东方看呢?因为东面不远的地方,是令她伤心的巴嘎草原,还有那个负心的冈仁波齐。可是冈仁波齐的正面呢,恰恰面向西方,因为那里有他的妻子纳木那尼。

即便是晴天,纳木那尼峰顶总有云雾缭绕,她的尊容不肯轻易示人,如同戴着面纱的藏族姑娘。纳木那尼的西北坡较为平缓,有五六条冰川,那就是她的秀发吧。因为愁苦,因为伤心,它已经变白了,印证着她的坚贞，也诉说着对冈仁波齐的爱恨。

傍晚，当天边最后一抹红云逝去，纳木那尼依然那样孤傲。她在等待夜晚的来临，她幻想着黎明之神再次把她化为人身，好让她去巴嘎草原放牧，她要去看看那个妖艳的玛旁雍。她要问一问，为什么要勾引她的男人。如果说，冈仁波齐峰正面的十字痕表明了他的忏悔，那么樟杰沟里流出的水，就是纳木那尼伤心的泪。

纳木那尼，喜马拉雅家族中一位不起眼的灰姑娘，寄托着多情之人无尽的思念和牵挂。

冈仁波齐

坐落在阿里普兰县境内的冈仁波齐峰，是一座神奇的雪山。藏传佛教信众认为，它是世界的中心。在印度教徒的眼中，它又是湿婆大神的殿堂。每年来此转山的信众、游客络绎不绝。当地人称它为"神山"。

《大藏经·俱舍论》记载，从印度往北，翻过九座山，会遇上一座大雪山，指的就是冈仁波齐。冈仁波齐，意思是"雪山之宝"。据说，围绕冈仁波齐转一圈，可洗尽一生罪孽；转山十圈，六道轮回可免遭坠入无间地狱；转山百圈，今生成佛升天。若是在藏历马年，转一圈相当于其他年份的十三圈。因为释迦牟尼佛祖诞生于马年。

千百年来，通往冈仁波齐的一条条道路上，朝圣者前仆后继。

2014年是藏历木马年,我有幸在藏族朋友巴珠的陪同下,实现了转山的夙愿。

转山之路的起点,通常是从巴嘎乡政府所在的塔尔钦开始。沙石路只有三五米宽,勉强可以通行车辆,路上的游客信众三三两两。没走多远,就看见著名的色雄大经幡。每年藏历四月十五日,萨嘎达瓦节那天,都要举行隆重的竖经幡仪式。

从大经幡往东走一个小时,就可以看到与冈仁波齐隔河相望的山崖上有一座寺庙。那便是转山途中要经过的第一寺——曲古寺。

曲古寺的住寺干部是巴珠的朋友,在他的引荐下,我们见识了该寺三件镇寺之宝。最珍贵的当属"天然形成的无量寿佛"。佛像不高,只有半米左右,通体晶莹,如同白玉,面相慈悲。每年的萨嘎达瓦节,僧人要将佛像请到山下的河里沐浴。第二件宝贝是米拉日巴大师的法海螺。相传,这只海螺从圣湖玛旁雍错自行飞到曲古寺,镶嵌在寺旁的山崖上,米拉日巴尊者将其取下,视为至宝。曲古寺的喇嘛毕恭毕敬地请出法螺,为我们吹了六声。海螺发出的声音在空旷的山谷里传出很远,听起来浑厚而深沉。第三件宝贝是一口大铜锅,以前是煮饭用的,如今成为接纳布施的功德箱。

从曲古寺出来,有一个磕长头的人引起我的注意。他身穿藏袍,系着长长的围裙,两只手上套着棉拖鞋,一步一叩首。站立时,双手合十先举过头顶,再置于眼前,再置于胸前,嘴里念念有词。随后双膝跪下,磕头。然后手向前伸,全身匍匐,额头触地,双手合十再次置于头顶。稍事片刻,双手向外侧划圈,而后扶地起身,两脚站在刚才额头触地的地方。像这样便完成了一次叩拜。如此重复向前,一步一步。他用额头上的血印诠释着自己的虔诚。巴珠告诉我,这样围绕冈仁波齐转一圈,大概要二十天左右。

途中所见的大多数人是沿着顺时针方向转山,这是佛教徒的转法,如果是苯教信徒,则会按逆时针转山。冈仁波齐山,曾是苯教和佛教斗法的地方。早先,阿里地区是苯教的发源地,公元1000年前后,佛教大师米拉日巴在此战胜了苯教师祖那若本琼,从此佛教在阿里兴盛,苯教则销声匿迹。冈仁波齐也就成为佛教圣地。或许是因为佛教的宽容,后来,有些苯教信徒亦来此朝圣,彼此相安无事。

山路伴着河流的走向弯弯曲曲。转山路上的人形形色色。

有一个膀大腰圆的男子,走起路来大腹便便,自己不背行囊,而是雇了一个十五六岁的藏族小伙帮他扛行李。两人走在一起,一胖一瘦,甚是滑稽。我拿出几块巧克力送给那个藏族小伙子,大肚男子好奇地问我:"转山还免费发放食物?"我说:"是的。"顺手也给了他一些。

离开曲古寺三个小时后,路边的山坡上出现一块马鞍状巨石。从标示牌上看,这块巨石是"格萨尔王的马鞍"。

马鞍石附近设有公安检查点,有几名民警正在执勤,还有几家帐篷餐馆。

我和巴珠随意走进一顶帐篷,藏族女老板很热情地接待了我们。看得出来,她的脸上涂着厚厚一层防晒霜。浓浓的酥油茶很快就冲好。我们坐在塑料小凳上,喝着香茶,吃着糌粑,就着小菜,困乏消解了很多。

刚喝了一杯茶，帐篷里进来一位打扮时髦的老妇人。她在我们旁边坐下，没有喝茶，也没有吃东西，而是讲起她的经历。她来自台湾，跟随旅行团来阿里转山。她以为自己身体没问题，可是只走了几个小时就撑不住了。她向执勤人员求助，民警让她先在这里休息，等到她的同伴到达终点后，民警再送她回去。

一壶茶快喝完时，帐篷里又进来一位六七十岁的老人。他取下身上的褡裢，掏出一包酥油，请女老板帮助冲成酥油茶，然后拿出自己携带的糌粑吃了起来。巴珠上前与老人交谈，得知他来自札达县，当年已经转山十五圈。我不知道他转一圈需要多少时间。从他黝黑的脸上，我读出了平凡和非凡。

离开帐篷前，我问老板消费了多少钱。她说："随便给点吧。"我心里纳闷，还有这样做生意的。我看了看巴珠，真不知该给多少。巴珠说："给50元吧。"我按巴珠说的做了。

后来我想，老板的这种做法何尝不是一种高明的经营之道。凡是来此转山的人，都有一颗求善的心，怎么会亏了店主呢？

傍晚时分，我们到达宿营地哲日普寺，那里海拔5100米。哲日普寺是转山途中的第二个寺庙。相传有位高僧探寻转山的道路，被牦牛引入此处，后来牦牛消失在这一带的山洞中。"哲日普"的意思就是"牦牛隐迹的地方"。此处位于冈仁波齐峰的北侧，可以看见它挂满冰凌的背面。冈仁波齐就是一整块巨大的山石，如同刀削斧凿，与它正面的积雪截然不同。从正面看，冈仁波齐是雪山；从背面看，它则是冰山。

哲日普寺旁边有好几家客栈,是简易的板房,河边的高地上有不少帐篷旅馆。我们没有去条件好的希夏邦马客栈,而是选了一个帐篷住下。帐篷里的中心位置生着炉子,炉边围了一圈长条凳,四周是行军床,可以容纳十二人住宿。我和巴珠将床铺背包安放好,就去河边的哲日普寺参拜。

寺庙很小,几分钟就转完了。

从寺庙回到帐篷,感觉有点累,吃了泡面、糌粑、酸奶。天还没有黑,就上了床和衣而卧。转山路上遇到的那些人,一个个在眼前浮现,躺了很久也没睡着。住宿的人男男女女,老老少少,进进出出,直到深夜才安静下来。

凌晨四点,巴珠叫醒我。我们喝了一杯热茶,收拾好行装就出发了。夜空清明,只有星星,没见月光。山路上有星星点点的手电光。有些转山的人,夜晚不休息。从哲日普寺到卓玛拉山口,是转山之路最艰险最难走的一段。由于是在夜里,除了手电光所及的几米路面,其余什么也看不见,我倒是没有觉察出山路有多凶险。

途中,我们好像跨过了几条冰河。有时我觉得自己走在沙石路面上,却听到脚下有流水的声音,用手电四下寻找,除了碎石残冰什么也看不见。

这段山路很窄,无法行车。转山之人年纪再大,职务再高,也得用自己的脚步去丈量。听巴珠说,有些人转山图方便,从塔尔钦坐车到哲日普寺,然后步行翻越卓玛拉山口,车子再从那边山脚下接他走一圈。我在想，那样转山，还叫转山吗？

我们的目标是，赶在天亮之前到达海拔5700米的卓玛拉山口。崎岖的山路上全是冰雪。我的手里尽管握有手杖，还是摔了几跤。令我意外的是，即便如此险峻的山路，如此漆黑寒冷的夜晚，居然还有磕长头的人。

行至半山腰处，发现路边竖着一块牌子，写着"孝心石"。这块其貌不扬的石头上有一个窟窿，手指正好可以伸进去。巴珠告诉我，谁能闭着眼睛准确地将手指伸进那个窟窿，就说明他是一个孝子。我试了几次，总是有偏差。看来，孝敬父母这方面我做得并不好。

我们登上卓玛拉山口，天还没有亮。当第一缕晨曦射在山头时，我看到大片的经幡挂在山路两边，有的埋在雪里，有的伏在山石上。我和巴珠赶快把自备经幡挂起来。几天前，我已经把亲朋好友的名字写在经幡上。经幡是五色布做成的，印着藏语经文，还有佛教的图画。经幡挂好了，山头突然刮起一阵风，五色经幡迎风舞动。

从卓玛拉山口继续往前走，是一段陡峭的下坡路，人称"老人愁"。为什么叫这个名字？因为没有路，只能在怪石嶙峋的山坡上寻找适合下脚的地方。山坡又被冰雪覆盖，一不小心就会摔跤，搞不好还会撞上山石。老人们行动不便，当然会发愁。他们只能坐在雪地上往下滑。

下到山底，我们在第二个宿营点补充了些营养，之后继续前行。脚下的路变得平坦起来，山路上的人似乎也多了。巴珠将手杖放在路边，说是如果有谁需要，他们会拿去用的。

走完全程57公里，回到出发地塔尔钦，我感到非常惬意。真没想到，我在海拔4600米至5700米的山路上行走了近二十个小时。我也可以做到。

多年之后，我常常问自己，那么多的人不畏千难万险去冈仁波齐转山，有的还一步一磕头，他们到底为了什么？

我知道，巴珠是个善良的人，也是有信仰的人。对他来说，转山就是一种修行。对我而言，转山又意味着什么呢？我不是朝圣者，只能算旅行者，我无法体会朝圣者内心的满足。

如果非要找一个转山的理由，或许这些诗句可以表达某种心境……

这一世

转山转水转佛塔

不为修来世

只为途中与你相见

阿里的河

斑斓的孔雀河

孔雀河，一条美丽的河，迷人的河，舞动的河，色彩斑斓的河。

孔雀河，藏语称"马甲藏布"，发源于喜马拉雅山北麓，贯穿阿里地区普兰县全境，流经尼泊尔后汇入印度恒河。

冬季的孔雀河如锁深闺，难掩寂寞。普兰是一个爱下雪的地方。雪落在孔雀河上，或随河水奔向东南，无所挂牵，或凝结在河面的薄冰上，依依不舍。毕竟是高原寒区，冰给孔雀河穿上了盔甲，蒙上了面纱。冰层不太厚，无法完全覆盖河面，河水时而在冰面下悄悄流淌，时而跃出冰层，扑向河床上的石头，给它们讲述着来自冰峰雪山的故事。如果河面全部结冰，那就更别指望谁有兴趣来欣赏她的柔美身段。

入冬以后，外来做生意的、打工的、旅游的人都已离开普兰，当地的农牧民也都开始"猫冬"，他们待在自己家或者茶馆里，喝着酥油茶聊天，饮着青稞酒解闷。

孔雀河边，除了偶尔出现的几个背水、拉车的影子，还有嚼腻了干草来河边喝水的牛羊，再也见不到兴奋的游客和行色匆匆的商人。河边的柳树叶子早已掉光，没精打采地站在那里，望着河水发呆，懒得说一句话。农田不需要浇灌，没有农民来河边引水，自然少了很多说笑与叫骂。

孔雀河就这样寂寞地等着，等待来年，冰雪消融，花红柳绿，再将自己多情的一面展示给世人。

春季的孔雀河情窦初开，有点羞涩。藏北高原的气候很单调，冬季绵长，春天的脚步总是姗姗来迟。孔雀河就像一位新娘子，走过漫长的迎亲之路，好不容易拜堂入洞，可是新郎官迟迟不来掀起她的盖头。

一缕春风吹过，轻柔的纱幔被揭开，孔雀河露出胭红的笑脸。河边的白柳发芽，含情脉脉地注视着她，尽管相守多年，如今看起来，似曾相识，又恍如隔世。格桑花偷偷在风中歌唱，生怕打扰了孔雀河美滋滋的心情，这歌声只有熟悉水草本性的牧人才能听得懂。牛羊开始一窝蜂地来到河边，不但痛饮，还要洗澡。一个冬天的圈舍生活，它们身上发痒，早就盼着能到河里倒腾一番。它们的到来，使本来清澈的河水，一会儿就变得浑浊不堪，它们不嫌弃，一边玩一边喝。牧人也懒得管它们。

孔雀河里的冰，不肯一下子化掉，那样就太轻率了。哪一位矜持的大家闺秀，出门之前不是梳洗打扮一番呢？若是随随便便就示人以花容，岂不是有失身份？冰要一层一层地消解，河水要慢慢悠悠涨，让人觉察不到，却又不能被忽视。

阳春三月，万物复苏，孔雀河伸伸懒腰，轻声叹息，吹起飞扬的口哨，甚是妩媚动人。她的低吟不像冬天那样平静，也不如夏天那样热情，她不温不火，不急不躁，只是哼着欢快的小调，令人不由得想起秦淮河上的歌女、塞纳河边的夜曲，还有贝多芬手下的旋律。她不知道有没有人听得见，也不知道是否有谁听得懂，她轻轻地唱，是在等待多情的人来理解，是在等待有心的人来感悟。

夏季的孔雀河脾气暴躁，时常激动。随着气温升高，她会变得躁动不安，时而狂啸，时而愤怒，时而奔腾，时而阴沉，令人不可捉摸。那个婀娜多姿、温柔多情的少女一转身变成了恶狠狠的泼妇，似乎在家里受到多年虐待，如今终于可以出一口恶气了。她才不管别人的感受，只是随心所欲，说走就走，说吼就吼。涓涓淑女的风度不要了，小家碧玉的形象也不顾了，含蓄啊，害羞啊，不好意思啊，全都抛到九霄云外，只有一副河东狮吼的吓人样子。

她发飙的时候横冲直撞，有几次把科迦寺旁边的河堤冲溃，村民和僧侣奋起抗洪，驻地武警和解放军前去支援，动用十多台大型机械才治住她的狂暴。

她兴奋时翻江捣海，把河道里的泥沙全都裹挟进来，搞得人畜都无法饮用，只能眼看着她奔向印度洋。即便是一直对她青睐有加的多级水电站，此刻也退避三舍，不敢接纳她。

有时她要改道，嫌原来的路走得不舒服，筋骨不能舒张，还容易崴脚；有时又要怒嚎，生怕别人听不到，绝不容别的声音压制了她的吼声；有时她要挣脱束缚，嫌原来架在她身上的木桥太小，阻碍了她流窜的脚步，甩一甩头，就把那讨厌的小桥连桩拔掉……这种时候，谁还会记起她曾经是那样温柔可亲、小鸟依人？真不明白，春天的孔雀河还是一个少女，夏天一到，竟然变得如此泼辣，不守规矩。

秋季的孔雀河舒缓平和，略显慵懒。落叶已尽，青稞已收，河边的马草已打包运走。经过一个夏天的疯狂，周围的朋友都厌倦了她的无礼和傲慢，没有人愿意搭理她。孔雀河终于低下她那高贵的头颅，开始向河边的柳树诉说，夏天那样凶煞，其实不是我的本性，是魔鬼附在了我的身上。柳树听了，摇摇头，什么也不说。她又对河边的枯草说，我不是要置你们于死地，是上游的水不断催促，我身不由己，打湿了你们的衣裳，请你们原谅。小草听了，只是在风中晃动着瘦弱的身姿，什么也不答。她又对前来喝水的牛羊说，不是我有意把水搞浑浊，影响你们的胃口，实在是河底泥沙不老实，一个劲地往上涌，我也是无力约束啊。牛羊"哞哞"的叫声此起彼伏，叫完了接着低头饮水，喝饱了，打个嗝，默默地走开。

此时的孔雀河，多么渴望得到朋友们的理解。然而，她什么也得不到。她就这样一天天诉说，一天天等待。终于有一天，柳叶落尽，枯草黄到了根，牛羊很少来饮水，孔雀河迎来她最好的姐妹——雪。它们会互诉一年来的成长，其实谁都不容易。从陌生到熟悉需要时间，从熟悉到陌生只需要放弃。

孔雀河是普兰百姓的母亲河，不管她温柔也好，狂暴也罢，世代居住于此的藏族群众离不开她的滋养，舍不得她的甘甜。

孔雀河的沿岸，错落有致地点缀着白色碉楼。河道窄、河水小的地方，人居较少，水量大的流域，居民相对集中。

在经过几十公里穿沟过坎之后，孔雀河来到普兰县城。此处，她已经收纳了七八条小河，形成颇具势能的流量，足以养育县城周边两三千各族群众。难怪当年的普兰王要落脚于此，也难怪千年古刹科迦寺要建在她的边上。

水是生命之源，居住在孔雀河边的百姓最懂得这一点。除了少有的住户可以安装压水井，其余大部分农牧民的饮用、洗涤用水，还是靠人背、畜驮、车拉。当地人背水的方式，令人不解。他们不是用肩膀，而是用头。扁扁的水桶上系着背带，那背带直接绷在额头。我不明白，为什么不用肩膀？像他们这种背法，头部、颈部要承受多大的力量呢？也许是习惯了，也许是古时候农奴们的规定动作吧。

住在县城里的人用水相对好一些。孔雀河的水经过自来水公司稍做处理，就流入各类机关大院和沿街商户。除此之外，普通居民即使住在县城附近，也很少享用这自来之水。因为它来之不易。一方面是管道没有完全通到所有用户；另一方面，水量不稳定，供电时断时续，送水也就有一顿没一顿的。如果生活用水完全依靠自来水，那是靠不住的，所以每家每户都有存水的大塑料桶。

如果自来水多日不能正常供应，卖水就是一门不错的生意。水车游走于街道，一桶十几元、二十元不等，依据桶的大小或者断水的时间而定。

孔雀河不仅养育了普兰各族儿女，还是县城供电的主要能源。夏天，水量充沛，供电能力较强，可以满足日常需要。冬季水量锐减，巧妇难为无米之炊，输电捉襟见肘。漫长的冬夜，每晚只能供三四个小时的电，其余时间就靠各自的发电机。

我曾问过水电站的朋友，冬天哪个时段河水有利于发电。他说，晚上，最好是河面结点冰。我不太明白。他解释说，冬天温度低，冰雪融化慢，来自雪山的水需要大半天的时间才能抵达下游，所以晚上水流量最大。如果河水结冰，水与冰混合对发电机组的冲击更加有力，此时发电最为有效。哦，原来如此。

孔雀河的水流淌了千年，已经做出了巨大的奉献，我们还能奢求她再做什么呢？

静静的狮泉河

早就听说过"狮泉"这个名字，知道它是藏北高原上的一个小镇，没想到还有那么一条河就叫狮泉河。

小镇是阿里地区首府所在地。令人诧异的是，为什么把一个偌大的地区首脑机关，建在如此边远的小镇？难道没有比这更便利、更繁华的地方了吗？这个疑惑一直藏在我心间，直到有一天，只身来到阿里工作，我才明白这一切都是历史的选择，是岁月的杰作。

从大都市来到边城小镇，第一感觉是它真的很小，怎么也不像一个地区的首府。窄窄的街道，稀疏的人群，最高的建筑也不过三四层楼。街边的店铺虽然挨挨挤挤，各种日用百货琳琅满目，但是没有大商场，没有豪华的银行，更看不到公交车、立交桥。它就是这么一个纯朴的小镇。

镇以河得名，河从镇中穿过。狮泉河，藏语称"森格藏布"，是藏西北主要河流之一，发源于冈底斯山脉主峰冈仁波齐北面的冰川，自南向北先流经革吉县，再转向西流入噶尔县，在扎西岗与噶尔河相汇合后，流入印控克什米尔地区。河源地区海拔5400多米，流域面积近三万平方公里，在中国境内有400多公里。

我上班的地方离狮泉河不远，只需走几步路就可以到河边。下班后闲来无事，我常常去河边散步。滨河路平直舒缓，容得下汽车来回穿梭。河水弯弯曲曲在城里打转，一副舍不得离开的样子，最后缓缓深情地从我们身边流走，一路向西，再向西，直到进入印度境内。

夏季，河水铺满了整个河道，两边的护堤收拢着它，引导着它，不要乱跑，更不要泛滥。河道中间露出水面的小岛成了黄鸭、麻雀休憩的好场所。这些鸟儿三三两两，或抖动羽毛摔掉身上的水珠；或挤成一团，相互取暖；或追逐嬉戏，忽飞忽停；还有几个懒家伙，站在石头上眯着眼发呆，是想她的娘亲呢，还是思念伴侣呢？

浅滩上，稀稀疏疏、一簇一簇的红柳在微风中摇摆，诉说着它们的不幸和柔情。曾几何时，狮泉河两岸的沙滩荒野地长满了红柳，每年五六月红柳花开的时候，遍野粉黛，四处溢香。然而，在某个年代，不知是为了开荒种地，还是为了烧柴取暖，人们开始砍掉红柳，大捆大捆柴火被扛回家，大片大片河滩成了光秃秃的沙地。此后，河水经常泛滥,风沙不请自来。一旦狂风四起,遮天蔽日,飞沙走石,人们出门不得不顶上帽子、戴上口罩。又过了若干年,人们似乎认识到这是自然的惩罚,又开始植树治沙,引水灌溉,红柳又焕发了生机。

河水流过的地方,隔两三公里就修一条窄窄的拦水坝,将部分河水引向岸边的水渠,附近荒地里有大片的红柳、白柳等着它去润泽。这矮矮的水坝,拦截了水流,也扩宽了水面,很多的浅滩都被水覆盖,河道变宽,蓄水增多,有点像人工湖。

城区的河堤,大部分是由混凝土筑成的护坡,出城以后,只是靠沙土夯着,有些地方河水可以渗出去形成湿地,于是就有了许多不知名的小花、野草。虽无人问津,依然开得自在悠闲,从不吝惜自己的灿烂。有时,在岸边的浅水处,可以看到几条小鱼,深灰色的,游动很慢,不知它们是怕扰了水草,还是怕惊了麻鸭,总是那么小心翼翼、无忧无虑。

在狮泉河边,即使是夏天,气温也并不高,甚至还有点凉,需要穿件薄毛衣才合适。如果去河里捡石头,或是洗洗手,那清凉的感觉会让人的肌肤生出鸡皮疙瘩。可是,在这样的温度条件下,一群藏族男孩脱光衣服跳进河里游泳戏水,一点都不怕冷。他们是铁打的金刚,而我们只是肉身凡胎。我打心眼里佩服他们的体质,能够克服如此彻骨的冰寒。也许是高原的山山水水养育了他们,给了他们特殊的基因,让他们可以顽强地生存在这贫瘠的土地上。

环境虽然恶劣,孩子们却不缺少热情,他们的欢笑声隔河传来,我听出了他们的兴奋和倔强。

冬季来临，一场又一场的雪，压住了山头，盖住了浅滩，河水少了，在不太宽的河道里被分成几股，各自守护着自己的元气，向着远方逃遁。我以为这么冷的天，狮泉河定会全部结冰，结结实实的，人们可以从冰面走过去。然而，事实并非我想象的那样，无论天气多冷，即使到了零下二十多度，河水依然在流淌，靠近河岸两边的冰层可以不断接近河道中间，却无法连成一片，总有一部分空间，散发着腾腾热气，河水洋洋自得，一步步流向远方，让那些想靠近的冰层望而生畏。薄薄的冰层，被弯弯的河水冲刷着，水面与冰面交错相应，忽隐忽现。寒风中，几只黄鸭的身影掠过河滩。据说，它们的家不是垒起的窝，而是借住别人的洞，这恐怕是最奇特的飞禽了吧。

有人可能要问，狮泉河的春天是什么样子呢？春天、秋天，不过是白驹过隙，转瞬即逝，短得可以忽略不计。狮泉河只有两季，莺飞草长的时候就是她的暖季，百草枯黄的时节它便进入寒冬。

狮泉河水在高原大地静静地流淌，悄无声息，没有巨涛波澜，只有温情脉脉，没有宣泄肆虐，只有默默付出，为了这片土地，为了这里纯朴的人民。

我曾在矿泉水瓶子里装了一张小纸条，封好口，扔进狮泉河，任它向西漂去。这个可怜的漂流瓶会在哪里被人捞起呢？或许正在印度洋上护航的我们的军舰、我们的水兵会是它的幸运主；或许正在马六甲驰骋的我们的油轮、我们的水手会捞起它解闷；或许正在搜寻马航失联客机的我们的海监、海警会发现它……

水是有源的，河是有根的。狮泉河的根就在神山冈仁波齐脚下，它从那里款款而来，扭扭捏捏，羞羞答答，顺便带了几位来自草甸的姐妹，流过了革吉，流过了噶尔，把最美的身姿留给了狮泉河镇。然后潇洒地离去，从喜马拉雅山的细小夹缝中走进克什米尔，流入印度河，最后汇入茫茫印度洋。

河有主根，也有须根，人何尝不是如此。无论浪迹天涯，故乡总是那个根，让你魂牵梦萦。我的根在三秦大地，离开故土二十多年了，四处流浪，何处是我家？何处不是我的家？每到一个地方，那热土、那人情都会毫不犹豫地收留我，让我在一个又一个不是故乡胜似故乡的地方生根发芽，逐年成长。

如今，我来到狮泉河，是寻梦，也是谋生，是过客，也是居民，我不在意小镇的繁华与否，只关心她的基础条件能否满足工作生活的需要。我知道，我的主根在故乡，但我的须根又要在阿里这块神奇的土地伸发。清澈纯洁的狮泉河水，将会滋养我的心，净化我的魂，助我在高原走下去。

马泉河探源

冈底斯山脉和喜马拉雅山脉之间的平坦谷地，海拔超过4000米，穿行其中的马泉河平静而舒缓。

河谷开阔，冰雪天成，水草丰美，河水悠悠。两岸大片沼泽地栖息着各类水鸟，有黑颈鹤、斑头雁、棕头鸥、赤麻鸭等。空谷中的马泉河如同一条银色缎带，弯弯曲曲舞动在烟云缥缈的雪山脚下。

人们无法想象，马泉河流过数百公里以后进入雅鲁藏布大峡谷，它会像脱缰的野马，突然变得波涛汹涌。

马泉河，因形似骏马嘶鸣、口喷白练，故而得名，藏语称"当却藏布"，由杰马央宗曲、库比曲和马攸藏布三条小河汇聚而成，流入日喀则市的仲巴县境内，被称为玛藏河。藏北高原的人们确信它发源于阿里，所以将它与狮泉河、象泉河、孔雀河并称阿里四大河流。

马泉河流域是重要的牧区。

河的上游水量较小，地形坦荡，空谷就像走廊，宽度在二三十公里左右。主要分布着蒿草、紫花针茅。细长的草叶挣扎在荒原上，绿意惨淡，稍有秋风，草色即黄。青草时节虽短，却是难得的夏季牧场。

由于人烟稀少，草木稀疏，牛羊只在这里活动很短一个时期。牧人赶着牛羊走过之后，茫茫草地上时有野驴、狐狸、野牦牛、藏羚羊、狼等动物出没。大部分时间，河谷是枯燥的，凛冽的穿堂风常常把河沙扬起又抛下，形成一座座沙丘，书写着高原的荒凉。

马泉河的下游，溪流涓涓，星湖点布，四面涌来的雪山冰川融水浸润着河谷，沼泽蓄水丰盈，高高的蒿草十分茂密，是优良的冬春牧场，也是牛羊的天堂。

近年来，关于雅鲁藏布江的源头之争时有炒作。日喀则市仲巴县与阿里地区的普兰县都声称是雅江源头。由于马泉河大部分身段位于仲巴县境内，所以仲巴河源说就占了上风。然而，不服输的普兰人，始终坚信大江的源头就在普兰县。

民间有一种说法，称阿里地区的四条大河均发源于神山冈仁波齐峰。也许是人们过于看重神山。其实，这经不起考证，狮泉河确实发源于冈仁波齐北麓，流经革吉县、嘎尔县；象泉河也勉强算是，有些支流是来自冈仁波齐的雪水。孔雀河发源于喜马拉雅山脉，与冈底斯山脉不沾边。马泉河的上游虽有一条支流马攸藏布发源冈底斯山脉，但距冈仁波齐峰有上百公里，另外两条支流，杰马央宗曲与库比曲均来自喜马拉雅山脉。

要搞清雅鲁藏布江的源头，就要追溯马泉河的源头，而马泉河的正源是杰马央宗曲，只要找到杰马央宗曲的源头，就可确定雅江源头。

为了一个明明白白的说法，我们决定实地考察一趟，以确定到底"普兰河源说"正确，还是"仲巴河源说"有理。

我们驱车从普兰县的霍尔乡出发，沿国道219线（新藏线）向东南方向前行，起初看不见马泉河的影子，它还深藏在雪山之中，只有白色的帐篷在公路两边时近时远，时隐时现。牧人的狗不时出没于帐篷附近，偶尔窜到路上，冲着行人车辆吼两声。

车子驶过公珠错以后，我们离开219线向西进入一条沙石路，顺着山谷前行，穿过一段三四公里长的山谷，前方一下子畅亮。不过，我们还是身在河谷，只是更加宽阔罢了，一条河从西向东流淌着。

经过仔细与地图比对辨别，我们确信，这条河就是马泉河的三条支流中最大也是最正统的源泉——杰马央宗曲。杰马央宗曲流经普兰、仲巴两县，上游在普兰，所以马泉河源头实际上与仲巴县没什么关系。雅江源之争也是不辩自明。

然而，既有此争，我们不得不对河源做一番陈述。所谓的源头，从距离上说，就是离河的主体最远的地方；从流量来判断，是水量较大能够确保常年汇入而不断流的地方。

我想，马泉河既然是大河，肯定有很多支流，在仲巴县也不乏一些小河汇入其中，但我们不能凭此就认定那些小河源头是马泉河的源头，而是要从它的主要支流来断定。说白了，要探寻马泉河的源头，首先要找到它的主要支流，然后再找到这条主要支流的源头。

一个不争的事实是，杰马央宗曲不论从流量还是从距离来说，都是马泉河的主体支流。对这一点，仲巴人也是认可的，但是他们往往不愿提及杰马央宗曲的源头到底在哪里。

我们此次探寻，就是顺着杰马央宗曲逆行而上，目的是找到杰马央宗曲的源头，并确定它的位置是在普兰还是在仲巴。

开始时，车在河边艰难前行，尽管没有路，越野车还能七扭八拐地往前挪。大概又走了十几公里，河水明显减少。山谷越发变窄，车不时地陷住，最后终于趴窝。没有办法，我们只好下车徒步。

同行的老吕是位从陕西来的援藏干部，为人正直而执着，他在普兰工作了五年多，对这片土地有着深厚的感情。他始终相信，雅鲁藏布江的源头就在普兰县境内。为此，我们来之前，他专门做了一个牌子，上面写着"雅鲁藏布江源头"七个大字。他要把这个牌子扛到真正的源头，树立在那里，以正视听。

由于不知道前方还有多远的路要走，我们只带了一些必备的食物和水，老吕扛着他那个重要的牌子。我俩闷着头就向山里进发。

越走海拔越高，氧气越少，从手表的显示屏上看，这里超过5300米，每走一步都很吃力。河水越来越小，已经不能再称之为河了，只能叫它小溪。

沿着小溪我们又走了三个多小时，估计有近十公里路程。溪流分出很多叉，像毛细血管一样，无数个小溪向山头攀爬。我抬头望去，前面一座高大的雪山，不，是冰山。溪水微弱，不是流出来的，而是渗出来的。

老吕喘着粗气，大吼一声："找到了，就是它。"的确，如果要说源头的话，这里应该是最初的源头，水流是从这里的冰川开始产生的，再往上不能走了，也没有水，而是冰。

老吕掩饰不住内心的兴奋。他找来几块石头，把那个蓝底白字的牌子竖在冰川脚下，"命令"我快来拍一张照片，证明我们到达了真正的雅江源头。这时，我才发现，刚才光顾着带吃的，把相机忘在车里。所幸还带着手机，连忙掏出来对着老吕拍了几张。

我也想借他这个牌子拍照留影，可是手机太不争气，关机了。我很纳闷，来时才充的电，怎么这么快就没电了。老吕说，这里海拔高，气温低，信号差，电池缺氧耗电快，所以就罢工了。再看手表上的海拔显示，我们所在的位置是5605米。

老吕用一个特殊的测量仪准确定位，然后掏出笔，在随身携带的地图上进行标注。最后，他确定地说，这里就是中尼边境喜马拉雅山北麓的昂色洞冰川，属于普兰县境内。

我们在冰川下逗留了十几分钟，完成了一项自认为伟大的事业。

我们拍照留念,证明我们所处的位置是杰马央宗曲的源头,也是马泉河的源头,更是雅鲁藏布江的源头,同时也表明,这个源头位于阿里地区的普兰县。

当然,我也明白,我们的发现是不是经得起考证还需要其他方面的佐证,我们认定的结果是否会得到认可,也还需要时间。其实,不管我们找出如何确凿的证据,持"仲巴河源说"的那些人依然不会相信我们。

世上的事往往都是如此。一旦人们把感情投入是非判断,不论结果如何,总是令人怀疑。同样,如果内心深处对某一事物形成根深蒂固的认识,要想改变,也难。

象泉河落日

象泉河是西藏阿里地区的重要河流之一,因其源头的山谷形似大象鼻子而得名,藏语称"朗钦藏布"。它发源于普兰县巴嘎乡境内的冈仁波齐峰,由大大小小十多条小河汇聚而成,流经了噶尔县门士乡,绕过札达县城,从底雅乡什布奇村流出国境,在中国境内全长400多公里。

由涓涓细流到滔滔大河,它告别神山的眷顾,带着土林的沧桑,穿过如丝如缕的喜马拉雅山谷,注入印度河,最终回归大海。

作为古代藏族文明的发祥地,象泉河流域孕育了早期的象雄王朝和后来的古格王朝,留下过辉煌灿烂的历史记忆。西藏早期的本土宗教苯教也发源于此。正如佛教在西藏文化中的突出地位,苯教对象雄文明的传播产生过巨大影响,对藏族文化的发展极具深远意义。

如今的藏族同胞许多习俗和生产生活方式,都是象雄时代留传下来的。婚丧嫁娶、天文历法、医学文学、歌舞绘画、占卜算卦等仪轨,在很大程度上源自苯教传统。还有一些独特的祈福方式,如转山转湖、石刻经文、放置玛尼堆、挂五彩经幡以及使用转经筒等,亦是苯教遗俗。

正因为象泉河与如此伟大的文明联系在一起,它就成为有心之人追逐向往的地方。有的是来考古的,有的是来拍摄的,有的是来旅游的,还有的是来朝圣的。我就曾遇到过一批来阿里拍摄风光的"疯子",他们的目的非常明确,就是追寻象泉河流域的自然人文景观,其中重要的一个环节就是拍摄象泉河落日。

我负责陪同他们完成此项任务。

拍摄组一行六人,四男两女,两辆越野车从拉萨开过来。我在普兰县的巴嘎检查站,也就是神山脚下、圣湖岸边与他们接头。他们的组长是一位四十多岁的山东汉子,姓姜,同行的人都管他叫姜哥。我叫他老姜。老姜的长相看起来很老辣。

拍摄组成员的装束与到处游窜的"驴友"差不多,有一个共同的特征是,遮阳帽的帽檐很长,太阳镜的颜色很深且镜片大。两位女士的围巾不仅缠绕在脖子上,连口鼻都挡住了,看不清她们的容貌。

老姜自己开车,我坐在副驾驶的位置。说是由我带路,其实,他比我更熟悉阿里。我只是配合他们做些协调工作。车内后排是两个女子。我与老姜聊天的时候,她们一声不吭,不知道是睡着了,还是在"偷听"我们说话。

老姜是个爽快人。我们聊得自然而顺畅,他似乎没什么刻意隐瞒的。他们是一家文化传播公司,专门从事图片影像制作。这次来阿里,是应阿里地区文化局邀请,拍摄象泉河的资料。因为此前来过,也拍过,所以他知道什么时候去哪个地方可以找到他想要的镜头。

我问老姜:"为什么不拍普兰的神山圣湖?"他说:"已经拍过多次,资料很齐全,这次来主要是拍象泉河流域的风情。"我不解地追问:"现在已经是冬天,草已枯黄,河水也变小了,有的地方已经下雪,恐怕拍不出美感。"他笑笑说:"要的就是这个效果。"

老姜跟我年龄相仿,我随口问起他的家人。他说他现在是孤家寡人。这点我没有想到,对自己的冒失感到一丝后悔。不过老姜并不在意,而是滔滔不绝地讲起自己的过去。

老姜和他妻子是大学同学,毕业后两人都在拉萨工作。他们有两个孩子,一儿一女,按说是幸福的一家子。然而,自从他在拍摄这条路上越走越远,两人的关系就越来越紧张。野外拍摄是个辛苦的差事,在西藏高原拍摄就更苦,尤其像他们这样以此为业、以此为乐的人,完全把自己的兴趣融入事业,往往不可自拔。老姜是个工作狂,干起活来只要求质量,不注意身体,更顾不上家庭。起早贪黑那是家常便饭,而且常常要出远门,一去多日,拍完了回去还得加工制作。有家不能回,孩子照看不上,妻子肯定有怨言。老姜自以为干的是正经事,又不是偷鸡摸狗，便没有把妻子的抱怨当回事。时间久了，两人的矛盾积累暴发，最后只好分手。孩子一人一个，大的是儿子，由老姜抚养，可是他哪有时间照顾，两个孩子还是跟着母亲过。老姜似乎没有什么悔意。我看他是"走火入魔"了。

我是一个比较看重事业的人，但我绝对不会为了工作而舍弃家庭。没法子，就这么点出息，我只想过平凡的小日子。与老姜比起来，我感觉自己挺渺小的。

老姜说，他跟阿里有缘分，他去过西藏的角角落落，最令他留恋的还是阿里，他最好的作品都是出自阿里，不过，他的家庭散伙也是因为阿里。两年前，他在阿里拍摄，两个孩子先后生病，妻子急得哭求他回去，可他硬是坚持把任务完成才离开阿里。回到拉萨，两人就离婚了。妻子对他已经彻底失望。

边聊边走，倒不觉得路远。我们在噶尔县的门士乡驶离国道219线，沿着象泉河边的沙石路一直往西，穿过几道山谷来到曲龙村。

太阳已经西斜。我找到村里的干部，介绍了我们的工作情况，请他帮忙给找几间临时住宿的房子。村干部很热情，把村委会的会议室腾出来，作为我们下榻地，另外还有一间所谓的招待室，就请两位女士住进去。拍摄组每个人的背包都是鼓鼓囊囊，大家各自搬到指定位置。会议室的地板上铺起防潮垫，打开睡袋就可休息。

拍摄组的行头真不一般，"长枪短炮"自不用说，还有做饭的家当。液化气瓶、灶头、高压锅、炒瓢、肉菜等一应俱全。村干部请我们分头去村民家吃饭。老姜说："还是自己做吧。"

同来的一个藏族小伙扎西，是司机兼炊事员。放下行李之后，他就在村委会的院子里忙活开来。剁肉、切菜、点火、上锅，轻车熟路，手艺不错。晚饭做的是清炖羊肉。

太阳快落山了，我闻到香喷喷的羊肉味。老姜在闭目养神，别的队员也都躺着休息。扎西一声："开饭了。"一人一大碗，肉汤就白饼。我觉得要是来两口烧酒就更好了，不过没有好意思说，也不知他们车上是否带了酒。

吃饭时，两位女士把面纱去掉，我得以见到花容。这两个女子都很养眼，我不知道她们的具体情况，是否结婚，是否生子，她们的家人怎么放心让她们出来干这种又脏又累的活儿。

经老姜介绍，我知道了大概。那个藏族姑娘名叫德吉，个头挺高的，是某艺术团的舞蹈演员，人很开朗，爱笑。她显然不是来扛机器的，既然是演员，她的任务可能就是在不同场景身着不同的衣服，或者跳舞，或者展示服饰。另一个姑娘是专业摄影师，姓龙，眉目间透露出一丝野性，暂且称她为小龙女吧。

从小龙女的神情可以看出来，她是个独身，我不敢说她是"剩女"，但她那种冷冰冰的眼神确实能拒人千里之外。想想也是，能聚拢到老姜的团队里的，要么是拍摄技术出众，要么特别能吃苦，小龙女可能两者兼有。

晚饭后，我想大家应该可以好好休息，跑了一天的路，人困马乏的。不料老姜把碗一放就下令："出发，开工。"

我有点纳闷，天马上就要黑了，还去干什么？老姜说："就等这个时候拍摄象泉河落日。"还没等我再说什么,老姜接着说,"你留下吧,不用跟我们去受罪了。"这个安排,我乐意接受。大冬天的,晚上野外更冷,我确实没有他们那种忘我的境界。

我以为那两个女子会跟我一起留守,但她俩也都拿了装备、道具准备上车。我不由得心生敬意。这群人对工作太执着,我和他们不是一路人,连这些女流之辈,我也比不上。

他们三三两两离开小院。我送他们到门口。老姜突然回过头来对德吉说:"你就不用去了,今晚主要是拍风光,明天早上需要你,六点钟起床。"德吉似乎对拍摄计划并不了解,只是随时听候老姜的指挥。

老姜他们四人开了一辆车向河边驶去。扎西在收拾锅筷。我无事可做,就转到德吉的房间,去看看她们的宿营条件怎么样。

这是一间简陋的招待室,不过有一点好处,它有一个火炉。

炉子架在两张床中间,我们相向而坐,可谓围炉夜话。

德吉是阿里本地人,原来是地区艺术团的演员,后来调到拉萨市群艺馆工作,家也搬过去了。拉萨的歌舞团、群艺馆有很多女演员,不知道老姜为什么会选中她。德吉看起来只有二十岁出头,但她说自己的孩子都三岁了。我还真没看出来。她的身上有种特殊的气质,亲和而不失矜持。老姜看中的,或许正是这一点吧,何况她又是阿里人,对这方水土更有感情。

我们又聊起小龙女。德吉说,她和小龙女同乘一辆车,走了一路也没说几句话。在车上,如果她与老姜聊得热闹时,小龙女的脸色就不对劲。所以后来，德吉便很少和老姜说话了。也许小龙女对老姜有意思吧。

与漂亮的姑娘聊天，时间就过得特别快。已经十点多，老姜他们还没有回来，我就起身告辞。

一出房门，寒气袭来，我不禁打了一个哆嗦。我们住的那间会议室可是没有炉子啊！真有点舍不得这里的温暖。回到冰窖般的会议室，扎西早已经钻进睡袋，在那里玩手机呢。我问他："老姜什么时候才能回来？"扎西说："如果要拍星空的话，可能要等后半夜了。"

夜里，不知道是几点，老姜回来了，脚步很轻，我还是醒了。不过我没有睁眼，也没有动。他们放下行头，倒头就睡了。

第二天，我起来的时候天已经大亮，会议室就剩下我一个人，连扎西也不见了。我想起老姜说过，早上六点要起床拍摄。冬天的六点，在阿里还是凌晨呢，他们到底要拍什么啊？

上午十点多，两台车、六个人都回来了。看着他们的气色，我知道收获一定不小。

老姜告诉我，他们去了穹隆银城遗址，拍摄到了想要的镜头。说话间，他笑着看了看德吉。这时我才发现，德吉穿上了独具特色的阿里服饰，真是很漂亮，不由得就想多看几眼。她的身材、脸型，真是为这美丽的服饰而生。

早饭后，我们的车队驶离曲龙村，向札达县城奔去。我在想，如果在曲龙村的河道里放一个橡皮艇，只要顺流直下就可以漂到札达县城，何必返回门士乡，再绕那么大的一圈。然而，幻想终究是幻想。

两百多公里的路,我们走了四个小时,不是不想快,只因路太窄。那公路仅能容两辆车擦肩而过,遇到会车的时候,车速要特别慢,如果遇到大车,就得一辆车停下来,让另一辆车先过。

我以为当天晚上我们会住在札达县城,那里有我的朋友可以叙叙旧,谁知老姜竟然把车队带到一个叫香孜的小村。

车队在村口休息时,老姜与同伴商量晚上的安排。德吉和几个村民聊了起来,他们说的是藏语。我听不懂,看起来聊得挺投缘。

老姜的手势就是命令。当晚进山,搭帐篷野营。我有些惊讶,为什么呢?德吉看出我的困惑,笑着向我摆摆头,示意我上车。

车队一直开到一个宽阔的谷地。象泉河水就在身边缓缓流淌。老姜带人迅速搭起帐篷。又到了日落西山的时候,这群追赶太阳的人又兴奋起来。

老姜下令:"开工。"只见一个小伙子扛着相机爬上河边的山头,另一个青年走向深谷,每个人都在寻找最佳的拍摄位置。老姜和小龙女背着摄像机向河边平坦的高地走去。这里的海拔4000多米,他们走起路来健步如飞,真是训练有素。

德吉穿着另一种风格的盛装走出帐篷。我冲她喊了一声"仙女",她回过头笑了笑,向我招招手,便去找老姜。帐篷外只剩下我和扎西。扎西开始埋锅造饭,我要给他帮忙,他说不用。我忽然感到自己是个多余的人。

不远处,老姜指导小龙女拍摄德吉的舞姿。此刻,落日的余晖均匀地洒在象泉河上,如此平凡却又超尘拔俗。滩头一片黄灿灿,一堆堆小石子都被点化成了"金子",河水泛着涟漪,荡漾着白光,晶莹耀眼。德吉的舞姿轻柔舒展,笑容和蔼温馨,舞台上的她肯定更加光彩照人。老姜的神态有些严肃,面无表情,动作僵硬。小龙女的手法甚是严谨,态度诚恳而谦和。

我欣赏着这千载难逢的美景,后悔自己没带相机,只能拿出手机随便拍了几张照片。

突然,远处飞来几只水鸟,我叫不出名字。老姜立即让小龙女调转镜头抓拍。那一刻,我想起两句古诗,"落霞与孤鹜齐飞,秋水共长天一色"。

德吉回到帐篷时,天就要黑了。我以为老姜他们会收工,然后就可开饭,我的肚子早就咕咕叫。可惜,事实令人失望,只有德吉一个人回来,其他人仍战斗在各自的岗位上。德吉换好便装出了帐篷,说是老姜要拍星空,恐怕又要折腾一个晚上,帐篷太小住不下,她要去香孜村住宿。问我愿不愿意跟她一起去。

我心里一乐,还有这等好事。可我还是摇了摇头。她说她已经跟老姜请过假,同意我们俩去香孜村。

扎西开车将我和德吉送到香孜村,他就返回了营地。我本想找村干部协调借宿。德吉说不用麻烦村干部,她已经联系好了。

德吉将我领进一户人家。屋里只有两位老人。老阿妈为我们做了好吃的酥油面疙瘩,我从来没有吃过这东西,很香。我问德吉:"你会做吗?"她笑道:"只会吃,不会做。"

晚饭后,老人准备了酥油茶,我们都坐在炉子旁边喝茶、聊天。

我听不懂他们说的什么，德吉给我翻译。老人的孩子都外出做事，老两口在家放牧耕种，日子过得平静祥和。我和德吉说话时，老人静静地坐在那里微笑着听，什么也不问，德吉也不给他们翻译。房间里很暖和，烧炉子用的是牛粪。酥油茶淡淡的咸味很是爽口。我端起小碗喝一点，老阿妈就起身给我加满。我又喝一口，阿妈随即又给我加满，搞得我不好意思。

夜里，德吉和老人睡大通铺，我就在客厅的木沙发上将就。尽管是和衣而卧，但这比在帐篷里打地铺的感觉要好得多。这得感谢德吉，我跟着她沾光了。

我到阿里工作多年，从来没在藏族朋友家住过，这次真是感受到了他们的热情和真诚。德吉说，她也是第一次来香孜村，此前根本不认识这两位老人。我还以为，她与这户善良的人家相识已久。

第二天上午，阳光明媚。高原的天永远是那么蓝。扎西急急匆匆赶来，说有一辆车陷在河滩里出不来，需要请人救援。

我们赶回现场，发现车子陷入沼泽地。问题不大，找一辆装载机来拖一下就行。

我和扎西直奔札达县城，请我的朋友老徐帮忙。见了面，老徐说："这点小事你就不用再跑了，让司机带人去救援吧。"于是我留在县城与老徐叙旧，扎西带着一台装载机前往河谷救援。

老徐和我曾经同在北京的培训班学习，算是同学。我在普兰，他在札达，虽离得不远，可是彼此都有公务脱不开身，只是偶尔打打电话聊一聊，见面的机会并不多。

老徐搞了几个菜,一瓶酒,我们边喝边聊。不知不觉两个小时过去了,一瓶小酒下肚,人有些晕乎。我估计那辆越野车应该得救了,就去老徐安排的房间内准备躺一会儿。

这时,我接到老姜的电话。他说救援失败,那台装载机也陷进沼泽地。我又去找老徐,他也觉得奇怪。随后,他打电话联系到一台履带式推土机和一辆平板车。履带车不能直接在公路上行驶,得靠平板车将它拖至目的地。我想这个大家伙应该没有问题了吧,完全可以将陷在沼泽地的两台车都拖出来。

我本想随扎西一起去现场。老徐又说,这次绝对没问题。我喝了酒,有点困,想着这次肯定成功,就随老徐回房休息。

估计救援最快也得两三个小时,我回到房间倒头就睡。不知过了多长时间,手机响起。我起来一看,是老姜打的,应该是报捷吧。谁知又是一个令人沮丧的消息。老姜说:"不好意思,推土机的履带被绷断了,两辆车都没有拖出来。"

我的天哪,这都是什么事啊,是象泉河非要留下这支摄影队吗?我连忙下楼去找老徐。老徐一听,觉得太不可思议了。他又打电话联系了带绞盘的牵引车。

这次我非得去现场看看。我坐上老徐的车,带上修理工赶往那个河谷。

大小五辆车摆在那里。牵引车找好位置,把钢丝绳挂到越野车上,绞盘转动起来,很快小车被拖出了沼泽。专业就是专业,不服不行。

装载机体重过大,仅靠牵引车也不行。等到推土机的履带修好之后，两个车同时对装载机发力。那个笨家伙一点点爬出沼泽。大家终于松了一口气。

天色近晚，七辆车组成一个小车队浩浩荡荡驶进札达县城。

次日凌晨，摄影队要拍古格王城。我再也不能跟他们分开了，好像我一离开，队伍就会有麻烦。大家早早来到象古格王城遗址外。老姜指导队员们架设好机器，又让德吉换上古格服饰，就等着太阳露头了。

那天，气温很低，大概有零下十几度。有几个队员钻进车。德吉因为穿着烦琐的阿里服饰，里一层外一层很笨重，不方便上车，她只好在地上转圈圈，以免被冻僵了。

我走过去嘘寒问暖。她说："早就习惯这样了。以前在阿里艺术团，就经常下乡演出，有些牧区的条件比这还艰苦，这起码有房子住，能吃上热饭。"

德吉是个性格开朗的姑娘，遇事能想得开，走到哪里都有朋友，似乎从来不知道什么是孤独。她对生活、对工作要求不是很高，随遇而安，知足常乐。高原女人都是这样的吗？大胆泼辣，敢爱敢恨，不是那么扭扭捏捏、遮遮掩掩，有豪气，有担当，还有几分侠义之心。

终于，一缕晨曦射在高高的古格王城遗址所在山头，黄灿灿的宫殿如同镀金，宽阔的象泉河泛着白光，蜿蜒曲折奔向远方。这是多么壮美的画面啊，明暗相衬，色彩斑驳。

老姜一声令下，众人马上行动。拍的拍，导的导，跳的跳。只有短短几分钟，太阳就全部露出笑脸。此时光线太强，已经没有刚才那种色调，拍不出那种可见不可言的感觉。

我终于明白，他们这群人为什么如此辛苦，如此执着，如此固执地要起早贪黑。因为美丽的景色只有短短的一瞬间，可以说稍纵即逝，要拍到好的作品，就要付出常人难以忍受的努力。一分耕耘一分收获，在他们身上得到了更加充分的验证。

离开札达县城，拍摄组要去狮泉河镇，我只能送他们到巴尔。坐在颠簸的车里，我对老姜一行的工作作风高度赞扬。老姜听着笑了，他的微笑更像是苦笑。

老姜说，离人远的地方，离神就近了。阿里这地方民风淳朴，社会和谐。到阿里来工作，在别人看来是吃苦受罪，在他看来，却是享受，是自我救赎，是灵魂和精神的洗礼。

听了他的话，我不由得陷入沉思。在阿里工作多年，我怎么就没有他那么深的感悟呢？

► **阿里的湖**

班公湖的鸟

班公湖位于西藏日土县境内,海拔4200多米,是中印两国争议的边境湖泊。湖面大部分在我国境内。

班公湖东西长约150公里,南北最宽处15公里,最窄处只有40米左右。湖水由东向西依次为淡水、半咸水、咸水。我国境内的湖水多为淡水,水质好,水色纯。印度一侧,则多为咸水。湖内分布着大小岛礁数座,其中最具魅力的当数世界海拔最高的鸟岛。

七八月间,泛舟湖面,水天一色,湛蓝湛蓝,朵朵白云点缀其间,群山凝重,倒影重重,无数水鸟翻腾掠跃,或歌唱,或追逐,或打闹,或长号,无不欢欣雀跃。

班公湖的鸟,种类繁多。体形大一点的有红嘴鸥、斑头雁、凤头鸭;个头小一点的有朱雀、棕头鸥、鱼鸥;有在水天之间翱翔的水鹨、黄头鹡鸰;有在湖边觅食的黑颈鹤、赤麻鸭、白腰草鹬。

红嘴鸥浑身雪白，只有嘴巴是鲜红的，成群结队，忽上忽下，远远望去如同一片白云变幻多端。斑头雁的头、尾和嘴巴是灰褐色的，身上一袭白纱，张嘴高歌时露出红红的口腔，有时它们与红嘴鸥争食，有时与凤头鸭赛飞。棕头鸥有点像斑头雁，不过体型稍小，飞行动作十分灵活，捉鱼的本领很强，一个猛子扎下去，定然会有一条小鱼遭殃。

黑颈鹤不在湖面与这些水鸟一般见识，那样太没有风度了，任何时候它都是一副不以为然、悠然自得、闲情逸致的样子，鹤立鸡群那不算什么，鹤傲鸟群那才称得上"大腕儿"。它们成双成对地出入，一举一动实在是优雅得很，时而单足站立，凝视远方，时而徐徐前行，伸出长长的尖嘴在水草中啄些小鱼小虾。

赤麻鸭有时也会飞上鸟岛与群鸥捣乱，不过大多数时候它们是在湖边逗留。它们既善于在湖边奔跑，也会超低空飞行，通常把卵产在湖边的巢穴中，而非草丛中。

班公湖的鸟，生存有道。藏北高原四季并不明显，暖季来临，冰雪融化。班公湖的冰面从四周向中心退却，鸟儿从遥远的南方陆续归来，随着冰的脚步向湖心逼近。鸟岛周围的冰往往是最后才融化。其实，不等冰全部化开，有些鸟就早早来到岛上寻欢作乐。当冰层全部消失，湖面张开胸怀，鸟儿们的美好时光就来临了。湖里有食不尽的各类高原冷水鱼，湖边有丰富的小虾小虫子，它们可以尽情享受大自然的恩赐。这些鸟告别了南亚一带美好的无忧无虑的生活，从藏南飞来，沿着喜马拉雅山脉与冈底斯山脉形成的南北走廊向北飞，一路上有不少湖泊，也有不少的鸟儿驻足，但大多数鸟类都把生育宝宝的"产房"选在班公湖。

不管是迟来的，还是早到的，它们都有办法找到自己的安乐窝，很少为了地盘发生战争。不过有时，同类之间为了争夺配偶会打架斗殴，场面相当激烈。

蓝天白日下，一只红嘴鸥追着另一只跑，在空中划出美丽的弧线，后面追的那只不时发出凶猛的嘶鸣。突然，前面那只来了一个180度急转弯，后面的那只始料不及，一头冲出去好远，再回过头来追赶。逃跑的总是弱者，最终还是被追上了，一场厮打不可避免，只好硬着头皮为尊严而战。只见它回身张开嘴巴冲来者大吼一声。后者没有想到这家伙还敢反抗，顿时来了狠劲。两只红嘴鸥先是嘴巴对着干嚎，随后一只掠过另一只的头顶，狠狠地啄它的颈部，几片白色羽毛从空中飘落。另一只不甘示弱，回过头来啄对手的肚子。这可是皮毛最薄的地方，一口下去，即使叼不下几根毛，也会留下血痕。这两只红嘴鸥的打斗，如同战斗机在空战，一会儿俯冲，一会儿翻腾，双方都在寻找对手的弱点以发起最致命的攻击。打着打着，那两只红嘴鸥就飞远了，别的鸟群占据了它们空战的舞台。

有时觉得好玩，我们会划船到鸟岛附近故意去打扰鸟群。一块小石头扔过去，一只鸟儿首先发出鸣叫，随后百鸟争鸣、万鸟齐飞，如同狂风吹卷着梨花上下翻舞，时而聚成一片，时而四散飘零，像是慌张逃命，又似乘兴戏耍，等它们发现原来是虚惊一场，就陆续返回岛上，一只、两只、三只，一群、两群、一大群，要不了多久，岛上又是白花花的一堆一堆，场面十分壮观。

班公湖的鸟不怕陌生人。乘船接近鸟岛，我把准备好的馒头、面包掰成小块抛向空中，鸟儿争相飞来抢食，有时还没有扔出手，它就已飞到我的肩头、手臂。从我的手上啄食，手心会痒痒的。有的鸟儿胆子更大，落在我的背包上用嘴巴不停地摆弄背包的拉链，它可能以为那是虫子。船慢慢前行，鸟群在我们四周盘旋，尽情展示自己的优美身姿，或俯冲而来，或长啸而去，或从船头掠过，或在船尾停歇。船上的人紧张而忙乱，拍照的嫌自己的快门不够快，喂鸟的来不及从口袋里掏食物。鸟的鸣叫，人的欢呼，几乎压制了小船发动机的轰鸣。

在班公湖区域，人和鸟相处得好，没有人用枪打鸟，也没有人拉网，更没有人敢下毒。捕杀鸟类，那是对生命的漠视，是对神灵的不敬，在高原，在阿里，杀鸟是不可想象的。因为鸟儿是人类的朋友，是高原的精灵，附近的牧民保护还嫌来不及，怎么会伤害它们呢。不过，湖边的鸟蛋常常会受到狐狸之类的动物祸害，所以牧民们会驱赶狐狸，捡拾鸟蛋放回鸟窝。

进入十月份，寒季渐渐来临。鸟儿们会不紧不慢地分批次离开，似乎它们心里有数，知道自己什么时间该去什么地方。这一去，又是半年，有些幼小的鸟儿还没有去过遥远的南方，显得格外兴奋，只盼着与族群一同往南畅游。

鸟儿是班公湖的主人，它们飞走之后，班公湖就寂寞了。雪落下来，冰层一点点加厚并向湖心推进。不久，鸟儿的踪迹完全消失了。

班公湖，是鸟类的天堂。鸟与自然和谐相处，与人类互不相争，与不同种类的朋友彼此包容。鸟儿不是社会类生物，它们的生存具有很大的独立性，然而，我却常常看到鸟儿也喜欢热闹，乐意群居。多少人梦想着天堂，可是他们的天堂永远不会到来，他们也寻不见去往天堂的路。班公湖上的这些鸟儿聪明伶俐，它们的欲望并不多，高高兴兴、开开心心地飞来飞去，觅食、求偶、育子，寒暑交替，南来北往，能留驻班公湖过一段幸福时光，这儿就是它们的天堂。

什么时候，我也能像鸟儿这样自由自在地飞翔，去寻找属于自己的那片天空？

鬼湖之媚

普兰县境内有一个湖，名字听起来有点吓人——鬼湖。

鬼湖本来的名字叫拉昂错，与高原明珠雪域圣湖玛旁雍错仅一路之隔。拉昂错，意思是"有毒的黑湖"。难道是因为它深蓝色的湖水暗藏着忧伤，或是它淡淡的咸味真的有毒？

每次从它身边走过，总有一种神秘的气息弥漫在周围。即使风和日丽，湖面也常常阴云不散。无风三尺浪，少见鸟飞翔。同行的藏族朋友总会善意地提醒，在鬼湖边不要大声喧哗，以免引起黑风恶浪。

圣湖与鬼湖，源自同一脉水系，它们都是喜马拉雅山脉那木纳尼峰的雪水融化而来。为什么一个是清纯甘甜，被捧上了天；另一个却似一汪眼泪，多愁善感，郁郁寡欢？圣湖的周围有八座寺庙，而鬼湖四周一座也没有。圣湖每年游人信徒络绎不绝,鬼湖则少人问津,偶尔可见湖边的羊头白骨,让人望而却步,生怕沾上晦气。无数游客信众去圣湖里取水,敬仰崇拜之情无以言表,还有不远千里万里来此沐浴的。可是鬼湖却少有人涉足,白白辜负了上天的恩赐和雪山的眷顾。鬼湖确实有点冤,人们正是听说了鬼湖的恶名,到了湖边也不会多看她一眼。

连接两湖的一条小河,浅浅的,短短的,像是一条运河要将两湖贯通。你可知道,这条小河的水是从鬼湖流向圣湖,还是从圣湖流向鬼湖?其实,不用猜,闭上眼睛想一想,大自然是公平的,神灵是向善的,圣湖也是宽容的,它从来不吝惜自己的清澈,它也想让鬼湖变得甘甜。

我曾经好奇地用矿泉水瓶分别在圣湖和鬼湖各灌了一瓶水,品之,似乎没有多大的差别,鬼湖的水并不像人们说的那样苦涩难咽。鬼湖边是卵石白沙,虽然少有牛羊出没,但绝非寸草不生,一些顽强的植物在泛咸的湖岸艰难生长,一串串野兽的足迹也会出现在湖边的沙滩上。

在我看来,它是那样的宁静,那样的清澈,那样的妩媚动人。也许正是因为它的孤傲冷艳、绝色凄美,才引起别人的嫉妒吧。

如果分别用一个字来形容圣湖和鬼湖,圣湖可谓之"纯",鬼湖呢,配之以"媚"。

有人说,鬼湖的形状很恐怖,像一张人皮。我不知道这是从什么角度观察的。如果你细心一点在地图上看,圣湖的形状像颗心,心尖尖对着鬼湖，而鬼湖怎么看，都像一个穿着连衣裙、插着天使翅膀的多情少女。

我从鬼湖边多次走过，每次都感叹它的美丽、它的深沉。不过有一次经历，如今回想起来，还是有些惊险神奇。

那是八月的一天，我从札达县的达巴乡前往普兰县城，为了节省时间少跑路，没有走国道省道，而是选择了一条从鬼湖边穿过的捷径，那是一条沙石路。按说只有两百多公里，五六个小时足以到达，然而我们竟然走了11个小时。

中午两点多，我们从达巴乡出发，太阳快落山的时候到达一个叫西兰塔的地方。在牧民家里讨了碗酥油茶。短暂休息之后，我们又向普兰县城赶去。

道路总会有分叉的，从西兰塔到普兰也有两条路可供选择，一条是朝神山冈仁波齐方向走，上219国道，经巴嘎乡到普兰县城。这条路有一半是修过的沙石路，一半是柏油路，全程170公里。另一条是走鬼湖边的小道。那是当地牧民转场时经常走的路，全程90公里。我的意思是走近路，毕竟少了80公里。司机巴桑却建议走大路。他说，从鬼湖边走怕不顺。那条路他走过，但不熟悉。眼看时间不早了，我还是坚持抄近路。

每过一个山口，巴桑的嘴里总是念念有词。我问他念叨什么。他说，祈祷平安。他好像对鬼湖有点怵。

起初的一段路，视线不错，路况还好，尽管没有路基，但走的车多了，也便压出了路。我们顺着车印前行。

不知不觉中，天就黑了，也许是因为巴桑心里没有底，或许真的鬼湖作怪，我们走着走着就迷路了。这一带没有牧民驻扎，手机也没有信号。车灯扫过的地方，车辙印散乱，让人不知何处是正确的方向。这时我才后悔没有听巴桑的话。

经过一番思想斗争，在无法判断前进方向的情况下，我们只好沿原路返回，准备回到西兰塔然后走大路。然而，事情并不是我想的那样简单，走来走去，连回去的路也找不到了。

巴桑下了车，点了一根烟猛吸几口，对着鬼湖的方向虔诚地祈祷。我的心里也开始打鼓，鬼湖真的是那么可怕吗？以我的经验，只要顺着湖边走，怎么也能走到正道上，可是这鬼湖似有神奇的磁场，让人判断失灵。对于没有信仰的人来说，可能不相信这些传说，但是西藏这个地方有些事情往往很神秘。

求救是无望的，只能靠自己。我凭着一点浅薄的地形学知识做出判断，向东走定能插到219国道上。可是走了一个多小时，我发现我们居然又回到原来的地方。湖边有一堆别样的石头在月光下特别明显，此前我就注意到它了。真是奇怪，湖水一直在我们的左手边，怎么会走回原地呢？难道……我的心里有点发毛。

在我下车看地形的时候，巴桑跪在地上面向鬼湖祈祷，他反复念一些我听不懂的咒语。起身以后，他说我们反向走吧，就是沿着我们认为最不可能的方向前进。

车仍旧在鬼湖边转悠，走着走着，我突然发现，手机有信号了，连忙拨通普兰县的朋友的电话。他们早已经等得着急，见我们不来，派出救兵沿巴嘎至普兰县的省道217线寻找。电话通了,他们告诉我,有信号说明离公路不远,继续前行定会找到出路。果然,没走多远我们便上了公路。我俩都长舒了一口气。巴桑又下车去祈祷。

到达普兰县城已是零点多,回想起在鬼湖边的经历心有余悸。如果当晚没有走出来,我们就只能在车里过夜。高原的夜晚气温很低,没有什么御寒手段,需要靠发动车辆取暖,而汽油存量并不充足。或许还会遇上狼群。所幸,我们走出来了。鬼湖边的路真是不好走啊。

不管信与不信,鬼湖,还是不要轻易与它较劲。

圣湖之恋

在遥远的西藏阿里,有一个美丽的高原湖泊——玛旁雍错,人们称它为"永恒不败的碧玉圣湖"。

藏传佛教信徒说它是真正的天堂,众神的香格里拉,万物之极乐世界。他们认为圣湖的水可以涤清心中的烦恼和孽障,使灵魂得以升华。唐代高僧玄奘在《大唐西域记》中将它描绘成"西天瑶池"。

每年夏季来临,世界各地的游人香客蜂拥沓来,围绕神山冈仁波齐转一圈,到圣湖玛旁雍错沐浴一番,今生的功德就算圆满,曾经的罪孽亦可涤荡干净。还有一些人,他们来到这片神奇的高原净土,不为朝圣,不为观光,也不为寻梦,他们带着镜头和纸笔而来,只为了记录。记录这人间绝无仅有的纯朴风情,记录大自然浑然天成的美景。

在圣湖的西岸，有一座形似金字塔的小山，山顶上的吉乌寺是观湖的最佳位置。山脚下的吉乌村是游人最方便的休憩之所。吉乌村里有五六家小旅馆、小餐厅，为八方来客提供简单的食宿服务。

有一次，我和朋友格登从狮泉河镇前往普兰县城，途中经过圣湖。

落日的余晖洒在尚未全部解冻的湖面，水面泛着微蓝，冰面鳞光闪闪。观湖转湖的最佳季节尚未到来，天还不够暖和，湖水还不够透彻，游客并不多，吉乌村的大部分旅店、餐馆还没有开始营业。

格登带我走进村口的一家餐馆。餐馆的墙壁刷得很白，一看便知这是刚粉刷过的。厨房在里屋，一道小门将它与餐厅隔开，门框上挂着花白相间的布帘。门的右侧是小小的吧台，酒柜里摆着一些小食品，主要是饮料和方便面。吧台后面的墙壁上挂着营业执照和卫生许可证，还有治安联保制度牌。吧台右侧是窄窄的木制楼梯，楼梯旁边吊着一台电视机，里面播放着藏语节目。

这间面积不过十几平方米的餐厅，摆着四张长方形的餐桌，桌子周围是木制厢式沙发，镶着花纹，独具藏文化特色。沙发容量小，靠背很矮，人坐在里面略显局促。

餐馆的老板是一位藏族姑娘，格登直呼其名——苏姆。苏姆很麻利地给我们准备了可口的饭菜。吃完饭，我要买单。格登说不用了，拉着我就上了车。我们继续赶往普兰县城。

途中，格登说起他的身世，原来苏姆是他的亲妹妹。格登从小父母双亡，与妹妹相依为命。格登在政府的资助下完成学业，考上公务员，在狮泉河镇上班。苏姆完小毕业就四处打工。以前，兄妹的关系融洽，但自从格登结婚以后兄妹的感情日渐疏远。格登还是像以前那样疼妹妹，但是苏姆去哥哥家的次数越来越少。两年前，她在吉乌村开了这家小店，兄妹见面的机会就更少了。格登曾劝妹妹在狮泉河镇找份稳定的工作，然后结婚生子。可是苏姆却不这样想，她不想依赖任何人，她要自己养活自己。格登劝不住她，只好由她去。

苏姆的小店生意不错。每年天气转暖时，苏姆就来吉乌村营业六七个月。等到天气变冷，没有游客了，就关掉店铺回狮泉河镇的老房子"猫冬"。这种日子过得也还滋润，只是随着年龄的增长，到了谈婚论嫁的时候，她却迟迟没有动静。格登给妹妹牵线介绍了好几个小伙子，她都看不上，总说缘分没到。不久前格登才知道，苏姆的心里早已有了人，可那人并不在阿里。

我有点好奇，苏姆到底爱上了一个什么样的人呢？格登讲起苏姆与一个小伙子之间的故事。

那是两年前的一天下午，天快黑时，苏姆的小店来了一个背着硕大行囊的年轻人，苏姆热情地接待了他。闲聊中苏姆得知，这个年轻人叫刘青，是某摄影家协会会员、某杂志特邀美术编辑和撰稿人。刘青要拍摄圣湖的日出。苏姆告诉他，拍日出就去餐馆附近的吉乌寺，那个山头高耸在湖岸，视线相当好。

次日天不亮，刘青便出门去拍摄，说好中午回店里吃饭，可是苏姆一直等到晚上，也没有见刘青回来。苏姆以为刘青转到湖的另一侧，不会再回来了。

圣湖的周长有90多公里，不同的角度有不同的风景。湖四周有八座寺庙，都可以供游人休息住宿。苏姆接待的各路游客形形色色，有的人说好了要再来的，可是一走就再不回来。过客，都这样，不必把他们的话当真。

然而，当天夜里刘青拖着疲惫的身子回来了。他形容憔悴，脸色发白，不停地咳嗽。苏姆给他弄了些酥油茶和汤饭。补充过营养之后，刘青的状态稍有好转。

刘青告诉苏姆，当天拍摄过程中他遇上几个同行，大家一高兴，就沿着湖边随意去拍，远离了吉乌村。后来又结伴去拍日落，折腾来折腾去，时间就晚了。

第三天，刘青很晚都没有起床。中午过后，苏姆几次去敲门都没人应答。她感觉有些不对劲，拿了备用钥匙将门打开。

刘青躺在床上，面色发红，喘着粗气。他发烧了，很可能是感冒引起了高原肺水肿，必须立即救治，不然会有生命危险。苏姆跑下楼打来凉水，用毛巾敷在刘青头上，又给他喂了些开水。刘青只是喘气，想说话却咳嗽不止。

苏姆赶忙去30公里以外的乡卫生所请来医生。医生给刘青简单做了检查，留下一些药就走了。按医生的说法，吃点药等着瞧吧，如果病人的体质好就能撑过去，如果不见好，那他也没办法。

黄昏时分，刘青的病情并未好转。苏姆心急如焚。她想起附近有一支边防部队，那里有位医术高明的军医，曾给吉乌村的村民治病，药到病除。部队离吉乌村有40多公里，苏姆租了一辆皮卡车赶到边防连请来了军医。

军医果然出手不凡。他先给刘青戴上氧气面罩,然后拿了几种药配合之后,开始静脉注射。药水顺着透明的塑料管流进刘青的血管。刘青的咳嗽没有那么频繁了,稍微可以安静一会儿。军医守在刘青的床边,看着三瓶药水输完,半夜才离去。

当晚,苏姆就守在刘青身边,一直到天亮。早饭后,军医再次来到苏姆的小店,又拿了几瓶药水继续输液。刘青偶尔还会咳嗽几声,但已经没有那么痛苦,酥油茶也能喝下一小碗。又是大半天,药水流进了刘青的血管,他的状态好多了。能吃点饭,话也多起来,脸上还有了笑容。苏姆的心终于可以放下。

此后,连输了三天的药液,刘青可以下床到屋外走动了。军医看病人脱离了危险,便停了药,将氧气瓶拉走。临行,刘青和苏姆要给他医药费,军医没有收钱,说是军民一家亲。

经过这场病痛的折磨,刘青的身子显得更加"精干"。他对苏姆说,在这举目无亲的高原能遇见这样善良的姑娘,真是三生有幸。

日子一天天在过去,刘青的身体也一天天恢复。苏姆每天尽其所能、尽其所有给他做可口的饭菜。慢慢地,两人之间产生了感情。刘青说,他这一生都要把苏姆珍藏在心里,永远不会辜负她。苏姆信以为真。

刘青身体完全恢复之后,要离开西藏去新疆完成他的西部之行。临行前他告诉苏姆,等他交了差就来接苏姆。只要苏姆跟着他,有他一口吃的就有苏姆一半。苏姆不想离开阿里,她怕自己没有什么本事,到了内地不能适应,不能养活自己。她也不放心刘青说的话。刘青发誓，一定会回来接苏姆，如果食言，天打五雷轰。

终于还是到了说再见的时候。苏姆帮刘青收拾好行囊，又给他包里塞了3000块钱。刘青说了很多话，苏姆只记住一句，他说他会回来的。

刘青搭便车沿国道219线去了新疆。苏姆的手机上不时收到刘青报平安的短信。刘青先后到了喀什、乌鲁木齐、兰州、西宁、银川、呼和浩特、长春。后来，苏姆就很少收到刘青的短信，渐渐地就没有了消息。

苏姆仍然在圣湖边经营着她的小店。她常常爬上吉乌寺所在的小山，望着东方，盼望着有车来、有人来。

天气渐冷，下起雪来，雪落在圣湖的水面上，很快就融化了。后来，湖面结冰，没有游客再来，其他的旅店、餐馆都关门了，唯有苏姆的店还开着。她在等一个人，她为他而开门。

雪越落越厚，圣湖已经完全结冰。苏姆关了小店，回狮泉河镇去了。

第二年三月份，苏姆早早来到圣湖边。她的店是吉乌村第一家开张的小店。尽管没有什么生意，她还是每天把店铺打扫得干干净净，静静地等待。

圣湖的冰化了，又凝结了。苏姆的店开张了，又关门了。

两年过去，刘青没有回来。苏姆还在圣湖边等着。

听完格登讲的故事，我的心里有一种说不出来的滋味。都说圣湖玛旁雍错是世界上透明度最高的湖泊，然而，如此清澈的湖水，怎么就没有映照出刘青的心呢?

那一刻,我的耳边响起一首熟悉的歌——《我在阿里等你》:

> 你听说过神山之祖冈仁波齐吗
>
> 你听说过圣湖之母玛旁雍错吗
>
> 你听说过不朽的古格王朝吗
>
> 你听说过神奇高原,圣地阿里吗
>
> 扎拉扎西秀,扎拉扎西秀
>
> 古格为你送来吉祥
>
> 圣地阿里把你拥抱
>
> 我在吉祥中等你
>
> 我在祝福中等你
>
> 我在阿里等你
>
> ……

斯潘古尔湖的鱼

斯潘古尔湖,海拔超过4300米,位于藏北阿里地区日土县境内,从空中俯视,宛若一颗蓝宝石镶嵌在群山之间。

湖面东西长约30公里,南北最宽处约2公里,湖水清澈,深邃碧蓝。湖的四周被黑灰色的山峦环绕,山上植被稀少,突兀狰狞的倒影看起来棱角分明、冷漠无情。

　　曾经的战场硝烟早已散去，湖面恢复了平静。湖边湿地上偶尔可以看到藏野驴的白骨。原来的雷区战后并未得到清理，倒霉的野驴成了"排雷先锋"。

　　沿着斯潘古尔湖南岸一直向西，在湖的尽头有解放军的边境会谈会晤站和边防哨所。

　　开春时节，我跟随送菜的运输车前往斯潘古尔，去采访哨所的哨长，一位在这里战斗了九年的老兵。

　　车在湖边的山路上颠簸，人在车内晕晕乎乎地瞎想。暖季来临，湖边的野草还没有返青，枯黄的草丛中不时冒出两三只红嘴鸥、或者一群群野鸭子。湖冰消融，憋闷了一个冬天的大小鱼群活跃亢奋。

　　据说，斯潘古尔湖里的鱼可多了，随便扔一块石头下去，就能砸死两三条。这话听着可笑，不能当真。鱼多可能是事实，多到如此程度恐怕未必。司机师傅告诉我，斯潘古尔湖盛产一种奇怪的高原裂腹鱼，没有鳞，这种鱼脾气大，容不得别人把它打捞出水，离开水后若不及时杀掉，要不了半天，它们就腹部爆裂，自杀身亡。我听得出神，心想，高原的冷水鱼真是有个性。

　　雪域高原，冬天特别漫长，封山以后外界就没人能进入哨所。哨所储备的冬菜主要是土豆、白菜、海带、粉条，战士们早就吃腻了。到了开春时节，那"老四样"也已告罄，更别提什么新鲜蔬菜。若能看见几片绿叶子，战士们会兴奋好几天。

　　冬日里，战士唯一能看到的绿色是他们种在盘子里的蒜苗，这些珍贵的蒜苗在窗台上一天天长高,谁也不舍得吃,战士稀罕的是那丝绿意。

离哨所不远处的山头有一个观察哨。哨兵如果发现有军车驶来,会立即向哨长报告。果然,我们的车刚驶进哨所院子还没停稳,战士们一拥而上,哪还管什么队形。他们先问有没有自己的邮件包裹,然后争着翻看有什么好吃的蔬菜。

战士们对肉类没什么兴趣。高原缺少氧气,紫外线又强,没有蔬菜,维生素缺乏,他们嘴唇发青、指甲凹陷。肉罐头早就吃腻了,看到绿油油的菠菜、青嫩的黄瓜,还有鲜红的西红柿,战士们别提有多高兴。

开饭时间到了,哨长李辉带我进入饭堂。他略带歉意地说:"刚拉来的蔬菜还来不及下锅,这顿饭就先将就一下。"在我看来,所谓"将就"的饭菜并不简单,四道菜全是鱼,一盘干炸小鱼、一盘红烧鱼块、一盘水煮鱼,还有一盆鱼头汤。战士们的伙食不错嘛!我们边吃边聊。李辉说,靠山吃山,靠水吃水。斯潘古尔湖产鱼,吃鱼方便。尤其春天来临,打鱼的方式很简单,顺着湖边撒下粘网,不到一个小时,就可以收获几十公斤。

我品尝了一道道鱼肉,果然味道鲜美。再看看战士们的餐桌,似乎大家没什么胃口,也许真的是吃鱼吃多了。

吃完饭,我和李辉在湖边散步。我问他,裂腹鱼是不是捞上来就会腹部自裂身亡?

李哨长笑笑说:"那怎么可能?这种高原裂腹鱼是西藏特有的鲤

科鱼类，全身大部分没有鳞，只在肚皮后方两侧有排列成行的大鳞片，鳞片中间形成一条裂缝，乍看起来好像腹部裂开口子，所以叫裂腹鱼。"

原来如此啊，那位司机可真能忽悠人！

斯潘古尔湖的裂腹鱼为了适应高原严峻的自然条件，练就了过硬的身板。冬季冰冻时间长，夏季水温也不高，它们蛰居杂食，导致鱼鳞退化。裂腹鱼体形消瘦，形似圆筒，有的略微扁平。它的皮肤很厚，我在吃鱼的时候就觉察到了。由于气候寒冷，食物贫乏，裂腹鱼以藻类或者湖底的底栖动物为食，因而发育极为缓慢，生长周期较长，繁殖能力弱。裂腹鱼为了保护自身及后代，它们的肉和卵都有毒，其他动物不敢贸然吞食。由此我想到，过去当地人都不吃鱼，有的把鱼奉为神明，或许与此有关吧。

既然有毒，为什么战士们还吃得这么多呢？我就纳闷。李辉说："腹裂鱼虽然有毒，但毒性不大，只要高温处理，没有多大问题。"其实，哨所的官兵捕鱼、吃鱼不是为了解决温饱问题，而是因为身处大山深谷，待的时间长了实在无聊，打鱼、杀鱼、晾鱼干，是战士们调剂生活的一种方式罢了。

李辉不愧是老兵，对这里的一草一木、一点一滴了解得十分透彻。他还向我介绍了一种特殊的现象。每到浓云密布、天快下雨时，就会有很多鱼从水里蹦出来，蹦到岸上。当然，这种天气在斯潘古尔湖区是很少见的。

每到这种时候，战士们不费吹灰之力，就可捡到很多鱼。在湖边居住的牧民以前不吃鱼，近些年也开始吃了，不过他们从来不撒网，也不下钩，只等到鱼自己跳上岸，他们捡一些回去。牧民捡回去的鱼，大多是晾成鱼干，与风干牛肉一起吃，别有一番滋味。

听说斯潘古尔湖的鱼很好捕捞，我就萌发了钓鱼的念头。我用大头针自制了鱼钩，找来补衣服的细线，挂在一根长树枝上，简易鱼竿就做成了。

我找了一个僻静的地方坐下来，准备下钩时才想起，用什么做鱼饵呢？蚯蚓，这是鱼最爱吃的东西。我在湖边的湿地里挖了半天，也没有挖出一条来。我怀疑是不是因为海拔高，这里的土壤蚯蚓根本无法生存。那用什么呢？我回哨所去找了一些面粉，加水揉成面团，再加些香油，闻起来很香，裂腹鱼一定爱吃。

我兴冲冲回到湖边，甩钩入水，静坐观之。时间一分钟一分钟过去，我不时地把鱼钩拉上来看看。因为没有浮子，只能眼不离线盯着看。一个多小时过去，鱼线纹丝不动。难道是这鱼今天都吃饱了，没有食欲？还是知道来了生人，就是不出头露面？或者我准备的鱼饵太不好吃了……高原的鱼与其他地方的鱼生性不同吗？

又坐了一个多小时，依然毫无收获。我分析，最有可能是鱼饵不对它们的胃口。否则鱼这么多，为什么就不上钩呢？湖水清亮见底，有时明明可以看到鱼就从我的鱼钩旁游过，它对那食物看也不看一眼，简直熟视无睹，目中无饵。

整个下午，我就坐在湖边，看着明镜般的湖面，一边钓鱼，一边胡思乱想。我想象着自己坐在海边的石头上，长长的渔线甩到海里，鱼儿争着来咬钩，我的鱼篓里很快收获满满。海洋里的鱼啊，你们是多么快乐，有足够的氧气，可以活蹦乱跳、任意追逐；你们是多么自由，广阔的海域足够你们游上半年，也不会回到一个地方；你们的食物是多么丰富，浮游生物，小鱼小虾，想吃什么就吃什么；你们也不必害怕阳光，海面的紫外线并不那么强烈；你们更不用怕海水冬季结冰，全年无忧无虑。当你们徜徉在幸福的海洋里，你们可曾知道，在陆地的最高处，还有一群你们的同类，它们为了生存不惜退化掉自己的铠甲，让自己的卵子产生毒性，去寻觅各种你们听也未曾听说过、根本看不上的食物充饥。那就是斯潘古尔湖里的裂腹鱼。

这些裂腹鱼，就像我们的边防战士，他们在如此恶劣的自然条件下苦苦支撑。为了守护祖国的每一寸土地，他们放弃了繁华都市的灯红酒绿，他们离开了幸福温暖的美好家庭，他们吃极其简单的食物，却守候着人生的精神高地。他们的活动空间非常之小，生活中最常相伴的是寂寞荒凉。他们把美好的青春年华交给了部队，交给了阿里。当他们韶华不再、青丝染霜的时候，谁还会记得他们，一群守卫在斯潘古尔湖边的钢铁卫士。

鱼还是没有上钩，我有些沮丧，后来一想，也不错，如果我钓上它们，它们的生命就此完结，不如让它们多活些时日。在高原，生命本就脆弱，生命本就不易，我又何必心急火燎地去做那刽子手呢？

次日早餐，令我没有想到的是竟然还有糌粑和酥油茶。哨长李辉说："冬天没有蔬菜，这样吃挺好。"是的，藏族朋友不都是这样吃的？几千年了，没有什么不好。

我很喜欢糌粑的味道。其实，它与我们汉族的炒面差不多，不过加工炒面是把小麦先磨成粉再炒熟，而糌粑呢，是把青稞先炒熟，然后再磨成粉。有些磨得粗一些，有些磨得细一点。小孩子如果从小就吃细糌粑，长大以后就不会接受粗糌粑，反之一样。就像我们从小吃惯了大米，长大以后甚至一辈子都会喜欢吃大米，而对面条就不会有兴趣。糌粑倒在碗里，加入一些酥油茶，用手把它揉成团，就可以直接吃了。大城市里那些山珍海味、鸡鸭鱼肉吃多了，吃一点这种无公害的清淡食品，不能不说是一种享受。

我突然产生一个念头，如果用糌粑做饵去钓鱼，裂腹鱼会不会上钩呢？

带着这种好奇之心，我再一次来到湖边，把酥油拌好的糌粑揉成小面团挂在鱼钩上，抛入水中。没过多久，就有鱼咬钩，不错，很快就钓上一条一斤左右的裂腹鱼。我有些兴奋。这鱼和人一样啊，真是一方水土养一方鱼。斯潘古尔湖的鱼爱吃糌粑，不爱吃面。

高原冷水鱼肉质鲜嫩，营养丰富。近两年，斯潘古尔湖边来了不少外地捕捞者。自从阿里新修了机场，开通了民航，有些好事之徒就把斯潘古尔湖的裂腹鱼运往成都、广州等地，一斤可以卖上百元甚至数百元。不过我也担心，如果大批量地捕捞，会不会对这里的生态造成破坏？但愿那些商人还有一些良心。

据说，鱼的记忆力只有几秒，他们即使侥幸吞钩未被钓上，过不了多久，它们还可能再次回来咬钩。我不知道，斯潘古尔湖的裂腹鱼的记忆有多长时间。但愿它的记性更好一些，不要被人轻易钓走，但愿它们留在这美丽纯洁的湖里，陪伴我们的战士守好祖国的边防。

我相信守在斯潘古尔湖边的战士，会坚守自己的阵地，坚定自己的信仰，坚持自己的选择。人生未必只有在繁花似锦的都市才会闪光。不必怀疑，雪莲花盛开的地方同样也有春天。

扎日南木错行

在阿里工作好几年了，很少去措勤县。主要是因为它离狮泉河镇太远，且没有铺通柏油路，交通不便。何况那里也没有熟人朋友，若非不得已，谁愿意受那颠簸之苦！

措勤县属于羌塘草原西部，冈底斯山脉北麓，气候寒冷干旱，是一个纯牧业县，人口万余。从地图上看，措勤县位于阿里地区东南方向。

从狮泉河镇前往措勤县有两条路。一条路况较好，沿国道219线，经普兰进入日喀则市仲巴县以后，再往西北方向折返即可到达，全程大约800公里。另一条路虽然近一些，500多公里，但路况较差，走省道301线，路过革吉县、改则县，向东南方向前行即可到达。这段路仅有一百多公里铺着柏油，其余是沙石路面。

那年七月，单位派我和同事去拉萨出差，我们带着车选择了途经措勤的路线。不是为了抄近路，而是想去领略一下西藏第三大湖泊——扎日南木错（排在前两位的分别是色林错和纳木错），以及令人神往的碧水蓝天、广袤无垠的草场湿地、成群的牛羊和无数的鸟类。

一大早，我们从狮泉河镇出发。当我还陶醉在美好的想象中时，车已驶过了革吉县，痛苦的体验随即开始。

路面完全是搓板型的。车速过慢，人感觉像在海上漂泊，摇摇晃晃；车速过快，又像坐在震动棒上"嗒嗒嗒嗒"，面部肌肉和紧绷的嘴唇都在不停地发抖。这条路较之219线确实更具有挑战性，整整跑了一天。太阳落山的时候，我们终于到达措勤县城。

晚上，我们住在县政府招待所。虽是暖季，夜里仍旧寒气逼人，门窗关不严实，冷风不断打扰着我们的睡意。

次日，天还没亮我们就起床了，与其躺在冰冷的床上受罪，不如去欣赏黎明的美景。在高原湖边看日出，应该是个不错的选择。

我们驱车直奔扎日南木错。出县城十公里左右，大片鱼肚白出现在地平线上，那就是扎日南木错。

清晨的扎日南木错阴冷清凉，空气稀薄，光影晦涩。远处的湖面泛着微光，平静得一丝波纹都没有，近前的湖水幽暗深沉，给人以萧条肃杀的感觉。湖边的草甸里，几顶白色的帐篷呆呆地坐在那里，没有浓浓的炊烟升起，也听不见狗叫的声音。沉睡了一个晚上的湖，不想睁开朦胧惺忪的睡眼。站在湖边远远望去，隐隐约约可见湖的尽头就在远山脚下，湖面烟波浩渺，蕴含着强大的吸引力，让人的脚步无法轻松自如地移动。我们如此唐突地闯进别人的梦里，打扰了这宁静的时光，会不会给他人带来不安？想到这些，内心不免有些愧疚，是我们来得太早了吗？

那时，我还是一个没有见过大海的人。每次看到无边无际的水面，我的脑子里就会出现大海的样子。大海该是什么样子呢？不会也是这般寂静吧。扎日南木错有1000多平方公里，容得下我的想象力。在海拔4600多米的高原上，怎么会有这么大的湖泊呢？神湖之水天上来吗？这是上天的杰作。上古时期的造山运动必定是奔涌激荡的。数亿年前的一天，山崩地裂，火山喷发，原始海洋底部隆起为高山，海水四溢。一条长长的山脉从中间断裂，洪水倾泻，汇集到相对低洼的地段，形成了扎日南木错。

我们沿着湖的北岸前行，太阳慢慢拨开了乌云，阳光一泻千里直扑湖面，周围的山也看得更清楚了。

扎日南木错醒了。

山峦具有明显的造山运动痕迹，平齐的三角形断层山崖如同刀斧切凿一般，红黑相间的岩层告诉我们，这里曾发生过剧烈的火山喷涌，卷曲扭折的岩层，还在诉说着当年那段痛苦不堪的经历。继续前行，我们登上黑色岩石构成的木诺峰，整个扎日南木错湖光山色尽收眼底。远山如黛，芳草萋萋，这才是我们想要追寻的美丽。

此时的湖水已经由黑变蓝，深蓝深蓝的。水天一色那是形容大海的，在这美丽的扎日南木错，湖水比蓝天更蓝。湖边的白色帐篷升起了炊烟，牧人也醒来了，牦牛和羊群开始蠕动，水鸟也活泛开来，不时在水面驻足、奔跑、起飞。远处的雪山清晰可见，山头的白云绕来绕去、翩翩起舞。山下的长河弯弯曲曲注入湖边湿地，宛若碧玉缎带轻柔地铺在无尽的草原。

冷冷的清风拂面而过，几分寒意袭来，湖面焕发了生机。湖水开始波动，断崖下的湖水拍打着岸边的岩石，发出"哗哗"的响声。它是扎日南木错的晨钟，要唤起湖水和周围的生灵，它像骏马的嘶鸣，准备好扬蹄出征。在大湖的周围，星星点点分布着几个小湖，那应该是古老湖泊的一部分，后来气候变暖，湖水萎缩，主体一再下沉，就把那些小湖抛开。可以说，那些小湖就是扎日南木错的孩子，他们陪伴在母亲的身旁。

在木诺峰和湖面北侧的山麓之间，还有一个面积不小的封闭小湖，因与大湖隔离，自身又基本无水源补给，湖面较扎日南木错低下去十几米，形似一个漏斗。

我们在崖边行走，发现了古老的水岸线，一层一层，清晰可见。由此可以断定，当初的湖面比现在要高出至少100米，面积恐怕要比现在大出两三倍。大自然真是神奇，历经数万年的地质造化，如今的湖面大为缩小，湖水存量不多。湖的东岸，远处的措勤藏布、达龙藏布两条冰山河流从冈底斯山脉深处流出，汇入湖边茂密的草丛，想必里面一定藏着不少水禽吧。一群藏野驴在湖边悠闲地吃草，还有几只藏羚羊也来凑热闹。湖边滩地上植物生长良好，硬叶苔草和紫花针茅随处可见，的确是藏北高原的优良牧场。

站在木诺峰下的断崖处，可以看到一条弧形沙堤从湖边向东南方向延伸，直至湖心小岛。那曲线婀娜娇艳，如同美女身姿。我们决定下山，去小岛上看看。

走在柔软的沙滩上，两侧的湖水轻轻浸透过来，鞋帮打湿了，惬意无比。这是一个火山喷发形成的熔岩岛，怪石林立。站在岛上环顾四周，碧波荡漾，涛声阵阵，令人心旷神怡。水鸟既想飞来驻足，又恐落入圈套，它们只在小岛岸边蜻蜓点水，不知是在捕食小虫子，还是在喝水。

刚才站在高处观湖，湖水是深蓝色的，如今站在岛上观湖，湖水变得碧绿。眼见脚下清水里的沙石，真想脱了鞋下水走一走。

扎日南木错的形态并不规则，南北两岸距离较窄，东西两岸地势开阔。我们的车沿着湖边绕行，到达东岸时，湖边没有路了。我们只能小心翼翼地在草中行驶，生怕车子陷入沼泽。

走着走着，前方出现一群紫绒山羊。我让司机放慢了车速，我要好好看看这种西藏独一无二的稀有物种。紫绒山羊适合高原寒区生存，只在扎日南木错周边的草场上才有。我不理解，为什么它们偏偏喜欢这里的环境。紫绒山羊全身都是宝，在高原雪域，它的产奶量很高，甚至可以赶上小一点的牦牛，它的肉质鲜美，不柴不干，清炖最有营养；更宝贵的是羊绒，可以做成质地精美的衣衫服饰，保暖效果、舒适程度仅次于藏羚羊绒。

眼前的这群紫绒山羊足足有上百只。一位牧羊姑娘拿着鞭子不停地招呼羊群让开道路放我们通行。这姑娘头上包裹着红色纱巾，连脖子也护了起来，脸上也围着纱巾，只露出一双清澈明亮的眼睛。从那双眼里，可以看出她是那么美丽、善良。

也许是我们的司机有些急躁，使劲地按响喇叭，羊群一下子受惊分成两群。大羊在前面狂奔，小羊咩咩叫着拼命跟上。左边的羊群跑出去好远，冲上山坡，右边的羊群深一脚浅一脚跳进了沼泽。我们的车加大油门很快冲了过去。

我不经意间朝后视镜一瞥，看到那牧羊姑娘正挥舞着鞭子向我们的车招手。她是在叫我们吗？我让司机停车。

下车之后，我朝那姑娘走去。姑娘手中的鞭子指向沼泽中的羊群。这时我才发现我们的过错。由于我们的车惊扰到羊群，山羊慌不择路，冲进湖边的湿地，那里草稀水深，有一只小羊不幸陷入了沼泽。它站在一坨草上吓得发抖，"咩咩"叫个不停，样子很可怜。母羊站在不远的地方眼巴巴望着小羊，似乎告诉它的宝宝不要害怕。

我从那姑娘的眼神里看出一丝怨恨。

怎么办？小羊就在那里，离我们十几米，人无法靠近，如何救它出来呢？姑娘望着小羊说了一句什么，我听不懂，好像是劝小羊别着急。我的同事和司机也走了过来。我安慰姑娘不要着急，我们会想办法救小羊出来，也不知她听明白了没有。

司机从车上拿下来一根绳子，绳头挽成一个圈，他像蒙古族的套马手一样将绳圈扔向小羊。扔了好多次，不是远了，就是近了，要么就掉在小羊身上，总之套不到小羊脖子。在我看来，即使能套住小羊的脖子，也还是有风险，小羊可能窒息。

小羊站在水草里，不敢动，动一下，身子就往下沉一点。姑娘很着急，不停地冲小羊喊，她脸上的纱巾不知什么时候已经掉到脖子下面，露出生动的脸庞。突然，她似乎想起了什么，手指伸进嘴里冲着山坡方向打了一个响亮的口哨。

我顺着她的眼光看去,山坡上冲下来一只黑色的牧羊犬,一口气跑到姑娘身边。姑娘蹲下身子,抚摸着牧羊犬的头,跟它说了几句话,又指了指沼泽中的小羊。

牧羊犬好像听懂了主人的吩咐,轻轻地向沼泽靠近。犬的重量比人要轻一些,所以走得更深入,在离小羊只有三四米的地方,它也不敢前进了。牧羊犬用前爪试探性踩一踩,不行,换个地方,再试试,还是无法立足。它回过头来,冲着主人叫了两声。姑娘冲它大喊一声,同时把鞭子挥得啪啪作响。牧羊犬得到主人命令,又轻轻地一跳,跳到小羊侧面的一堆草丛中。小羊回过头看了一眼牧羊犬,刚叫了两声,身子又往下陷了一截。小羊吓得叫声更惨了。牧羊犬再次试探着前出,前爪按了按前面的草根,感觉可以承受。于是它跳了上去。谁知刚跳上那坨草,水草快速下沉。牧羊犬一看不妙,立即使出浑身解数纵身跃起,连续地跳跳窜出险境。它顾不上看主人的脸色,迅速躲到姑娘的身后,抖了抖身上的毛。水滴四散,有一滴打到我的脸上,我感到一丝冰凉。姑娘气得举起鞭子想抽牧羊犬,却又不忍心。

我跑回车内,拿了雨披和纸箱来到沼泽边。我想把雨披铺开,然后将纸箱铺上去,人站在纸箱上,两张雨披交替向前,或许可以靠近小羊。

同事和司机听了,感觉这个办法值得一试。司机自告奋勇要去施救。我本想亲自来,看看司机的身材更瘦一些,就同意他试试。雨披铺开在水草里,有两平方米那么大,人站在纸箱上,勉强可以承受得住。司机按照我说的办法一点一点靠近小羊。我的心里紧张,既担心小羊陷入沼泽，又担心司机有危险。我大声喊道："注意安全，不行就退回来。"

在我们施救的过程中，姑娘一会儿对小羊说几句，一会儿闭上眼睛双手合十念念有词。

就在司机靠近小羊只有三四米的地方，也就是刚才牧羊犬到达的那个位置。小羊看到人来救它，兴奋了，激动了，奋力挣扎着向司机这边扑腾。它不动还好，这一动，身子马上下陷，只剩下羊头露在水面之上了，叫声更加凄惨。姑娘急得大声叫嚷。小羊又不敢动了，水慢慢地逼近它的下颌。姑娘的眼睛里噙满了泪水。

司机把身后的那片雨披抽出来，再次扔向前方。只差一米就可伸手抓到小羊。正当他准备移动身子时，只听见小羊"咩"地叫了一声，沉入了水中。水面冒了一串泡泡，再也看不到小羊的影子。

姑娘"哇"的一声哭了。我心里十分难受，不知道该怎么劝她。司机站在那张雨披上，一动不动。

一时间，我的脑子有些发蒙。我叫司机回来，他只是答应，却不回头，身子也不挪腾。我问他："怎么啦？"他回答："没事。"我又喊："赶快回来！"他不回答。只是站在草里不动身子。我的心提到嗓子眼。小羊没了，我们可以赔，人可千万不能出事。

过了好一阵子，司机才回过头来，一点一点收起雨披，一步一步挪回来。我拍拍他的肩膀，说了声"辛苦了"。他说："不好意思，小羊没有救出来。"

姑娘蹲在地上抽泣。我向她表达了歉意，希望她不要难过。也许她听懂了，站起来，说了什么话，我却听不懂。我从口袋里掏出五百块钱塞到她的手里算是赔偿，可她不要，把钱还给我。我又拿出三百连同那五百一起塞给她。她看着我摇摇头，把那五百还给我，她只留了三百。

我们带着遗憾告别了姑娘，开车直奔拉萨。

本来是一次愉快的心灵之旅，不曾想因为一只小羊，搞得人心里很不是滋味。司机好像觉得自己有过错，一路上也不说话。我坐在车里，望着窗外碧蓝的湖水，心想，如此美丽的地方，我们最好还是少打扰它。

阿里是一片神圣的净土，不容任何人来糟蹋。这些年，西藏的旅游业不断发展，外来游客越来越多，这片蓝色的天空、纯洁的土地有时也会遭受摧残和破坏。无知无礼的人们，随意抛弃垃圾，让这本来就脆弱的生态遭受磨难；有的人进入寺庙，毫无谦恭之心、敬畏之意，口无遮拦，举止放肆；有的随心所欲踩踏玛尼石，甚至把五色经幡坐在屁股下面，有的把藏族朋友敬献的哈达随手扔掉。没有信仰的人，我们可以不责备他，但请尊重他人的信仰。无知的人们请相信，是藏族朋友为我们守护了这一片世外桃源，我们应该感谢他们。我们不应该打扰他们的安宁，不应该破坏他们的环境，更不应该侵蚀他们的未来。

我愿意把自己的手放在心口，轻轻地说一声："阿里，我会珍惜你。"

▶ 阿里的路

天路守护神

假如你驱车行驶在藏北高原的公路上，不时会看到一队队身着迷彩军服的武警官兵，他们或在养护路面，或在抢修塌陷。按理说，这些工作是由路政部门负责，与武警没有什么关系，应该由分布于公路沿线的一个个道班担负检查维护的任务。但是在雪域高原，保障交通顺畅、维护交通安全则是武警交通部队的使命。

有时他们会在路上设置标志牌，提醒过往司机前方路况；有时他们会在路边拦截车辆，发放温馨提示卡，告知游客高原道路通行注意事项；有时他们会在一眼望不到头的公路上排开"一字长蛇阵"，清理路边杂草和路上散落的垃圾；有时他们限制通行，几十名战士每人提一个油壶，用融化的沥青浇注公路裂开的缝隙；有时他们为了抢通道路，连续奋战，不舍昼夜……他们，就是这样一群恪尽职守的武警战士，他们用自己的青春、汗水甚至生命，保障着上千公里运输线的畅通。雪崩、洪水、塌方、泥石流，对他们来说司空见惯，不足为奇，也不足为惧。他们不仅要保障道路通行，还保护着天路上奔走的每一个生命。他们是真正的天路守护神。

早些年，跑过新藏线的司机都知道，所谓的国道不过是简易沙石路，有线无路，有路无基，坑坑洼洼，崎岖坎坷，遇山阻挡就绕行，有河拦路就涉水。跑一趟新藏线，人就像扒了一层皮。

自从2002年起，武警交通部队第二总队第八支队官兵奉命开进雪域高原，在生命禁区担负起"天路"养护保通任务。在武警官兵的努力下，新藏线以及阿里地区的一些主要公路发生了天翻地覆的变化。辖区所有国道、省道彻底摆脱有路无基的自然状况，通行时间由过去的四个月增加到全年通车，柏油路里程由接手前的零公里提升至全线铺油。

阿里属于边境地区，公路经过的每个乡镇，公安武警都设有执勤关卡，对过往行人进行身份盘查，登记车号，限制车速，既是出于稳定要求，也是基于安全考虑。由于条件有限，基础设施简陋，公安采取开路条的方式来限速。车行驶到一个卡子，警察会开具一张纸条，以示检查登记可以通行，同时也会在路条上写下时间，到下一个卡子，警察查验路条，根据时间和里程计算出这辆车是否超速。这个办法很原始，但很有效。

2013年10月，我驾车从狮泉河去拉萨办事。在普兰县的巴嘎乡检查站被武警战士拦下。边境地区武警的警种繁多，有时分不清楚他们是属于内卫、边防，还是交通、警卫。因为我开的是军车，通常情况下这些关卡都是直接放行,不存在检查身份、限制车速的问题。这次是有什么特殊情况吗?

我打开车窗,一名武警战士向我敬礼,很客气地说:"前方道路因下雪暂时关闭,请返回或者另择线路。"返回,任务怎么办?另择线路?走到这里了,难道还有别的路可走吗?我从他胸前的徽章上看出,是交通武警。他说得挺认真,可我看着蓝天白云,哪里有什么雪呢?战士解释说:"通往日喀则的马攸木山口正在下雪。"

我能理解,这是他们的工作,但是我确实有急事,求他通融一下。这位战士拿不定主意,去请示领导。过了一会儿,来了一位中尉警官。我跳下车向他出示证件并说明情况,请他放行,同时我也保证安全问题由我自己负责。他笑了笑,什么也没说。冲身后的战士摆了摆手。有位战士过来,给我的车拍了照,然后搬开路障放行。

我上了车,准备起步。中尉警官从车窗递给我一张小卡片。我还以为是名片呢。接过一瞧,是一张温馨提示卡,上书"高原武警祝您一路平安,有困难请打电话",上面还有座机号和手机号。我说了声"谢谢",一脚油门就走了。

车子一路向东南驶去。路上没有行人,也没有别的车,冷冷清清。

过了公珠错,天就变脸了,一大片乌云向我压来,这是挑战吗?还是考验呢?我毫不畏惧,穿云破雾,钻了进去,这点困难岂能吓退我?!再往前走,云层越来越低,难道真的要下雪?我不得不提醒自己收敛一下胆气。我的心里默默祈祷,老天爷你先别急着下雪,等我翻过马攸木达坂,再下不迟。

高/处/不/寒

世上的事,有时真的说不清楚,你怕什么,偏偏就来什么。行驶间,雪花已经不急不躁地落了下来,稀稀拉拉,忽忽悠悠,它落在路上,落在草里,也落在我的心上。继续前行,还是折返回去?我虽然有些犹豫,不过车子还在前进。快到山口时,雪猛然间变大,拳头大的雪块砸在车顶上、车玻璃上。路面很快被积雪覆盖,车前挡风玻璃的雨刮器调至最高挡位,仍不能及时扫去玻璃上的雪。我停下车,点上一根烟,猛吸一口,怎么办呢?

经过短暂的考虑,我决定迅速翻过达坂。这不是毫无根据的冒险,而是基于此前曾走过这条路的经验判断:雪刚下不久,积雪不厚,路面没有结冰,不会打滑;我的车是六缸四驱的柴油车,马力大;只要翻过这个山口,过去就是平缓的道路,况且这个山本来就不高,坡道不是很长,应该可以通过。

我将越野车的四驱挂好,小心翼翼地向坡顶爬去。还不错,这辆座驾很给力,山路也并不像想的那样难行,虽然有雪,挂一挡慢慢走没有多大问题。

然而,没走多远,无情的大雪给我迎头痛击。事实很快证明,我的判断和决定是错误的。车子只爬了两三公里,在一处较陡的坡段开始打滑。我的心提到了嗓子眼。上不去了,再硬拼可能会出问题,如果滑到旁边的沟里那就麻烦大了。我后悔没有听武警战士的劝告。现在怎么办?只好先把车停下来。我下车查看了路面,似乎不怎么滑,但车就是上不去。

雪更大了,还夹着风,乌云压顶,天空昏暗,无法断定是什么时间。我看了一下表，下午 4 点，但感觉天要黑了。车停在半山腰，上不去，也下不去，路面狭窄又打滑，不敢轻易掉头。即使能掉头，这下坡的雪路，敢开吗？

看来雪是要下一阵子，没有舒缓的迹象。我得想办法，不能坐以待毙。我又上车点了一根烟，开始整理自己的情绪和思路。目前的情况是，人车已经困住，无法前行，也不能后退。车可以扔在雪地，人绝对不能待在这里。车上的柴油不足以维持发动机整个晚上燃烧，留下等待可能会冻死。弃车徒步是唯一选择，可是，往哪个方向走更能接近人烟呢？对，我想起了交通武警，他们不是给了我一张联系卡吗？给他们打电话求援。可是那卡片放在哪儿呢？我当时随手一扔，想着不会用上的。我找遍了驾驶椅前的面板、储物仓，均没有。不能着急，慢慢想，慢慢找。

我低头看脚下，原来它掉到脚垫上了。拿起卡片，我忍不住亲了一下："救星啊！"我掏出手机一看，唉，心又凉了半截。手机没信号。必须想办法与他们取得联系，否则就要被大雪埋在这里。可是哪里有信号呢？应该往山上走，地势高的地方一般信号会好一些。

我跳下车，顶风冒雪向坡上走去。多年跑新藏线，这样的事情曾经遇到过好几次，每次都能化险为夷，我的心里并不是十分紧张。我知道，越是这种时候越要保持冷静，不能犯迷糊，要有正确的判断，选准方向和方法，通常都能走出困境。此时的我，要比在检查站时头脑清醒得多，那时怎么就听不进去别人的劝告呢？自以为是，盲目乐观，导致判断失误，以后应该好好吸取教训。

我低着头只顾前行,任风雪打在脸上也不觉得冷,不觉得疼,只怪它总是遮住我的双眼。不知走了多远,突然前面出现了一个黑影。我定睛一瞧,是人,不是熊。听说这一带有棕熊出没。

来人是一位裹着长袍的藏民,他手持马鞭急匆匆从坡上走下来。显然,他也看见我了。

我停下来同他打招呼。他听不懂我说什么,我也不知道他为什么会在这里。我们就用手比画,口语加上手语,我明白了他的一点意思,他的车也被雪陷住了,在山顶上不敢往下开,等在原地就只有冻死。我告诉他,我遇到了同样的麻烦。不知他是否听明白。我问他现在去哪儿,他指着山下,又拿出手机比画。我想他是要打电话求援。我比画着,劝他上山,打电话要去山顶。他摆摆手,劝我往下去,指着手机屏幕摇摇头,意思可能说是山顶没信号。我就奇怪,山头上没信号,难道山脚下有信号?不过看得出来,他也很着急,显然不是瞎说。

从这位藏族同胞的服饰看,他是附近的牧民,应该对地形天气更了解一些。我就跟着他下山。走到我停车的地方,我从车上拿了两罐红牛饮料给他。他微笑的时候,露出了一排大白牙。

我俩一路下山。到了山脚下,果然手机出现了微弱的信号。我连忙拨通那卡片上的电话,铃声响了一下,就断了。反复几次,总是刚要说话就断线。我又爬上附近一个小山包,在那里终于接通电话。谁知才说两句,又断了。最糟糕的情况出现了——手机没电关机了。破手机,我真想把它给摔了。也难怪,在高寒缺氧的地方,手机电池的能量很快就会耗尽。还有什么办法呢?

我跑下小山包，找那个牧民想借他的手机，发现他也正在打电话。我问他："打给谁？通了吗？"他说："警察。"随即又摇摇头。我拿起他的手机，重拨了刚才的号码。接通之后，我才知道电话那头是负责他们牧区治安的民警。这个牧民来自仲巴县，距此处有上百公里。警察无能为力，谁来营救呢？我用他的手机再次拨通了武警提示卡上的电话。接线员很客气，得知我们所处的位置后，他说早就通报过山口有大雪，沿途的卡子没有提醒吗？我说有武警战士提醒我，是我自己非要过来的，现在遇到麻烦了，请他们帮助。

电话挂了。接线员没有说武警来还是不来。我一时也拿不定主意，他们会出动兵力来救我们吗？他们已经做了他们该做的，而现在的局面完全是我咎由自取，怨不得别人。

牧民急得问我是什么情况。我告诉他电话是打给解放军的。他高兴地说："金珠玛米，金珠玛米。"看来解放军在他们心目中的地位高、印象好。

我正要把电话还给他，手机响了。接通之后，一个声音传过来，电话那头说，他们是交通武警巴嘎中队的，指挥部告知他们有人需要救援，他问我们的具体位置。我赶快如实汇报。他让我们沿着公路往巴嘎方向步行前进，他们从那边过来救援。听到这个消息，我心里一块石头落地。这下有救了。

我拍拍牧民的肩膀："走！"他明白我的意思。我把手机还给他的时候，注意到这款手机很结实，拿在手里有分量，通起话来声音大，看那电量还很充足，比我那款中看不中用的手机强多了。

这时候，天真的要黑了。我们在雪地里走了一个多小时。终于看到远处耀眼的警灯。夜幕下，它竟然如此美丽，是那样的温暖。

警车上跳下来一个警官。我认识他，下午在检查站，就是他放我走的。我冲他笑笑说："不好意思，当初没有听你们的劝告，这会儿又给你们添麻烦了。"他似笑非笑说："这就是我们的工作，这样的事、这样的人我们见多了。"我十分尴尬。我们挤上警车，朝巴嘎方向驶去。

牧民上车后，比画着说了一通，我猜他可能在说他的车怎么办。我也在想，警官怎么没有问我们的车。当然，那种情况下，车只能扔在原地，救人要紧。

警官或许是听懂了牧民的话，或许他已明白我们的心思。回过头对我说："我们这趟的任务就是救人，先接你们出去，车放在那里不用担心，这种天气，没有人能动得了你们的车。等明天雪停了，再想办法拖车。"

我连忙说："人能出来就是万幸，车后面再说。"

警车快到巴嘎时，太阳从山头的云层里挤出一缕阳光，晚霞染红了冈仁波齐峰顶，血红血红的，非常漂亮。高原的天气，真让人琢磨不透。不过有了武警官兵，这条高原通道安全得多，行驶在这条路上的人心里也踏实得多。

当晚，我们就住在武警检查站里。其实也没有住，什么行李都没带，只能坐在炉子旁边聊聊天，打个盹儿而已。

次日，天气看起来不错，但不晓得马攸木山口会不会还像昨天那样。我问武警战士:"今天能不能通行?"他说:"得听指挥部的。"我又去找那中尉。他说:"已经联系了牵引车,但愿能将被困车辆解救出来。"

我和那个牧民坐在检查站门口等啊等。尽管心里着急,却又不能去催,武警已经答应救助,迟迟没有行动,肯定有他们的原因。快到中午时,才见一辆装载机徐徐开出检查站。我们随即登上越野车在前面引路,奔向马攸木山口。

接近山口,装载机在前面开路,警车尾随其后。这里雪不是很厚,装载机不用费多少力气就到了山脚下。我们都下了车,看着那笨重的家伙一点点往山坡上爬。由于它的自身重,走起路来慢慢腾腾,还要推雪,行动迟缓。我们什么忙也帮不上,只能在它后面跟着看。

终于到了我那辆车跟前。我把车上的雪打扫干净。发动车,还好,一打就着。武警中尉问我,是返回巴嘎,还是继续前往日喀则。我说:"如果天气允许,我打算前往日喀则。"他笑笑说:"那就跟着装载机吧。"

就这样,在装载机的引领下,我们到达坡顶。一辆小皮卡停在那里。牧民跑过去检查车上的东西,应该没什么问题。我们登顶之前,这条路上既没有车辙,也没有脚印。牧民高兴地钻进车里,向我们挥挥手,开着车向巴嘎驶去。这一路已被装载机开通了。而我的车要继续南进,还得跟着装载机走。雪路下坡更难行。

直到天快黑时,装载机终于将我的车护送到坡底。前面的路面虽然有雪,但不是很厚,我的车应该可以过得去。

中尉告诉我，他们的任务已经完成，要返回单位了。我很感激，却不知说什么好。

如果不是他们，昨天夜晚我真不知道该怎么过。最有可能就是一直走下去。如果侥幸遇到牧民的帐篷或许有一丝生存的希望，如果不幸遇到野狼，那还不知道是什么结果呢！

遭此一劫，以后真得长点记性。个人的力量是有限的，不要想着自己什么事都能干、什么困难都能克服，与大自然比起来，人是多么渺小。

人的一生要感谢的人有很多。感谢父母给了我们生命，感谢老师给了我们教诲，感谢朋友给我们帮助，更要感谢那些给我们指路、铺路的人。

前往什布奇

什布奇，西藏阿里地区札达县的一个小村，位于藏北高原的最西端，是国家地理标志确定的边境村，距离首都北京7500多公里。

发源于冈底斯山脉的象泉河，在雪山草原穿行数百公里后，从什布奇村流出国境。

阿里高原平均海拔4500米，最高点是卡美特峰，海拔7756米，什布奇村的海拔是2900米，落差达4800多米。那小小的村庄隐居在幽静的河谷中，四季分明，农牧兼作，既可以尝到新鲜蔬菜，也不缺少甜美的瓜果,是名副其实的阿里小江南。

什布奇村是边境村落,自然少不了边防军人。

因为地处偏远,交通不便,冬季大雪封山期长达五个月。每年开春,什布齐的军民都会齐心协力组织工程机械推雪开路。若是坐等天暖雪融,村民和边防战士就得在与世隔绝的山沟里多待两个月。

通往什布奇的路,既远又险,我只走过一次,但记忆刻骨铭心。

阿里的边防异常艰苦,高寒缺氧、寂寞荒凉,守防官兵的业余文化活动很单调,有时会影响到他们的心理健康。上级机关出于对边防战士的关心,每年要派出文艺演出队赴边防一线慰问演出。

那年7月,又一支演出队上山了。那时我还在军分区政治部工作。我的女儿刚刚小学毕业,她想来部队看望我,恰逢暑假期间,我就让她跟随军区文工团演出队从乌鲁木齐来到阿里。

来阿里的这些演员我大都认识,此前我在军区政治部工作,大家都是一个单位的,虽不是很熟悉,但一说起来彼此都知道。有这些叔叔阿姨、哥哥姐姐们带着小女,我很放心。

演出队一行18人,在狮泉河镇休息了一天,次日便启程下边防。按照他们的计划,由远及近,每个边防哨所都要到点到位,切实把首长机关的慰问带给边防一线官兵。我的任务是协调安排行程,并陪同保障他们的安全。

演员中有七八个年轻的姑娘,她们第一次上高原,对高原心存恐惧。她们最担心感冒,害怕引发肺水肿。与大多数来阿里的游客一样,在这种心理暗示下,初到阿里多半都会出现明显的高原反应。其实,了解高原的人都知道，进入高海拔地区，每个人都会有这样那样的反应，这是正常的人体应激反应，只要尊重科学，遵循高原生活的规律，尽量避免生病，通常不会有什么大问题。

我让随队医生给大家发了些药品，有丹参滴丸、洋参含片，还有21金维他、红景天等，叮嘱他们按需服用。

我们这支队伍有五辆小车，一辆大车，小车坐人，大车装运音响设备和乐器。从狮泉河镇出发的时候，大家兴致很高，要去的第一个地方便是最远的什布奇哨所。

沿国道219线向南100多公里，我们到达海拔4600米的巴尔兵站。那里距什布奇村还有650多公里。队伍在这里短暂休息。

巴尔这地方风大风急，姑娘们因为过于注重形象，穿得单薄，不懂得保护自己，被那高原的冷风一吹，头疼在所难免。虽然大家的精神状态都还不错，但个别演员已出现了较强的高原反应。此地不可久留，迅速通过为好。

巡演之路才刚刚开始，必须保证演员们身体健康。如果病倒几个，以后的路可怎么走？演出还怎么按计划进行？我的心里真是没底。

离开巴尔兵站二三公里，车队开始翻越海拔5300米的达坂。好在这段路刚铺过柏油，山路没有积雪，车辆也不多。车到最高处，一座座五彩斑斓、形色各异的山头闯入我们的视野。

这时，对讲机里传来声音，有些人想停下来拍照。我没有答应。这样的海拔高度，最好不要逗留，在这地方待的时间越长，缺氧越严重，人就越不舒服。何况他们初来乍到，身体还没有完全适应，更应小心谨慎。

考虑到出行第一天，我将行程安排得相对宽松，只有两百多公里的路，目的地是札达县城。

札达县有 500 多公里的边境线与印度接壤。这里有号称中国最大的地质公园——札达土林，其壮观程度远超云南的石林，只是没有那么大的名气罢了。还有神奇的古格王国遗址、美丽的象泉河、庄严的托林寺等。大家早就听说了这些名胜古迹，一个个满怀期待而来。

高原的七月，风光正好，不知演出队员的眼睛和他们的相机是否留够了存储空间，好装下这无尽的苍凉与震撼。

快到札达县城，车载仪表盘显示海拔降至 3900 米。传说中的土林一片一片映入眼帘。在公路边的一处观景平台，车队休息，大家下车拍照留影。我女儿年龄虽小，但适应能力好，没有明显的高原反应。这次跟着我一同下边防，她很兴奋，坐在车里与两位舞蹈演员姐姐聊得很开心。

大家都在忙着拍照，我注意到有一个叫小芳的姑娘没有下车。我找到她所在的 3 号车，发现她斜靠在车的后座上，面色苍白，嘴唇发青。

我问她："为什么不吸氧？我们的车里都备有氧气瓶。"

她说："没事，就是胸闷恶心，路还远，氧气准备留在关键时候再用。"

多好的姑娘啊！她只说了两三句话，就喘得不行，随即跳下车，蹲在地上呕吐不止。随队医生赶过来查看情况，我女儿也跑过来，帮姐姐敲敲背，并倒了杯热水。

医生说是高反，不用担心。他让小芳把丹参滴丸含在舌下，同时吸氧。别的演员也都围了过来，关心地问这问那。

我告诉大家："没事的，这是正常情况，不用担心，很快就到札达县城了。"

此处，距什布奇尚有550多公里。小芳的身体行不行呢？

接近县城，土林呈现出雄厚威武、大气磅礴的景象。我不得不三番五次停下车来，满足大家的拍摄愿望。

下午，我们到达札达县城，住在县武装部。当地的战友为演出队准备了丰富的晚餐。有些演员想洗澡，我联系了一家澡堂，可是大部分人不敢洗，他们怕洗澡不慎引起感冒。他们说，在高原能不洗就不要洗澡，免得感冒引起肺水肿。我没多解释，不洗就不洗吧。其实，他们的想法可以理解。不管在高原还是平原，很多人的病不是外寒引起的，而是内心的负担和恐惧吓出来的。

札达县城的海拔是3700米，比狮泉河镇低了600米，大家睡了一个稍微安稳的觉。

次日一早，离开县城，背着晨光一路向西奔去。柏油路已经走完，此后全是沙石路。

小芳没有与我们同行。头天晚上，虽然病状有些缓解，但不容乐观。她一再表示，要随队前往什布奇，不肯错过为边防战士献唱的机会。我与领队商议，安全起见，决定让小芳留在札达县城休息，回来时我们再带她去别的哨所。

前往什布奇的路海拔忽高忽低，一会儿在山顶，一会儿在沟底，大幅度的落差逼着人的身体不断去调整适应，有些人的高原反应明显加剧。我反复提醒演员们，这些年高原医疗条件改善，医生对高原疾病的诊治已有成熟方案，不用过于担心自己的身体，放松心情，会更有利于健康和工作。

车队过了香孜乡，又一架达坂横亘在我们的眼前——隆格拉达坂，海拔5800米，当地人称为"山羊也爬不过的高山"。我的车在最前面开路，司机小梁一路上为我们当导游。小梁是一名上士，在阿里当兵十年了，跑过这里的沟沟坎坎。

隆格拉达坂果然险峻，车在沙石坡道上缓慢行驶。爬坡的时候，似乎没有什么担心的，等到翻过山头，开始下坡了，我的心里有些紧张，如果司机一把方向没打好，或者刹车失灵，怎么处理？如果转弯处会车，如何避让？内心颇不平静，但我还是尽量掩饰，不让别人看出来。从车窗往沟底望去，深不可测。我们的车要下到沟底涉水过河，然后再翻上对面的山梁。

为了缓解车内过于沉闷的气氛，我和小梁开玩笑，可是后排座上没有什么反应。我回头看时，女儿坐在中间玩手机游戏，两边坐的两个姑娘，各自抓住车顶的把手，嘴唇紧绷，面无表情。

我笑着说："没事的，小梁是老司机，这路跑得多，这车也是今年刚配的新车，你们就放心吧。"姑娘们勉强笑了笑。她们的面部肌肉显得有些僵硬。

这时，我才发现自己竟然没系安全带，随手就把安全带拉过来系上。不曾想,这个简单动作更加引起姑娘们的不安,有位小姑娘发出"嗯嗯"清嗓子的声音,她是想表达什么意思呢?这些身居都市的演员,哪里走过如此危险的路。我回头问女儿怕不怕,女儿说无所谓。司机小梁说:"其实这路还不算险,虽然沟深,但路是来回盘旋的,有很多个弯,且路面较宽,车只要靠在山体一侧,应该不怎么危险。"

我用车载对讲机告诉后面的车辆,减速慢行,谨慎驾驶。这时坐在后排的小丽姑娘说想上厕所。我有点犯难,光秃秃的山路,又是向阳坡,四处毫无遮挡,这么多男男女女,如何方便?我说:"马上就到沟底,到那里再方便。"她"嗯"了一声。我把车内的音响打开,放起歌来。小丽一提上厕所,我女儿也说要上厕所。我扔了两个字"忍着",她回了一个字"切"!

车队终于抵达沟底,河水哗啦啦,河边还有不少杨树。车辆靠路边停下来,大家下车休息。见到清澈的河水、稀罕的绿树,姑娘们脸上露出了久违的笑容。有的去河边洗手洗脸,有的捡石头,好像忘记了要去上厕所。

正午时分,河边野餐开始。随车携带的食物相当丰富,有饼子、牛肉、鸡蛋、榨菜、面包,还有啤酒。这可都是札达武装部的战友们准备的。经过一段紧张的行程,大家可以暂时放松一下,好好补充能量,以便迎接更大的挑战。

一阵阵笑声从河道传来,有人叫喊着找到了玉石,大家都围过去看。

我问小梁前方路况怎么样,他说最险的路是接近什布奇的马羊达坂，比隆格拉达坂险多了。我想，这些小姑娘们将会是怎样的反应呢？

一个小时简单的午餐结束，大家陆续登车。车队像一排小虫子缓慢地爬行在山坡上。翻过这道沟，出现在眼前的不是大山，而是一望无际的草原。这时节，草正绿，天正蓝，朵朵白云挂天边。山沟里的压抑，达坂上的紧张，顿时抛到九霄云外。

我把车载音响的音量调得更大了，两个演员与我女儿又开始聊天。车跑在这样平坦的路上感觉很舒畅。其实，也不是什么公路，就是在草原上顺着车辙印走。没有大的起伏，也没有沟壑，车速可以提起来。

前面出现了一条河，水很浅，车可以涉水而过。河边有牧人废弃的羊圈。我让车队停车，大家稍做休息。通常这时候，也就是吃过饭一个小时左右，多数人就需要方便了。按照惯例，男士在路的左边，女士在路的右边，找个可以遮挡视线的地方自行解决问题。

我和小梁站在车边吸烟。突然听见公路一侧传来姑娘的尖叫声。我连忙跑过去，只见三四个女演员慌慌张张地向车跟前跑来，有的还提着裤子。

发生了什么事？有姑娘在喊："狼，狼，有狼！"我以为是色狼。我正想破口大骂，姑娘们已跑到近前。

顺着她们指的方向看去，不远处的河沟里真的走出来三匹狼，沿着河边逆流而上。这几匹狼毛色发黄，眼睛发亮，直勾勾地看着我们，走起路来不慌不忙，步伐缓慢而坚定。狼似乎并不怕人。

姑娘们都钻进车里，打开车窗向外张望。几位司机都是老兵，他们满不在乎地站在路边继续抽着烟，笑着欣赏姑娘们的惊恐状。

我通过对讲机问："大家的问题都解决了吗？"回答都说好了。我下令："准备出发。"躲在车里的姑娘们拿出相机、手机拍照。这可能是他们唯一有机会见到野生狼。等这三匹狼在车队前几十米的地方穿过公路。小梁发动了车子，刚刚前行十几米，我又发现，河沟里还有四匹狼向公路走来，看来这是一个狼群，七匹狼，怎么这么巧？我们停车目送狼群离开公路，才启动前行。小梁故意按响车喇叭，那群狼听到声音全都站住了，回过头来检阅我们的车队。随后，它们迈着轻盈的步伐跑向草原深处。

我回过头问小丽："旅途好玩吧？"小丽双手握拳在胸前，喊了一声："耶，真刺激！"我女儿把拍到的狼群让我看。我说，你也可以发微信向同学炫耀了。

草地过去了，道路开始下降，又是深谷。后座许久没有声音。我回头看，他们都睡着了。这样好，一会儿通过马羊达坂时，最好都不要醒。我顺手把音响关掉。

这一路走走停停，我有时会想，阿里的地理构造为什么如此奇特？平平的草原，怎么突然就成深谷？好像是天崩地裂时瞬间下陷形成的。

车内海拔高度显示仪提醒我们，此地海拔 3700 米。这一段路，车子一直在下行。下到谷底，在平缓的河边行驶一段后，又是一个山谷，仍是下坡，本以为到沟底了，没走多远，又是一个更深的沟。

小梁轻声告诉我，快到马羊达坂了。车内没什么动静。我告诉他，一鼓作气穿过马羊达坂。这时，后排座上的女儿说："我想上厕所。"我说："你的事真多。"

我们的车一停，后面的车全都跟着停下来。只要是停车，必然有人下来方便。这样一来，车里的人都醒来了。有的伸懒腰，有的揉肩膀，司机们抓紧时间抽根烟过把瘾。

我告诉大家，再下一个坡就到什布奇了。大家开始小小地欢呼。我也想看看，被人称为最险达坂的马羊达坂到底有多险。

车队又动起来了。

下坡，下坡，连续地下坡。走着走着，就看到前面一道沟，很深很深，看不到底，因为山路不停拐弯。山势很陡，路也变得窄了许多。小梁说："以前的路更窄，每个转弯处一把方向转不过去，需要倒车回方向才能转过去。"我觉得不可思议，小车都这样，大的运输车怎么办？小梁说，"大车行进肯定更难！以前，汽车营车队给什布奇哨所送物资，这段路好多司机都不敢开，有些带车干部也不敢坐车。只有技术好的司机才能上手，他们先把自己的车开过马羊达坂，然后走回来再把徒弟们的车一辆一辆开到沟底。如今，这路比以前好多了。"

"这路还好啊？"小丽在后面冒了一句。原来，她们在偷偷听我们说话。小梁说："这路是今年才修过的，拓宽了好几米，不是很险了。"

车队开进马羊达坂，每个人的心弦都紧绷起来。果然名不虚传，此路之险绝对险于蜀道，可谓天路。一边是山，另一边是万丈深渊。只要掉下去，肯定没一点生的希望。我向山谷望去，看到一辆车不知什么时候翻下去的，卡在半山腰的大石头上。我反复提醒小梁，不要急，开慢点。

我们的车每遇到弯道，小梁都要按响喇叭，因为无法看清前方的路况。在一个回头弯处，小梁习惯性地按了一下喇叭。突然，从车前蹿出一个东西。小梁下意识地往山体一侧打方向，随后又回转方向，车身猛地摇摆。姑娘们随即发出一声惊叫。"师傅，慢点！"这时我才看清，一只藏原羚从山坡上跑下来。小梁说："那是国家二级保护动物，伤不得。刚才真是危险，若是方向盘把控不当，后果不堪设想。"

车队继续缓慢下行，我让小丽她们把窗帘拉上，不要往外看就不害怕。她们两人紧紧抓着车内的把手。这时，我接到随队军医的电话，说是有个姑娘哭着不走了，要下车。我一听，有点急，也有点烦。小梁把车停在路边。

车队全部停下来，人也都下了车。司机们照旧点烟聊天，姑娘们站在路边发出啧啧的感叹，有几个胆子大的竟然站在山崖边上拍照。

我来到那个姑娘跟前，他们的领队正在给她做工作。

姑娘看起来十八九岁吧，她哭着说："我不坐车了，我自己走下去。"

领队说："我们是一个集体，这么多人乘车要一个小时才能下到谷底，你要走多长时间啊？"

姑娘抹着眼泪说："我就是不坐车，你们在山下等我就行。"

我走到她跟前，笑着说："孩子，别担心，我们这次选派的司机都是久经考验的,他们多次跑这条路,路况、车况都熟悉,不会有事的。"

姑娘还是哭,并不理睬我。

我又说:"你看,我女儿也来了,也坐在车上,你这个当姐姐的,可要给她做个榜样噢,勇敢一点,没事的。"

姑娘看了看我,突然说了一句:"我还没结婚呢!"

我一听,忍不住笑出声来,这是怎么说呢?又不是上战场,怎么扯到结婚上去了?我说:"那你什么时候结婚啊,我们去喝你的喜酒。"

姑娘没有接我话,却说:"我要给男朋友打个电话。"

我能不答应吗?说:"行,行,你打吧。"我心里暗笑,这地方,手机怎么会有信号。

姑娘离开我们走到车后不远的地方去拨电话。

我掏出手机一看,下午六点,手机确实没有信号。

过了一会儿,姑娘回来了,显然,她的电话没有打通,一脸沮丧。我说:"要不然你坐我的车吧,我那车有窗帘。"

她还是没有直接回我的话,而是问:"你的车上有酒吗?"

我真是佩服这姑娘,她的想法令人猜不透。

"有。"我从后备厢取出一瓶白酒,问她,"真喝?"

姑娘夺过酒瓶打开,"咕嘟咕嘟"喝了几大口,然后说:"好了,可以走了!"

我看到她的嘴角还挂着酒滴,便说:"你还是坐我的车吧,我让我女儿坐你们的车。"

她想了想说:"还是算了吧,我回自己的车。"

就这样,耽搁了半个多小时,车队再次出发。车开得很慢,跟蜗牛爬坡差不多。慢点没关系,只要安全就好。

好不容易下到沟底,一颗悬着的心终于放下。说真的,我带这么一个车队出行,安全压力很大,不敢有丝毫闪失。

车队临近哨所,我听到敲锣打鼓的声音。边防战士们早就在列队迎候了。

年轻的战士端上自酿的杏子酒,献上洁白的哈达。

姑娘们一个个都哭了,我不知道她们是被战士们的真诚所打动,还是为自己经历了一场生死考验而感慨。

什布奇,我们来了……

无情的新藏线

新藏线,即国道 219 线,从海拔 900 米的新疆叶城县至海拔 4000 米的西藏拉孜县,全长 2100 公里,途中有五座 5000 米以上的山峰,最高处的界山达坂海拔 5248 米。

这条"铺在云端的路",盘旋于喀喇昆仑山和昆仑山群峰之间,穿行在冈底斯山和喜马拉雅山走廊中,起伏于"世界屋脊的屋脊",是地球上海拔最高的公路,也是最为艰险、最具考验的公路。每一个行进在这条路上的人,身心都要经受巨大的挑战。

新藏线是一条生命线，担负着为藏北高原运输人员物资的重任。它也是一条死亡线，每年都有不少鲜活的生命葬送在雪山深谷。

那年初夏，我休假结束，在叶城等车准备返回阿里。当时，阿里还没有修建机场。本来想搭乘部队的便车，但军用车队迟迟不上山，眼看假期届满，只好与他人拼车。

新藏线因山高路险，没有固定的长途客运车。曾经有一家运输公司尝试着开通了客运班线，但没跑多长时间，就因为一次特大交通事故，死伤数十人，从此再也没有哪家公司愿意冒这个险。往返新藏的旅客只有租车或者搭顺风车。

经过几番周折，我和两名战友找到了一位愿意上山的车主。他的那款车是七座丰田越野车，但他要载8名乘客。副驾驶位置坐1人，后排坐4人，后备厢还要再塞2人。副驾驶位置舒服一些，要价也高，1500元，后排每人1000元，后备厢每人800元。

一位在阿里做生意的老板抢占了前排的有利位置。后排我们三人不想坐得太挤，就跟司机商量，每人多出300元，这样的话，司机少赚100元。看在我们的诚意，他勉强答应了。后备厢坐的是两个民工。

但凡有别的选择，我绝不会坐这种"黑车"，没有安全保障，全凭天意。但在那种情况下，我们别无选择，只能把身家性命交给陌生的人和车。但愿一路平安。

天刚蒙蒙亮，我们登车出发。平坦的大路只跑了100多公里，就开始进入喀喇昆仑腹地。世上的路千条万条，为什么我们偏偏选择了当兵这条路，而且当兵当到了天边边。各种各样的山路走过千条万条，为什么只有这条路,才能通往心中的目的地。

进入山区后,第一个山口是库地达坂,也叫阿喀孜达坂,维吾尔语,意思是"连猴子也爬不过去的雪山"。库地达坂海拔3200米,坡长近30公里。虽然这架达坂海拔不是很高,但是我们刚从平原地区出来,一下子升高这么多,气压反差大,身体很不适,尤其是耳膜胀疼,非常痛苦。走新藏线上阿里高原的人,这道关最难过。我和战友在高原工作多年,身体算是有些基础,然而,在山下休息了两个多月,身体已适应了平原生活,再次上高原,同样会遭逢一番摧残。

车子在弯弯曲曲的山路上爬行,除了司机,其余的人都在闭目养神。我的情绪低落,心神不定。每次休假结束,都有一种沉重的压力,胸口像堆着一块石头。放眼望去,道路两边要么是荒凉的戈壁,要么是崇山峻岭。漫长的无人区,没有青山绿水,没有芳草萋萋,很难见上一棵大树,连小小的灌木也少得可怜,整个山体被风雨剥蚀得丑陋无比,看不到生机,也感受不到温度。心情就像这路况一样越走越差。

车行至半山腰,我透过车窗看见谷底的汽车像一只只小爬虫。若是从山顶滚落一块石头,似乎可以压死好几只。我们的车前方有一辆大货车,行进速度很慢。我们的司机几次想超过去,总是找不到好机会。山路太窄,回头弯多,视野受限。我们的车紧跟在大货车的侧后方,司机使劲按喇叭,货车依然我行我素,占据车道并不礼让。司机气得破口大骂。

我看他那急性子,就递给他一根烟,提醒他不着急。他接了烟,点着吸了一口,火气似乎小了点。

阿里的路

突然,车外传来急促的、连续的喇叭声,听声音是从坡上传来的。由于前方货车挡住了视线,大家都瞪大了眼睛,却不知出了什么情况。很快,我们就看到一辆红色卡车从山坡上冲下来。我们的司机赶快把车向右靠了一下,那卡车快速从我们身边插过去,喇叭还"嘀嘀"地叫嚷。

我猜想情况不妙。司机说:"那辆卡车刹车失灵,要不然怎么会这么快冲下来?"司机把车停下来。我们都想下车看个究竟。

还没等打开车门,就听见"咚"的一声。出事了!在我们车后二十多米远的地方,那辆红色卡车撞在了山崖上,驾驶室下面流出了血水。我们几个跑过去,看到卡车前脸右半部被挤扁。年轻的卡车司机吓得直哭,一边喊着"叔叔,叔叔",一边使劲拉那个受伤者。显然,他的叔叔没希望了。

见我们几个过来,年轻人说:"大哥,帮帮忙,救救人。"我和战友爬上车,想把伤者拖出来,可是挤压得太紧,根本不可能拉出来。我们下了车,告诉年轻人,人没救了。他号啕大哭起来。

这种事情真是无可奈何。

这条路上,大部分路段没有手机信号,没有公安交警,没有医院,沿途只在三十里营房有个军队的医疗站。打救援电话,是件很难的事。我们只能继续前行,到前方的道班或者兵站才能与外界联系。

第一天行程就碰上这种事,大家的情绪都受到了影响,看过血淋淋的场面,谁的心里都不好受。司机又点了一根烟抽起来。我们三个也都点了烟,车窗全都打开。司机说,幸好那小伙子头脑清醒,将车撞向山崖，如果冲下山沟，两个人一个也活不了。想想也是，那是他唯一能选择的自救方式。

从库地达坂顶部下到沟底，那里有一个兵站，两家餐馆。我们打电话给山下的110和120分别报警求救，也不晓得他们什么时候才能上来。司机劝我们吃点东西。我根本就不饿，只是想坐下来休息休息。司机要了一碗面条，估计是不可口，他没有吃完。

第一道关算是过去了。

第二道关是麻扎达坂，海拔4950米。麻扎，维吾尔语，是"坟墓"的意思。真是一个不吉利的名字。这里是一个岔路口，往右通往世界第二高峰乔戈里峰，往左是去西藏。麻扎达坂是新藏线最长的达坂，上下坡各40公里，其凶险程度不亚于库地达坂，只是它的坡度稍缓一些。路的两边怪石林立，巨大的褐色岩石面目狰狞，好像谁欠了它们什么东西。不远处的高山直插云端，山坡上寸草不生，不时有凉风吹来。

司机谨慎驾驶着车子，遇有冰雪路段，会让我们下车，他自己开车先过去，然后我们再上车。遇有前面的大车，他也不急着超车了，老老实实跟在后面。

麻扎达坂没有什么险情。紧接着又是一个达坂——黑恰达坂，也叫柯克阿特达坂。翻越了前面两座险山，人到了这个地方都有些麻木。况且黑恰达坂也不够凶险，公路夹在两山之间的大缓坡来来回回画S形，海拔不断上升，路边没有深沟，算是比较好的路段。

再往前走，就是当晚要住宿的地方三十里营房，海拔3700米。

这里被称为新藏线上的"小香港",吃喝玩乐一应俱全。条件有些简陋,可是要啥有啥。

险恶的大山深处能有这样一块相对开阔的谷地,实属难得。大大小小的营房趴在道路两边,从远处看俨然一座小镇。除了平房,还有两三层的楼房和高高的水塔。人们在大山的夹缝中穿行一天,来到这宛丘之地豁然开朗,心情也随之大好。太阳的余晖从西边的山头斜射下来,给破旧低矮的营房披上一层灰蒙蒙的黄光。

三十里营房是个老旧的军事要塞,民国时期,国民政府边防部队就在这里驻守。新中国成立后,这些营房被移交给新疆军区所属某边防团。这里的驻军单位不少,有医疗站、兵站、机务站等,还有其他一些叫不上名的单位。道路两边有餐馆十多家,以川菜、新疆风味为主,还有修车铺、加油站、理发店,甚至还有洗头房、洗脚屋。军队的这所医疗站是被中央军委授予"模范医疗站"荣誉称号的光荣部队,各族军民在这条路上遇到危机,医疗站都会出手救援。有人称他们是"守护在天路上的白衣天使"。此外,还有很多的简易旅馆。不论上山还是下山的人,通常都会选择在这里驻足,或就餐,或住宿。

从叶城出发到三十里营房,一路上我们看到不少勇敢者,有的骑自行车,有的骑摩托车,有中国的,有外国的,男男女女,真为他们的精神和勇气折服。三十里营房,像驴友的大本营。

我们的越野车开进兵站院子里。看来司机对这里的地形很熟悉,他知道住在哪里最安全、最方便、最省钱。在兵站,当兵的可以凭证件免费食宿,地方人员交一点钱就可以填饱肚子。住宿有两人间、三人间,还有大通铺的房子。我和战友选了三人间。

我们仨安顿好住处,出去找了一家新疆饭馆,要了一份大盘鸡、几盘白皮面。饭菜的味道也还凑合,几瓶啤酒下肚,人就有点晕乎,正好回去睡觉。

兵站的房间里没有暖气,也没生炉子,我躺在床上好长时间都睡不着。我能感觉到,那两位战友一样是辗转反侧。

次日起来,天阴沉沉的。山里的天气就像小孩子的脸,说变就变。这样的山路如果遇到雪天,危险系数就会成倍增加。我们不得不考虑是否要继续前行。吃过早饭时,天光放亮,似乎又有转晴的希望。司机没有征求我们的意见,直接开车上路。

我们的车刚驶出兵站,向左转弯准备驶上公路,一辆货车快速从左边冲来。我们的司机打方向避让,但还是没躲开,两车的右侧撞在一起。副驾驶位置上的那位老板没系安全带,一头撞在前挡风玻璃上,顿时头破血流,玻璃也被撞碎。

越野车司机下车就跟卡车司机争吵起来。伤者捂着额头,血从他的手指缝里往外流。我们都劝司机先救伤员。幸好离军队医疗站不远,我和战友陪着伤员去包扎。只是皮外伤,医生给他做了伤口处理,头上缠上绷带,给了一点消炎药,就让我们走,也没有收钱。

虽然伤情不重,但给人的心理造成了巨大阴影。这一路到底是怎么了?我们回到兵站门口时,两辆车已脱离接触。在这条路上,出现类似的事故,一般都是双方协商解决,因为要等交警来,还不知猴年马月呢!双方都有责任,谁也别怨谁,越野车车主责任较大一些。卡车受伤不重，毕竟块头大，只是"脸部"破相。越野车受伤严重，右灯及水箱均受损，不修是无法上路的。看来我们得另外找车了。

越野车车主给那位伤者500元算是医药费，退还他1500元车费。其他的人，每人退一半的车费。开始我们都不答应，才走了三分之一路程，凭什么要收一半的路费，而且还把我们扔在半道，耽误了时间。可是不管我们怎么理论，车主就是不多退一分，钱在他手里，我们总不能去抢，只能自认倒霉，等着搭便车。

经过这么一折腾，眼看半天时间过去，即使今天能走，也赶不到第二站多玛，而且能不能遇上顺风车，还不好说。我们几个卸下行李，就站在路边。等啊等啊，大家都不说话，心情别提有多差劲。

事故发生在三十里营房，这是不幸中的万幸。若是在前不着村后不着店的山沟里，我们可就惨了。这样一想，心里好受了些。

上山的车辆寥寥无几。有的是满座没法加人，有的只能坐一两个人，我和战友三人又不想分开。一直到天快黑时，我们也没有搭上车，只好回兵站住下。那时，我的情绪低落到了极点。阿里呀阿里，一个让人又爱又恨的地方。

我们心灰意冷，站在兵站院子里无聊地抽着烟。从山下开来一辆大货车，驶进兵站。我抱着试试看的态度去求助，开车的维吾尔族司机答应可以捎上我们，次日出发去多玛。这个世界上，还是好人多。我们很激动。司机的助手是他的儿子，他们拉了一车建筑材料运往西藏日土县。我们问搭便车需要多少钱，司机一直不明说，只说让我们看着给点就行。我们猜不透他到底想要多少。

当晚，我们和大车司机都住在兵站。闲聊中得知司机名叫乌斯曼。次日，我们三人挤进大货车的驾驶室里。副驾驶的位置坐着乌斯曼的儿子和我的一个战友，我与另外一战友坐在后排狭窄的横板上。那位置不是座位，更像一张小床，由于空间太小，怎么坐都感觉不舒服。就这样，我们又踏上了新的征程。

到达康西瓦时，司机乌斯曼停下车。我以为他是要休息，谁知他竟然带着儿子去了烈士陵园。这座陵园埋着当年在对印自卫反击战中牺牲的战士。跑新藏线的军人路过此地，都会去祭拜烈士，或敬一瓶酒，或上一根烟，或者献一条哈达。

后来的路途中，我问起乌斯曼，为什么要停车祭拜烈士。他说自己原来是一个汽车兵，早年就跑新藏线，知晓其中的讲究。

再往前走，就是大红柳滩、甜水海、死人沟。这一段路不是很险，却因海拔高、风大、空气稀薄，给人的感觉是胸闷气短，非常难受。特别是死人沟那一百多公里，头疼脑涨，浑身没劲。

我们坐的货车在一条小河面前遇到了麻烦。河水很浅，没有桥，应该涉水过河，但由于当天天气好，冰雪融化得早，导致河水量大，涉水就有风险。前方行驶的一辆货车可能因为路线没有选准，陷在河里出不来，阻挡了通道。

我们几个人都下了车，等着看乌斯曼有什么办法。

身处困境的车主发现我们坐的货车来了，满脸堆笑跑过来，先给乌斯曼发了一根烟，请乌斯曼帮忙。在我看来，这个忙肯定得帮，否则我们的车也过不去。但是，帮忙有难度。那辆车向前行驶不可能，只能想办法把它拖回来。令人意外的是,乌斯曼没有答应前车司机的请求。

我不明白乌斯曼为什么这样,也不知道那司机到底该怎么办。我想,如果不对前车施救,我们怎么过去呢?

乌斯曼没有理会前车司机。他一手夹着那根没有点燃的香烟,一手拿着一根木棍测量水深。探明水情之后,他让儿子从车厢里搬出四块长条木板,铺在被陷车辆侧面十几米远的地方。

难道他要开过去?我觉得这办法可能不行。如果河滩松软,那几块板子能顶什么用?卡车少说有四五十吨的货物,板子会被压进沙泥里。

我们都站在河边看着,大货车一点点向前移动,压到木板上,河水很快浸湿了车轮,木板传来"啪啪"被压碎的声音。车仍在慢慢地向前移动。突然,它停下来了。我想,完了,要陷住了。只见车下冒出浓浓的黑烟,车身晃了晃,未能前行。很快,车子借着晃动产生的惯性向后倒了一米左右,发动机传来"呜呜"的怒吼声。那车好像憋足了一口气,猛然向前冲了过去。

乌斯曼一口气把车开到对岸几十米远的地方才停下来。我们蹚水过河走到车边。那被陷货车的车主也跑了过来,再次恳求乌斯曼帮他把车拖出来。乌斯曼并不急于表态,只是将刚才那一根烟点燃抽起来。货车司机怕乌斯曼不救他,便开了价——500元。乌斯曼笑笑,摇摇头。那司机又说1000元。乌斯曼还是不答应。我觉得这价钱已经差不多了,就劝乌斯曼帮一下吧,大家都是跑车的,说不定以后谁还需要谁呢。

乌斯曼的儿子用维语对他的父亲说了一些什么，乌斯曼点点头。看来是答应施救了。乌斯曼的儿子将车倒至河边。被陷车辆的车主把拖绳挂在两车之间。乌斯曼在车下指挥，他儿子开车，没费多大劲，那辆车就被拖了出来。我们也松了一口气。

在新藏线跑车，一旦抛锚，通常情况下过路车辆都会施救，因为谁都知道，谁都有可能遇上麻烦。救车就是救命，救他人就是救自己。不过，救援的费用也相当可观。没有别的选择，多大的价钱也得出，保命要紧。

两辆车一前一后向多玛开去。我的一位战友坐到了后面那辆被救的车上。刚才我替那司机说情，他心存感激，当然不好意思拒绝我们。

再往前走是界山达坂，新藏线海拔最高点。翻过界山就进入西藏境内。提起5240米的海拔高度，行至此处的路人难免有些恐慌。其实，这架达坂并不险。毕竟车已在海拔4000多米的天路上跑了很久，再上升一点，落差并不大，没有想象的那么可怕。

车行至界山达坂顶部，我看到十几个骑摩托车的勇士在界碑前拍照留影。的确，这是一个值得记住的地方。

天黑了，我们的车还在挣扎。乌斯曼是想赶到多玛住宿。所幸这段路相对平坦，不用翻山，也不下沟，可以夜间行驶。

车到多玛时，已经晚上11点。乌斯曼的车到这里就是终点，我们要给他车费，他只收我们每人300元。按通常情况，这段路怎么也得五六百元。当晚，我们住在多玛兵站。

从多玛到目的地狮泉河镇还有 300 公里，我们怎么办呢？

我想起乌斯曼求助过的货车上可以坐几个人。于是去找那司机商量。他倒是挺爽快地答应了我们。可是他开出的价钱却令人吃惊。他竟然要我们每人 500 元，实在是有点坑人。在他陷入危难的时候，我们想着是帮他，如今他居然这样不近人情。他说："愿意坐就坐，不愿意坐就拉倒。"

其实，到了多玛，交通就不成问题，可选择的方案有多种，没有必要非得坐他的车。

我们通过多玛兵站的战友联系到一辆皮卡，1000 元跑到狮泉河，比那大车要快，坐着也舒服。

就这样，经过三天四夜颠簸，我们终于到达阿里地区首府狮泉河镇。回到单位宿舍，我们感觉像被剥了一层皮。这走的是什么路啊。当晚，我们三人在宿舍喝了不少酒，都有些醉意。谁都知道，初上高原不能这样喝酒，然而胸中的压抑不吐出来，实在是睡不下。

如今，离开阿里好几年了，每次说起新藏线，内心就难以平静。

寻找西兰塔

2012 年冬，一场数十年不遇的暴风雪袭击了阿里地区。正在边境地区古真拉山口附近执行巡逻任务的一支小分队被大雪围困。

巡逻分队仅携带了必要的武器装备和给养器材，他们即将完成任务准备返回营区时遭遇不测，一行20余人深陷西兰塔的雪窝之中难以自救，所剩粮秣仅能支撑七八天。

上级命令立即展开营救，首先要打通从巴嘎到西兰塔的道路。我有幸随队采访此次救援行动。救援车队从狮泉河镇出发赶往普兰县的巴嘎乡。

国道219线是贯通阿里北南的主要通道，武警交通部队已将路上的积雪推开，车辆可以通行，但是车速提不起来，有些路段还有铲运机、装载机在工作。救援车队前行缓慢，300多公里路程，我们走了一整天。

大雪下了三天，普兰县平均积雪50厘米以上，有的地方更厚，达到一米。若不是开路先锋交通武警官兵及时出动打通国道，真不知道什么时候才能赶到巴嘎，什么时候才能展开营救。

巴嘎距西兰塔80多公里，有一条极其简易的路。雪国世界，大地一片白茫茫，真干净，那条路埋在哪里无处可寻。

当晚，我们住在边防武警检查站。床铺紧张，不过没关系，我们每人随行都带了铺盖。武警兄弟找来棕垫子铺在会议室的地板上，感觉不太冷，房间内还有暖气。这应该是此次救援所能享受的最高待遇了。

救援队连夜召开会议，确定救援方案。首先，由侦察分队探路，标注路线之后装载机推雪，铲运机修补排险。计划每天推进10公里，八天时间可打通道路，营救出战友。

次日，救援第一天。天气不错，蓝天下，一望无际的皑皑白雪刺得人眼睁不开。每个人都戴着墨镜，强烈的紫外线仍晒得人脸发疼，烧乎乎的疼。

救援车队从国道上的标识牌开始寻找通往西兰塔的道路。这段被积雪深埋的道路修在广阔草原上。说是公路，其实不过是推土机将杂草推掉、刮平，挖掘机再在两边刨一道排水沟。这样的路即便是不修，跑的车多了，也就成了路。

这段路与国道219线垂直交汇，又有路标指示方向，很容易就找到。装载机、铲运机轮番作业，顺着侦察分队插下的标杆慢慢向前推进。当天，救援工作进展顺利，天黑的时候，推进12公里。

当晚，我们返回武警检查站，住房子总比冰天雪地住帐篷舒服，尽管是打地铺。晚饭时，大家都很乐观。照这样的速度，要不了八天，有五六天就可以找到西兰塔的巡逻队。

救援第二天，平坦的草原走完了，队伍进入山区，困难逐渐增大。不过救援人员个个斗志昂扬，干劲十足，大家有决心提前完成任务。当天又推进十公里。此处已经远离国道219线，不能再回到边检站去住宿，只好搭起帐篷，生起炉子。救援队搭了三顶帐篷，两顶住人，一顶用作厨房。

苦日子开始了。

夜晚，气温降到零下三十多度，战士们辛苦了一天早早就上床。炉火烧得很旺，帐篷里依然寒冷，人钻进被窝半天暖不热身子，脚还是冰凉冰凉的。两床被子压在身上再加件皮大衣，勉强能抵御住风寒。

后半夜，我被冻醒了。起来一看，大衣掉在地上，炉火已熄灭。

高/处/不/寒

漆黑的世界里，没有丝毫光明，只能听见远处传来狼的嚎叫。这时候也不可能再去生火，只好缩在被子里等着，一直挨到天亮。

以我的判断，进入山区之后，道路应该比草原上的路好找一些。因为山路一般是沿着河道在山谷穿行。然而，事实并非想象的那样简单。

第三天的救援并不顺利。

山谷走向明显，却看不出河道在哪里。被一米多厚的积雪掩埋着的山路，更不知在何方。侦察分队没有好的办法，只能凭印象带着推土机试探性开进。如此探路难免出问题。装载机开出去不到一公里就陷入河中。河面结着薄冰，经不起装载机的碾压。装载机在本不该涉水过河的地方提前过河，河床松软，机器趴窝了。

尾随其后的铲运机出动支援，本想用钢丝绳将装载机拖出来，然而机身太重，铲运机刚刚发力钢丝绳就绷断。无奈之下，铲运机从装载机后方开挖车道，再铺上草垫让装载机倒出来。这台装载机是轮式的，行动还较为方便，就这样也抢救了半天才退回原处。再重新沿着山边的河道向前。

人一旦迷失了方向，所做的工作往往成为无用功。

侦察兵寻找路基费时已多，装载机又在河道里窝了半天，当天的推进速度明显下降，只向前开拓了五公里。在一处比较开阔的谷地，救援队停了下来。他们将机械留在原地，人员徒步返回帐篷宿营地。

夜里，刮起了风，帐篷呼呼啦啦摆动，战士们睡得很香。我坐在被窝里借着昏暗的小台灯写稿子。隐隐约约，我听见炊事帐篷里有动静，猜想到，是不是相邻帐篷有谁肚子饿，跑到那里找吃的？我没有在意，继续自己的工作。后来又听到"咣当"一声，是盆子掉到了地上。我有些纳闷，不会来了小偷吧？冰天雪地，不可能吧。我轻轻披上大衣，拿着手电筒出了帐篷。

奇怪，紧挨着的炊事帐篷里黑灯瞎火，怎么会有声音？我刚准备走进去看个究竟。猛然间，从那顶帐篷的门帘下面钻出来一条"狗"。我知道附近野狗很多。它的胆子也太大了，竟敢跑到我们军帐里偷吃东西。但是，当我用手电光对准它时，一双绿眼睛狠狠地瞪着我。我心里一惊，这哪是什么狗啊，分明是一条狼！这条狼面无表情，眼睛直勾勾的，它并不怕人。我一时没了主意，是赶它呢，还是叫人呢，还是自己跑回帐篷呢？我不知该怎么办，站在那里用手电照着它，这是我手中唯一的武器。

更令人恐怖的是，炊事帐篷里随后又钻出两条狼，其中一条狼的嘴里叼着一块肉。我头发都要竖起来了，心跳骤然加快。后出来的两条狼也都看了我一眼，从帐篷侧面快步走开，很从容，一点都不惊慌，好像这就是它们家的东西。等那两条狼走了，最先出来的这条狼冲我龇牙，喉咙里发出低沉的呜呜声，然后才慢慢转身离开。我站在那里不敢动，我不能断定炊事帐篷里是不是还有别的狼。过了几分钟，我回过神来，立即跑回住宿帐篷叫醒大家。

炊事班的战士起来查验物品。一条羊腿丢失，就是我看到的那块肉，被狼叼走了。还有一些火腿被咬烂，别的食品并没有少。还好，它们仅仅觅食，并未伤人。高原荒野，狼群出没也不稀奇。

为了避免狼群随意出入营地,救援队必须找一条军犬来护帐。

那一夜,我在床上坐了很久,内心才恢复平静。一觉醒来,天光放亮,救援进入第四天。

早晨,我是第一个起床。当我掀起帐篷的门帘准备出去时,发现它被厚厚的积雪裹住,费了好大劲才扯开。走出帐篷,眼前的景象令人错愕,心一下子凉了半截,有一种想哭的感觉。

一夜大风,把我们辛辛苦苦开辟的通道全部掩埋。尽管没有抹平所有的记忆,但也只剩下一个个红白相间的标杆杆在那里,隐约指示着路的方向。

大家看到这情况,都有些失落。带队的领导给战士们打气加油,经过一番战斗动员,同志们很快恢复了斗志。

机械设备还在前面的山谷中,战士们准备步行过去,然后反向开路,把被风吹雪埋掉的路再重新开挖出来。同时,向上级求援,再派人力、机械从巴嘎开进,把我们这几天推开的通道重新打通。

四五公里的雪地,大家深一脚浅一脚走了近两个小时才到达机械旁边。战士们先清除设备上的积雪,然后发动车辆。问题来了。由于温度过低,装载机受冻发动不着。年轻的操作手还算有经验,带了手持式喷灯在发动机下面点火加热,目的是让发动机预热,机油能够运转起来。只是那喷灯太小,机器太大,烧了半天,发动机还是无动于衷。几个战士轮换着加热,直到发动机暖和了,再点火,它才开始工作。

大家分头进入自己的工作位置。

令人不可思议的是，装载机仅仅向前推了十几米，又熄火了。这种时候罢工，真是不够意思。操作手小黄下车，打开发动机盖仔细检查故障。一条小小的油管被冻裂，幸好车上还有备用的。小黄戴着厚厚的手套很不方便，索性将手套摘掉，光着手在那里操作。

我穿着厚厚的衣服，拿着笨重的相机，随机抓拍一些镜头。小黄的手被冻得发红，他不时要把手拿到嘴跟前哈两下。零下二十多摄氏度的低温，不戴手套的滋味可想而知。小黄顾不了那么多，他只想着快点把车修好。

时间不紧不慢地流逝，中午时分，总算把机器修好，可以复工了。

没干多长时间，肚子又开始饿了。午餐时间到了，可谁也不知道午饭在哪里。这条深沟里，手机没有信号，对讲机的电池在如此严寒条件下，用不到两个小时就没电了。我们一伙十几人，硬着头皮开动机器往营地方向推雪，希望炊事班能送点热饭过来。可是直到我们把路恢复，回到宿营地，也没有等到一口热水。那时，暮色已近。

我的心里生起一团无名之火，肚子"咕咕"叫个不停，内心在抱怨着炊事班的战士怎么搞的。等我们停好机械钻进炊事帐篷才知道，留在这里的人，同样没顾上吃饭。做饭用的柴油炉子坏了，炊事员把炉子拆得七零八落，满地是零件，还在修理。炊事班长小李见我们回来，带着歉意给我们每人泡了一桶方便面。我吃着香喷喷的泡面，火气早就没了。取暖用的小火炉上蒸了一锅白米饭，没有菜，泡面没吃饱的人只能就着咸菜吃点米饭。

晚饭后，我们都在帐篷里围着炉子闲聊。柴油炉子修不好，需要向上级再请领。救援队连夜向机关打电报请求支援。

夜幕降临,为了节省发电机的能源,大家都准备早早睡觉。装载机操作手小黄坐在炉子边不停地呻吟。他的手在修理机械时长时间裸露,可能被冻伤了。我捧起他的手一看,发红发肿。他抹了一些冻疮膏,不怎么管用。火炉边的温度并没有缓解他的症状,反而加重了伤情,他好像已到了无法忍受的程度。如果不及时采取措施,小黄的那几根手指可能不保。带队领导意识到问题的严重性,于是再向机关发急电,请求派医生和救护车来。

天已经黑透,即使医疗分队能来,也只能到巴嘎,从我们的宿营地到巴嘎还有二十多公里,坐在这里等显然不是办法。领导提议,齐头并进。我们这里开车送小黄,医疗分队从狮泉河向巴嘎进发,希望今夜能在巴嘎会合。

我们辛辛苦苦开辟出来的路不知被风吹雪掩埋了多少,大家心里都没有底。无论怎样,今晚必须返回巴嘎。装载机在前面开路,小车随后跟进。

这样,折腾了三四个小时,我们终于出了山口。还好,风雪只是把山谷中的道路吹没了,草原上原来开辟的通道依稀可见。我们的车将小黄送到巴嘎时,医疗站的救护车还没有来。等了两个多小时,直到后半夜,才看到救护车顶部的警报器一闪一闪地从远方驶来。

军医查看了小黄的手,说是冻伤严重,必须连夜做手术。我不清楚像这样的冻伤应该怎么处理,于是跟随救护车赶回医疗站。

当晚,外科医生就给小黄做了手术。没有想到,小伙子的一根手指被截掉了。听到这消息,我的心里很不是滋味。年纪轻轻的战士,还没有成家立业,以后的生活可怎么办呢?此刻,我才认识到,极寒条件对人体的摧残有多么严重。

对巡逻分队的救援还没有任何实质效果,被困的人员依然在西兰塔坚守,而我们的救援队却已损兵折将。

次日,已是第五天。增援的工兵连派出两台机械和三名操作手,由我带路抵达救援现场。更艰巨的任务还在等着我们。

再往前推进,全是山路,隐隐约约可以看出一点道路的脉络,但是推进起来异常艰难。首先要保证自身的安全,装载机只有选好位置,才好发力,稍有不慎,路没有推开,自己先掉到山沟里去了。

道路在机械的轰鸣声中一步步向前延伸。八天过去了,救援队向前推进了五六十公里。住宿的营地蛙跳式向前转移了三次。

困在西兰塔的兄弟们已经断粮。直升机给他们空投了一些罐头、方便面、马草等,勉强维持着生命。在高原,直升机载重有限,加之天气影响,不可能频繁出动运送更多的物资。

经过十多天的奋战,在一个夕阳西下的傍晚,我们终于看到雪窝子里的几顶帐篷。最显眼的是一面飘扬在帐篷顶的国旗。

西兰塔,我们终于找到你了。

巡逻分队的战士发现了我们,他们挥舞着手中的红旗,拿起手中仅有的简单装备,朝着我们所在的方位开始挖雪。没用多久,两支队伍就接上了头。一个个面黑肌瘦的年轻人,看着让人心疼。我想,如果他们的父母看到自己的孩子这个模样,会是怎样的感受呢?战友战友亲如兄弟，大家相互拥抱，激动的泪水再也管不住了。

这些天，他们坚守在海拔4700多米的西兰塔。没有人抱怨，没有人后悔，更没有人流泪，救援队伍一到，小伙子们却泪奔不止。都说男儿有泪不轻弹，这群英勇的边防战士在断粮断水的情况下，能坚守这么久，需要多么大的勇气和毅力！尽管上级指示他们，在没有食物的情况下，可以宰杀军马，可他们宁愿自己饿肚子，也不忍心对亲密伙伴下手。

被困人员得救了，装备完好，可以凯旋。我的心里却高兴不起来，我想到了战士小黄，还有他的手。

就在巡逻队被困的地方，后来设立了一个边防连。边防公路从巴嘎修到西兰塔，交通条件改善了很多。

可惜，修好的公路我一次也没走过。在我的记忆中，只有那次寻找西兰塔时走过的茫茫雪路。

► **阿里的绿**

菜从何来

在阿里高原，想吃一点新鲜蔬菜真不容易。

由于海拔高、气候冷，不具备种植蔬菜的条件，"菜篮子工程"就是"运输工程"。路又是天路，运输成本高、风险大。从拉萨或者新疆叶城运蔬菜到狮泉河镇，需要三天时间。鲜美的菜品经过长途跋涉颠簸至此，被蹂躏得不成样子，品质无从谈起。夏季，道路尚能通行，人们勉强可以吃上所谓的鲜菜；冬季，风雪常常袭扰，路况糟糕，蔬菜就成了奢侈品，比肉的价格还要高。

黄瓜、菠菜、西红柿、韭菜、豇豆、西兰花，这些最普通的菜品，如果是在平原地区，随便找一块地撒上种子浇点水，要不了多长时间，新鲜蔬菜就可以端上餐桌。可是在雪域高原，种植蔬菜绝对是一种挑战。

阿里高原阳光充足，但温度低，冬季长。虽有很多冰川雪岭，但缺水依然严重，加之土地贫瘠，土壤盐碱度大，植物生长困难。不要说那些娇贵的蔬菜，就是适应高原生态的青稞等作物，也因为自然条件恶劣，生长期长，产量较低。即便侥幸能够存活，成长之路并不是顺畅，一场风雪可能就葬送了它们的小命。

脆弱的自然生态，使得生活在这里的每一个生命都显得脆弱。土壤不加改良，撒进土里的种子等于撒到了水泥地上，根本无法生根发芽。要在阿里这块神奇的土地上种菜，就必须克服气温低、土质差这两大问题。

条件虽然艰苦，但是为了吃上自种的新鲜蔬菜，有一些勇敢的人乐意去做"第一个吃螃蟹"的人。

阿里高原的蔬菜种植试验，首先是从驻地边防军人那里开始的。

在高原干任何事情都不是那么容易的。同样的事要比山下付出更多的努力，甚至成倍的功夫。解决种菜保温的问题，战士们想到的是建温室大棚。这在内地已经很普遍，有成熟的技术和程序。可那是什么气候啊，同样的大棚建在平原可以丰产丰收，而建在高原，可能一盘菜也吃不上。大棚的格局和结构是相同的，面朝南方，拱形连排，但是选用的材料却大不相同。为防风雪，骨架不能用树脂塑料，全部用钢管铁条。塑料薄膜要选加厚的，皮实保温，高原的太阳光强，可以穿透它又不至于为了保持内部温度而阻隔了外部的阳光。塑料膜外还准备了厚厚的棉被。平原地带温室菜棚，冬季保温最多是加一层草垫。在阿里，那是绝对不行的。

有了这些措施，大棚菜就能乖乖地长起来吗？也未必。暖季，大棚内的温度勉强可以达到蔬菜生长的最低要求；寒季来临，棚里的菜就会进入休眠状态，它们不会听从谁的呼唤，只管自己睡大觉。十几天过去了，钻出地面的菠菜只吐了一个芽子；几十天过去了，它只伸开两瓣叶子，就是不往大里长。原因还是温度不够高。

战士们想到另一个办法——在大棚里生火炉或者加装暖气。雪域高原，本来取暖的燃料就紧缺，人们的生活取暖尚且捉襟见肘，难道那些小菜还要享受更高的待遇吗？是的，必须如此。为了种菜，战士们宁愿自己受冻，也要让蔬菜暖和一点。一个五十平方米的大棚，至少要两个火炉，如果再大一点的棚，那就需要用锅炉烧暖气。

解决了温度问题，并不能保证蔬菜上桌，改良土壤是另一个大问题。战士们把菜地里原有的土挖开拉走，从农民种青稞的地里拉来相对肥沃的土，再从牧区的羊圈运来羊粪，将两者搅拌均匀，铺撒到菜地。你可能会问，只有羊粪没有牛粪吗？牛粪是牧民的燃料，很少用作肥料。

更换土质这项工作看起来简单，没有什么技术含量，其实里面的门道可多了。主要是土和粪的比例问题。起初，谁也不知道按什么比例配合，有时羊粪用多，肥力过大，种进去的菜籽被肥料烧死，不发芽，不生长。有时，土多粪少，肥力不足，种下去的蔬菜只发芽，不开花，也不结果。经过反复多次实验，最后终于找到一个基本平衡，土肥大概按 3：1 的比例调和，这样既可以保证土壤有养分，又不至于肥力过度损害种苗。

具备这些基本条件，接下来就是选种育苗、培养护理了。首先是试种容易生长的叶子菜，比如菠菜、生菜、白菜等。这些菜都能顺利长成以后，就着手试种黄瓜、西红柿、茄子等果菜。经过这样一点点、一年年的试种，经验积累到一定程度，战士们逐渐掌握了在高原种植蔬菜的要领，然后推广开来。

如今，阿里地区所有边防连队都有一两个蔬菜大棚。夏天蔬菜基本可以自给自足。冬天欠一些，配上耐储存的土豆、白菜等冬菜，基本可以解决吃菜问题。还有缺口时，也可从市场上买一些外运进来的菜。

前些年，战士们吃不上蔬菜，身体营养不均衡，缺乏维生素，常常出现嘴唇裂口、指甲凹陷等现象。如今，吃菜有保障，官兵的身体状况得到较好的改善。

蔬菜大棚不仅是种菜的地方，还是边防战士的休闲场所，也是调节心情的自然氧吧。漫长的冬季，四处白雪茫茫，见不到绿色，只有到菜棚里才可以看到一丝绿意，战士们特别珍惜他们的生态乐园。

在种植蔬菜基础上，战士们百尺竿头更进一步。有的连队竟然种出了甜瓜、西瓜等水果，创造了高原冻土层种植的奇迹。

偌大的阿里地区，蔬菜种得好的有两个地方。

一个是位于札达县的阿里军分区农副业生产基地。这个基地选址适当，管理科学，成了高原蔬菜种植的窗口。基地位于象泉河谷，地势平坦，水量充足，土质较好，夹在两山之间，很少受风寒影响。部队又投入不少现代农业设施设备，选派有经验的官兵精心管理。功夫不负有心人。每年夏季，田间地头硕果累累。

另一个地方是普兰县现代农业示范区。那里有大大小小200多个温室大棚，采取公司化管理运营，特别是引种了津做35号黄瓜、南螺2号辣椒、8398紫甘蓝等新品种，还有夏香姬桃树、红提葡萄、芝麻蜜瓜等水果。这里产的蔬菜足以保障普兰县各族群众的日常生活，还销往狮泉河等地，为阿里地区的百姓造福不少。

生活在牧区的藏族百姓以往很少吃蔬菜，他们只以简单的青稞、酥油茶、牛羊奶肉作为主食。由于食物品种单一，人体所需多种维生素及微量元素摄入不足，营养不够均衡，影响了人们的健康。这些年，牧民们接受了新鲜事物，也开始吃些蔬菜。

随着高原交通事业的发展，阿里地区一年四季车辆通行、飞机通航，外面的蔬菜可以源源不断地运进阿里。本地一些有条件的地方也开始种植蔬菜。

阿里人民吃不上新鲜蔬菜的日子已经一去不复返了。

高原上的小草

我的微信朋友圈里，有一位朋友的昵称是"神山脚下一棵草"。神山，冈仁波齐，藏历木马年我曾经绕着它转过四圈，却没有留意神山脚下的草长得什么样。如果那里的草真有灵性，它们一定是得到了佛祖的护佑，沾染了无数信徒的虔诚。当一个个长头磕在地上的时候，那一棵棵小草是否也在与他们进行着心与心的交流？

"野火烧不尽，春风吹又生。"草的生命到底能延续多久呢？它们的生命是不是永无止境，年复一年，千载不死？或者，它们的繁殖能力强，新陈代谢快，一茬一茬，一代一代，完美轮回？这些看似平常的问题，一旦认真思考起来，就不那么简单。眼见路边的草，山坡上的草，野地里的草，今年青了又黄，明年黄了又青，看不出它是死去还是休眠。似乎，只要有根在，它总会生长下去。莫非真有无穷的神力相助，小草能往复终生，不息不灭，还能返老还童？

草，向来被人视为低贱的生命。低贱的生命也是生命，卑微的身份也有尊严。草虽然渺小，但在大自然面前，它并非弱者。有时人的生命比小草更加脆弱，更容易受伤。正所谓，命如草芥。人只有一生，而草木却不止一季一年。草的生命并不是我们想象得那么简单。年年草相似，岁岁人不同。我们今年看到的或许已经不是去年那些草了，它们的种子会重新发芽，青苗再次泛起，只是我们无法了解每棵草的细微变化罢了。

阿里地区有广阔的高山草场，主要分布在革吉、改则、措勤三县，人称羌塘草原湿地，大概有数千万亩。那里平均海拔4700米以上，水草丰美，牛羊肥壮，是阿里引以为豪的牧区。夹在喜马拉雅山脉和冈底斯山脉之间的日土、噶尔、札达、普兰四县，就没有那么好的气候。干巴巴的牧场，草长得并不好，稀稀疏疏，只有在河谷地带才能看到面积稍大点的绿地。

同属苦寒之地阿里，为什么羌塘草原会有良好的气候条件呢？这需要一点地理知识来解释。印度洋暖湿气流在季风的推送下，历经千难万险翻越了雄伟的喜马拉雅山,带着兴奋与好奇一路向东涌去。气流不可能在喜马拉雅山脚下徘徊驻足,靠近喜马拉雅山的"西四县"无缘享受潮湿的气流。徐徐东向的暖意,与从北方而来的干冷气流相遇、融合,在阿里东部及那曲市交汇,形成较为充足的雨水,造就了羌塘草原这个天然的优良牧场。

还有一个气候现象值得关注,阿里东部三县海拔高,却很少下雪,而普兰县海拔较低却成了"雪窝子",原因大概也与气流运动有关。大自然的一切赏赐,都是天时与地利的交合,任何人拿它没办法,人类能做的,只有去适应。牧人逐水草而居,他们最懂得顺应。

草原须有水源补养,否则难以保持。蒙古、新疆的草原那样大气磅礴,一望无垠,披满山坡,你可以尽情地躺在上面打滚闹腾。阿里的草原平缓而羞涩,草类低矮硬实,你若是真的躺上去,会被刺得难受。这里的牛羊吃起草来小心翼翼,它们需要掌握巧妙的食草要领。曾经有好事者从平原地区引进良种山羊放到阿里草原,结果要么被冻死了,要么被饿死了。它们不能适应这里的气候,不会吃这里的草。高原草场分布最广的是针茅和蒿草。这些草叶子小,根系厚,每年返青的时间短,仅有三四个月。牛羊只能享受短暂的美味,营养价值不高。高原的马、牛、羊体型比较低矮瘦小,或许与这些草类有关。

能在高海拔地区生长的草种类有限。在普兰,在札达,我见过最多的就是毛刺。这种草盘踞在山坡、平地、河沟,一簇一簇,它的根枝发达、顽固,你想将它拔出来,得费九牛二虎之力,也未必能如愿;你若想折断它的枝,那更是妄想,抓住它拧了几十个圈,一放手,它还是死皮赖脸地趴在那里，就是不肯离开母体。

在鬼湖拉昂错旁边有一个叫塔西兰的地方，那里的毛刺群落异常发达，大片大片疯长，远远望去，是美丽的大草原。走近才发现，它不是真正意义的草。虽然可以叫作草，但与一般的草不同。牛羊不去吃它。因为它满身是刺，如同针叶林的小树，没法下嘴，也没有什么营养，何况它还那么顽劣。除了能改善一下土壤，创造一番绿意，恐怕再没有什么好的用了。烧火倒是可以，但是怎么把它铲下来，是个麻烦事。

从国道219线的巴尔兵站去札达县，在即将进入县城的地方，有一条沟，叫毛刺沟。整个河道全部被毛刺霸占，看不清河水，只能听到流水的声音。毛刺长得凶猛，快变成树了，大一点的有一人多高。如此茂密，如此错综，让人不好意思称之为草。毛刺沟俨然是一片"草的森林"。在这松软的河道内能生长出柔嫩的草，那该有多好。

高原的草，很珍奇，也很神秘。最不可思议的就是冬虫夏草。这种东西一会儿是虫，一会儿是草，分不清它到底属于植物还是动物。它们适应高寒地区的气候条件，主要分布在青海、四川、西藏等地。西藏的虫草要属那曲市的最为上乘，那里的虫草品质好，当然价格也高。最近几年，媒体大肆宣传，虫草身价倍涨，给当地牧人带来收益的同时，也对自然条件下生长的这种杂合体带来灭顶之灾。可怜的阿里，此类尤物绝少存在。它们最适宜的环境是海拔3000~4000米，而且要在水草丰美的地带。我见过一些阿里的牧民挖出来的虫草，品相差，卖不出好价钱，不值得去劳神费力。当然，除了虫草比较神奇，还有一些草，也很怪异。

那年藏历新年期间，我去普兰县霍尔乡的牧区了解民俗，住在一户牧民家里。不知什么原因，浑身起了很多的小疙瘩，又红又痒，让人坐卧不宁。那时也没有带什么药，我就向牧人说明情况，准备返回县城。

有一位老人看了我身上的这些红疙瘩，说不用担心，他有办法。他从木箱子底翻出一些干巴巴的杂草。我估计可能是藏药吧。他把这些草放在锅里煮了一个多小时，然后将水淋出来。那药水发黄，闻起来没有什么特殊的气味。我以为他让我喝，没想到老人是让我用这个药水擦洗身上发痒的地方。我按照他的吩咐去做，只擦了一遍，就觉得不怎么痒了。

后来，我就在他家帐篷住下，隔几个小时擦一遍，过了一天，身上的疙瘩竟然全都消失了，也不痒不痛了。我非常感激，想知道这是一种什么药。老人说："它是一种有毒的草，牛羊吃了不但会中毒而且上瘾，严重的还可导致死亡。"我听了一惊，这么毒的草，怎么还敢用作治病的药。我问老人家："这种药叫什么名字？长什么样子？"他也说不出所以然，不过还是给我介绍了这种草的形状。

从牧区回来，我在网上查找资料，知道这种特殊的高原草类叫冰川棘豆，是一种适应高寒地区生长且有毒素的草类，它的特点就是见缝插针，欺软怕硬。在别的草类生长茂密的地方，它很难存活，没有生存空间。如果因为过度放牧或者气候影响造成草场退化，就给了它机会，冰川豆棘会凶猛繁殖，快速扩张。

这种草对牧场的杀伤力是显而易见的。牛羊吃了会中毒，给牧民造成的损失很大。所以，放牧不仅仅把牛羊赶到草地里就完事了，牧人们还要注意观察那片草地上有没有冰川豆棘。

前些年，牧民不知道这种毒草的危害。当牛羊成群死去的时候，他们以为得罪了神灵，是上天的惩罚。牧民能做的就是祈祷。然而，并没有多少效果。近些年，政府引导牧民保持适度放牧，草场得以恢复，冰川棘豆的生长得到遏制。

草，在阿里高原并不稀罕。草，却是阿里地区不可或缺的资源。毕竟这里可供种植农作物的土地太少，大量的生产资料、生活来源主要依靠草原。

阿里的牧民对草有着特殊的感情，就像农民对庄稼，山民对树林一样。

那么高的地方有树吗

树，大自然中最平凡的植物，高的矮的，粗的细的，直的弯的；生长在深山幽谷的，栽种于田间地头的，攀附在房前屋后的；有结果实的，有只开花的，还有喜欢飘絮的；长得快的速生林，老得慢的千年松；有用来盖房子做家具的，有用来劈柴烧火、制乐器的，还有奇形怪状专供人欣赏的……

就是这最不起眼的植物——树，在阿里高原却是罕见之物。一个

阿里的绿

牧区的孩子，长到七八岁，你问他树是什么，他可能不知道，因为他没有见过。

恶劣的自然环境，造就了藏北高原异常稀少的植被，仅有的一点绿色也常常被风霜剥蚀得所剩无几。不要说什么参天大树，即使像坚韧顽强的红柳之类的灌木，在高海拔地区也不多见。

传说千万年前，阿里高原是茂密的森林，是优美的牧场，还有无数大型野生动物。我不敢相信，为什么它会变成今天这个样子？或许，这里曾经是海洋，后来地壳运动变成高山，海洋的底部是盐碱地，长不出什么丰美的植被。从许多山谷中发现的海螺化石，从一个侧面印证了这种理论。不过那都是史前之事，谁又能说得清楚呢？我们关心的是，如今这块雪域高原，还能不能长出树，高大的树？

从飞机上俯视阿里高原，群山林立，鲜有绿意，光秃秃，赤裸裸。虽有几个湖泊如同珍珠般点缀其间，但它的周围没有出现森林。

为什么这里就不能长树呢？

有人说，因为温度低，植物体内的水分被冻住，体液流通不畅，营养不能正常运输。听起来似乎有道理，细想一下却经不起推敲。在祖国的东北，那里同样天寒地冻，为什么还生长着成片的森林？气温应该不是主要问题吧！

有人说，高原缺氧，植物呼吸困难，养料跟不上。这就更奇怪了。植物是通过光合作用把二氧化碳和水转化成有机物，并释放氧气。它是制造氧的，缺氧怎么会对它造成影响呢？

还有人说，高原缺水，没有水怎么能生长呢？是的，阿里高原的水不是很多，可是这里是百川之源，常年有冰山雪岭消融浸润着这块土地，应该可以让植物或者说树木生存吧。

其实，这些观点都没有说到点子上，最根本的原因是高海拔地区气压低，空气密度小，或者说空气稀薄，不仅是缺少氧气，空气中二氧化碳的含量同样很低，植物光合作用所需要的成分不足。空有强烈的阳光，无法完成光合作用，植物在这里难以生存。而空气中的二氧化碳主要是人类、动物呼吸产生的，高原地区生态链单一，人口稀少，动物也不多，投放的二氧化碳自然就缺乏。此外，土地贫瘠，气温较低，这些因素的叠加，导致植被生存所需要的物质条件缺乏，树木，尤其是高大的阔叶树木，依靠自身光合作用无法完成营养的转化和运输，只能望高原而兴叹了。

相对而言，草本植物体态小，所需要的水、二氧化碳等物质较少，营养在体内的运输也较为方便，它们在高原还能生存。

我走过阿里的大部分地区。树，真的很难见到。

狮泉河镇虽为地区首府，可这里的环境、气候并不是阿里最好的。这里海拔4300多米，小镇周围的山上寸草不生，常年有风，感觉不爽。还好，有一条狮泉河从小镇流过，否则，真不知这里如何养活两级政府机关人员和数以千计的群众。

狮泉河流域曾经生长着大片红柳，这种高原灌木开着美丽的絮状花，每年四五月份满河飘香。然而在某一个年代，河滩附近的红柳被人大面积砍伐用作柴火。后来就再也没有长起来。近些年，政府费了很大气力植树，可是广种薄收，成活率很低。在狮泉河镇的大街小巷、机关单位，很难看到几棵像样的树。不过也不是一点没有。狮泉河镇数量最多、长势最好的树，要属阿里军分区院子里的树。

军人，不光是阿里的解放者，更是阿里的建设者。阿里军分区的前身是进藏先遣连，20世纪50年代初，他们从新疆来到雪域高原，解放了阿里全境，后来发展成为骑兵支队，1968年组建军分区。从那时起，一代一代阿里官兵，就在狮泉河边的营院种树。几十年过去了，如今已是绿树成荫。

前人栽树后人乘凉。军队的先辈们试种了很多年树，选择了很多种树，最后他们才找到这种适应高原生长的树——白柳。

这种树不是一棵一棵地独立生长，而是一簇一簇地往外发，它的根系发达，一个根会发出来一簇苗子，然后长大成材，就像灌木林一样，但是比灌木长得高大。

我怀疑这白柳是高原红柳与白杨树杂交而成的。单看那一株株长成的白柳树，就像是白杨，可是再看它的根，又像是红柳。不管高原的气候如何恶劣，白柳在军分区的院子里算是扎下了根。最高的树已长到四五米，粗点的也有成年人的胳膊腿那么粗。凡是来阿里的人，看到军分区营院的白柳树无不称道。这可是几代军人的心血啊！

我听说，战士们为了种树费尽心思，选苗、换土、施肥、浇水，每个环节都不敢马虎。他们把树沟挖得又深又大，里面填上从农牧区拉来的好土，再与羊粪搅拌混合填入树沟。为了保持水分不间断，战士们专门在狮泉河边架起一台水泵，一年四季，随时可以从河里抽水浇灌。有了战士们的精心呵护，如今站在狮泉河镇最高处的揽月亭鸟瞰整座小镇，山坡下有一处郁郁葱葱、生机盎然的地方，那就是军分区的院落。

普兰县位于阿里地区的南部，海拔较低，气候湿润，人称"阿里小江南"。那里可以种植青稞、油菜，是阿里地区唯一可耕可牧的好地方。普兰的树成活率相对高一些，不过也还是以白柳为主，曾有人试种枸杞、沙棘等品种，没有成功。

步入普兰县城，可以看到主街的一侧矗立着高高大大的白柳，大的有碗口粗。尽管它们的存在遮挡了商铺的门面，影响商家做生意，但当地人还是小心呵护这些树。历任县委政府领导都能识得大体，几次整改县城，都没有触动这些宝贵的树木。在高原，树能存活下来，能长这么大，那是修炼了多少年才积下的善果。

普兰县城的机关单位以及周边村落生长着大大小小的白柳。

出县城往南去科迦村的路边，白柳成林，长势茂盛，是年轻人耍林卡的好去处。这样成片的树林，在阿里地区是少之又少的。

虽然普兰的气候条件相对好，但要种活一棵树也不是容易的事。生活在这里的人们都知道，种下的树要活过三年才算真正成活。就像旧社会，小孩子出了天花能扛过去，那才算活了下来。当年栽下的树苗，看着它发芽了，长叶了，可是过一个冬天，来年可能它就不吐新芽，那是被冻死了。有的树，第二年发芽了，也不能保证第三年还能坚持下来。只有经过三个暖季、寒季的考验，如果还能绽放新绿，才能证明它真正适应了根下那块土地，活了。这还仅仅是第一步，要长成大树，不知还要熬多少个年头。

普兰的树较多，也比较高大，但我听说阿里最大的树是生长在札达县的。

札达与普兰相邻，那里海拔更低一些，县城有3600多米。气候不如普兰湿润，常年干旱少雨，可是那里居然生长着一些大树。据说，札达县城最大的树是长在县武装部的院子里。这不由得让人想到，哪里有军人，哪里就有树，就有依靠。

我曾专门去考察过那几棵树，确实高大威猛、英姿勃发。那几棵树不是白柳，白柳一个根要养活"一群孩子"，长不了多高。县武装部里的大树是杨树，只可惜数量太少，就那么几棵。县城里别的地方找不出那样大的树，常见的还是"小矮个子"白柳。

从札达县城出来，沿着札达沟往香孜乡去的路边，生长着两棵奇形怪状的树，不像杨树，也不像是白柳。孤零零就那么两棵，周围没有河水，也没有草地，就它们俩杵在那里，像是一对情侣。其中一棵树如同开屏的孔雀，栩栩如生，但凡初次经过此地的人，都要去与它合影留念。

在通往达巴乡的路边，有一个村子我记不得叫什么名字了。村头有两棵杨树更高大，竟然超过了县武装部院子里那几棵杨树，两个成年人手拉手才能抱住。到这里我才明白，所谓"最大的树在县城"，不过是以讹传讹。我问当地村民这两棵树有多少年，有的说五十年，有的说一百年，谁也说不清楚。我估计，能在如此高海拔地区长得那么高，恐怕至少有百年树龄。可是，杨树能活那么长时间吗？

阿里的树很少，可有一个地方算得上是世外桃源，那里不仅有杨树、白柳,还有很多果树。那就是札达县底雅乡的什布奇村,位于中印边境的一条深沟里。在平均海拔 4500 米的阿里高原,什布奇的海拔不到 3000 米。这样的海拔高度对于人和植物的影响较小。

在一个瓜果成熟的季节,我造访什布奇,品尝了高原产的水果。那里的杏子很小,像汤圆那么大,黄澄澄的,味道不酸也不甜。当地人用它酿的杏子酒,劲头很大,喝几口,人就发晕。什布奇的苹果红又圆,甜而脆,口感不错。

以往交通不便的时候,人们很难吃上新鲜水果。如今阿里的条件虽然改善,外地水果可以运上来了,可是要想吃到刚从树上摘下来的新鲜果子,恐怕只有什布奇这个地方能够满足口感需求。说句心里话,能吃上阿里本地生产的水果,是一种奢侈。

树,长在平原,它就是一棵树,需要时随时可以砍掉,只要想种也不是多难的事。而长在高原,长在阿里,它就不仅仅是一棵树了。它是一种精神,一种执着的追求。它是一道风景,一个寻常难觅的奇迹。它彰显了一种信仰,再艰苦的环境都可以努力去生存。

我对阿里的树存有深深的敬意,对那些种树护树的人更为钦佩。

雪域温泉

不知从什么时候起,泡温泉成了一种时尚。可是有多少人真正体验过天然的原生态温泉呢?

阿里的绿

藏北阿里，雪域荒原，没有更衣室，没有沐浴间，没有水果点心……只有冰天雪地里热气腾腾的泉水。你敢脱光衣服跳进去泡一泡吗？那会是怎样的一种感觉呢？

一个大雪过后的日子，普兰的天特别蓝。路上的积雪已被交通部队推开，我和同事去一个叫拉孜拉的小村考察扶贫工作。

我们从县城出发，沿217省道行驶一个多小时，绕过鬼湖，又沿着圣湖边的沙石路向南前行。

湖边高处的经幡在风中摇曳，车窗只要开一条缝隙，湖面吹来的寒风就侵袭而入。玛尼堆的顶上放置着大大的牦牛头骨，代表着虔诚，更是一种祈祷。玛尼堆旁边的帐篷外，三四个石匠忙碌地雕刻经文。当我们驻足拍照的时候，他们向我们推销刻着六字真言的石块。我们拿出一些食物给他们，却没有买那些经石。即便是要买，不应该用"买"字，而要说"请"，以示敬意。

车在圣湖边绕行小半圈，驶离主路，进入一条更窄的便道。路上的积雪较厚，不时将我们的越野车陷住。好在路基坚实，司机有经验，并未影响我们的行程。

一条小河弯弯曲曲从雪原深处走来，流入圣湖玛旁雍错。那条便道沿着河流向山脚延伸。令人不解的是，这么冷的天，河里的水细如游丝，怎么没有结冰呢？同行的老吕说，这是从拉孜拉温泉流出来的水，当然不会结冻了。哦，我明白了，目的地快到了。

拉孜拉是一个只有十几户人家的小村子，属于普兰县霍尔乡。一座座矮矮的碉房杂乱无章地散落在山坳里。这种无序在某些人看来就叫原生态。因为人烟稀少，碉房点缀在空旷的山谷中，倒是别有一番景致。

我们找到村里的干部，商量着给他们修一条水渠，解决农田灌溉问题。这个项目此前已研究多次，当天没有费多大工夫我们就达成协议。

办完公事，村里干部留我们吃饭，我们婉言谢绝了。老吕说："还是去温泉泡一泡吧。"这当然是好事。只是如此寒冷的天气，能行吗？

我问老吕："温泉有没有人经营管理？配套设施怎么样？收不收钱？"老吕笑着说："条件无与伦比，绝对是纯天然，而且免费。"

我坐在车里，有几分好奇，还有些期待，高原的温泉到底会是个什么样子呢？老吕还介绍说，温泉流出来的水很神奇，人喝了会胀肚子，牛羊喝了从来不生病。我摇了摇头，表示不相信。这时，车外传来一声"哞"的牛叫声。老吕说："你看，牛都承认了。"

顺着车窗向外望去，一群牦牛正在河边的雪地里吃草，像一粒粒黑色的珍珠洒落在洁白的地毯上。蓝天白云下，如此恬静悠闲，让人几乎忘记了这是一块高寒贫瘠的土地。

我们的车沿原路返回到岔路口，然后向西顺着河水逆流而上。这里没有什么路，只有隐约的车辙被雪浅浅地埋着。我们翻过一个小山包，远远就看见河流在一处断崖下消失了。

就在那崖口周围，浓浓的热气翻滚升腾，天地被白雾所笼罩，看不清崖下的水潭有多大。四处满是皑皑白雪，与蒸气搅和在一起。我不由得揉了揉眼睛，将车窗玻璃摇下来想看个清楚。是的，河水的源头不见了,像一条长蛇一头扎进仙气缭绕的深潭。白雾徐徐升起,飘过山头之后,骤然化于无形,似乎被一个神秘的布袋收入其中。

离温泉还有三四百米,车无法前行,我们只好下车步行。

飘浮在河面上的热气由近及远越来越浓,我迫不及待下到河边,伸手触摸河水,想感受一下它的温度。果然,温温的,一点都不凉。其实在这靠近源头的地方,将小河称作小溪更为恰当些。映入眼帘的茫茫大地中,小溪将雪原撕开一道口子,涓涓诉说。溪边的小草萌萌的,竟然还有一丝绿意,真是神奇。想想如今已是隆冬季节,高原地区的草在九月份就开始枯萎,它们还能坚持到现在。

随着脚步临近温泉,薄雾扑面而来,我能感觉到它的温情和湿润,也闻到了一种异味。这种气味应该是硫黄味。风还是有一点的,它把潮湿的雾气从我们的面前带走,但是很快又有更大的一片湿气聚拢过来,再次把我们包围。

走近之后,我终于看清楚,那是一亩大小的池塘,热气散布很不均匀,水面不时冒着气泡,四周的塄坎上覆盖着积雪,有个木制的小梯子从池边伸入水里。池子的四周没有任何建筑物。

我笑问老吕:"这是什么条件啊?我们在哪里更衣呢?"老吕道:"天当被,地当床,多么宏大的保障啊!"我终于明白,这就是那个没有任何装修,没有任何污染,没有任何矫揉造作的"天然浴场"。

我还愣在那里想着下一步该怎么办。老吕说:"快脱吧。"他来过多次,熟悉这里的情况。他说着便脱下衣服扔在池边的雪地里,沿着小木梯沉入水中。

我想起小时候在老家的鱼塘里游泳，就是这样一副光景。衣服往岸边一扔，小腿一蹬，扑通一声就跳进去。这个温泉的水有多深我不掌握，所以不敢贸然行动。

司机小刘不会游泳，他绕到池塘的上方浅水区入池。只见他的脚刚伸进去，就大喊着跑上岸。他可能正好踩到了热水的泉眼处，估计脚上的皮要被烫红了吧。

小刘跑到木梯跟前问我："水深不深？"我测试了一下，不超过两米。他不敢下来，只好从另外一处相对较浅的地方下水。

以前泡温泉，室内的浴盆太小，只有两三个人的空间，即便是室外的小池子，十几个人就显得拥挤，相对而言，这个池子够大，足可容纳上百人。在这样的温水里游泳，真是爽快。

也许是因为这个温泉正好处在山崖下，避风、遮光，所以零下十几度的低温，我们脱衣入水，竟然没有感到丝毫的寒意。我保持仰泳的姿势，静静地浮在水面上，只露出一张脸，静静地呼吸，尽情享受着雪域神泉带来的惬意。

我试着用脚尖去探究池塘的底部。下面全是细沙，或者说是淤泥，不过挺硬实的，人站在上面并没有下陷的感觉。可见沉积的时间已经久远。

小刘和老吕在水浅的地方坐着，他们俩用池底的淤泥相互涂抹脊背。"这是要干什么？"我游过去问道。老吕说："这泥里含有丰富的矿物质，涂在身上，可以去污、杀菌、止痒，比肥皂、沐浴露的效果好。"此时，老吕前胸、后背、胳膊，甚至脸部都涂上了青色的淤泥。

我也学着他们的样子,给身上涂抹。我印象中有一种土耳其浴,好像就是往身上糊泥巴,那黑色的泥巴能比得上这高原温泉的青泥吗?这泥巴涂在身上,像是穿上了软猬甲,说不出来是舒服还是别扭,有点痒痒,怎么老吕还说可以止痒呢?往脸上抹的时候,还有一种怪怪的气味冲鼻。我们三人穿着这身盔甲坐在水里,活像三座兵马俑。

我见过别的温泉,水大多是混浊的,而这里的水质很清,可以透视池底。我想,这水里会不会有什么生物呢?这么高的温度,一般鱼虾是不可能生存的。我不经意地用手在泥沙中摸索,没有想到如此高的温度,池底还有小小的生物,不是蚯蚓,不是小鱼,像是小虾米。

我的生物学知识比较欠缺,无法断定这到底是什么动物。如果有动物学家能来高原泡个温泉,他们应该会产生兴趣,说不定这是一个什么新的物种。我没有心思去考虑这些生物问题。

早上出门时老吕没有说要泡温泉,所以我们什么换洗的衣服甚至连毛巾都没有带。老吕说什么也不用带,如果带了那些洗发水、沐浴露之类的洗涤用品,反倒会污染这里的水质。

我一个猛子扎进深深的水中,想要把这身盔甲冲洗掉。池底的水温较低,我头脑一下子清醒了很多。我试着睁开眼睛,看到池底有一些水草,有些地方在冒气泡,这说明温泉的泉眼不只在浅水区,也不止一两个泉眼。我浮出水面,长出一口气。这真是个好地方,游泳、泡澡一举两得。

该出水了,没有浴巾,难道要让太阳把我们身上的水晒干吗?幸好司机小刘的车上备有毛巾。我们就在这光天化日之下,毫无遮拦地脱衣、泡澡、穿衣。一个多小时,除了附近的牛羊偶尔抬头看看我们,没有一个生人过来,也没有任何东西打扰。

如此好的一池温水,若是放在内地,那是要门庭若市了。然而,拉孜拉的农牧民并没有经营此处的想法,他们以前不敢到这里洗澡,后来看到外面的人来泡,他们也开始泡一泡。小孩子们则是把这里当成游泳池,一年四季来玩耍。

这是在海拔4500米的高原,在冰天雪地里,我们坦然地接受了上天的恩赐。但愿这里永远都不要开发,就这样保持自然的状态。开发就意味着破坏,已有无数的美景被以开发的名义毁掉了。

西藏阿里是人间的净土,让我们赤条条地与它接触,不要带走什么,也不要留下什么。

► 阿里的牲灵

高原之舟

阿里的风更冷了。狮泉河面上结了一层薄薄的冰。藏北高原的冬天悄然而至。

我准备休假了,想找一辆从狮泉河镇前往拉萨的便车。那样就不用坐飞机,可以省点钱,沿途还可以欣赏风景。

运气不错,有消息从地区行署传来,说是近日有一辆车要去拉萨。自治区农科院的丁研究员来考察阿里野生动物的生存情况,任务结束准备返回拉萨。车上还有空位,我便搭乘了这辆顺风车。

在一个阳光明媚的早晨,我们从狮泉河镇出发。

丁研究员来阿里的时候走的是国道318线,经日喀则来到狮泉河镇,返回拉萨时他不想走原路,所以选择了俗称"大北线"的安狮公路。这条上千公里的省道只有一百多公里是柏油路面,其余全是沙石路。如果早知道他们走这条路,我可能就不坐这辆车了。可惜已经上车，只好客随主便。途中要经过尼玛县，正好可以顺道看望多年未见的老战友。

不知不觉中我们已经进入茫茫无际的羌塘草原南部腹地。天还是那么蓝，云还是那么白，不过时至冬日，草早就枯黄，想象中绿如地毯般的草甸并没有呈现眼前，此时给人的印象只有荒凉。车行几十公里，看不到一个村落，没遇上一顶帐篷。或许是因为这一带的草场太过贫瘠，牧人们不屑一顾吧。

越野车在沙石路上抖动着前行，如同一叶小舟飘荡在大海上，摇得人晕晕欲睡。我望着车窗外，满脑子都是回家以后要发生的事。羌塘草原是世界上湖泊数量最多、湖面最高的高原湖区，超过25 000平方公里的湖泊面积，占全国湖泊总面积的25%。车在路上行驶，也是在湖边穿梭。公路边不时会冒出一个湖，我不知道它们叫什么名字，只知道它们都很美丽。我打开车窗，想吸一口清新纯美的空气，才开一道缝，刺骨的寒风便挤进来，不由得打了个寒战。

深蓝的湖面映衬着远处的雪峰，凄美清冷。一群牦牛迈着沉稳的步伐不紧不慢地趟入湖中，它们用身体挤开湖面的薄冰，一头扎进水里。我知道南方的水牛谙熟水性，却不晓得高原上的牦牛是否会游泳。只见这些牦牛在湖里痛饮一番，然后昂起头，使劲甩一甩，水花四溅，热腾腾的蒸汽从它们身上喷涌出来，在水面上空形成了一团团雾霭。

一会儿的工夫，汽车已驶过湖边，牦牛的身影变成一个个小黑点。突然，坐在前排的丁研究员喊了一句："看那边。"我顺着他手指方向望去，在不远处的小山包上，有一头硕大的牦牛正朝我们这儿张望。坐在我的旁边、刚才还打着呼噜的农牧局干部老汤，一下子瞪大了眼睛。

"什么？哪里？在哪里？"老汤扶了扶眼镜，挤到我跟前趴在车窗向外看。身为农牧局的干部，老汤对野生动物也很感兴趣。

这头牦牛与刚才看到的不一样。湖边的牦牛是黑色的，体型较小，而这头牦牛是棕黄色的，牛角很大，盘旋着伸向前上方，看起来令人生畏。莫非这就是传说中的金丝野牦牛？

丁研究员与野生动物打了一辈子交道，他可能也意识到了同样的问题。他指挥司机将车驶离路基，向那个小山包逼近，同时拿出相机拍了几张照片。

白色的越野车在广袤的草原上会很显眼，我担心牦牛发现我们之后会走开。丁研究员让司机慢点开，不要惊扰了野牦牛。事实证明，我们的顾虑是多余的。那头野牦牛并没有惊慌，也没有走开，而是直勾勾地盯着我们。

汽车驶到山坡下，有一条小河横在面前，河边水草茂密，土质松软，车子无法通行，我们只好跳下车。

丁研究员抱着相机，"咔嚓咔嚓"又拍了起来。我也掏出手机随便拍了几张。离得近了，我才看清那头牦牛真的体格巨大，比一般的牦牛至少大一倍。最突兀的是牛头，它与牦牛身体的比例很不协调，几乎占了整个体量的三分之一。牦牛的脖子得有多大劲才能托起那巨大的头颅和牛角？牦牛的背脊很高，有点像驼峰，若是拉犁、套车，架一个牛轭会非常适合。它的颈部、脊背、肚子乃至臀部上方毛很短，远处看像是裸露着光光的黄牛皮，腹部、四肢以及尾巴则金毛汹涌，有点非洲雄狮的派头，长长的金毛几乎要拖到地面，皮毛上还粘连着一串串干泥巴。它的腿短小，尾巴像个大扫把，下垂着，并没有来回甩打。

老丁小心翼翼地踩着草根跨过小河。从这个简单的动作可以看出，他对草原是熟悉的，知道该踩什么地方、该往哪里走。我和老汤站在车边，欣赏着老丁敏捷的身姿，希望他能顺利完成这次"偷拍"。

老汤自称在阿里工作十多年，还是第一次见到金丝野牦牛。野牦牛是国家一级保护动物，金丝野牦牛更为珍惜，估计整个青藏高原只有三五百头，我们运气真的好。老汤还说，在藏民心目中，金丝野牦牛是神牛，吉祥的象征，谁见到它，好运会相伴一生。

此时，老丁端着相机，弯着腰边走边拍，他还想再靠近一点野牦牛。牦牛显然已经发现他，"哞"地叫了一声。那声音如同洪钟，低沉、愤懑，传出去很远。它是害怕了，还是发怒了？老丁停下脚步，蹲在地上按动快门。不巧的是，太阳从小山包后面照射过来，他能拍摄的角度都是逆光。若想拍出更好的效果，就得选择更为恰当的角度。老丁起身向牦牛的侧方移去。

就在他偷偷摸摸挪动脚步的时候，野牦牛发出一声长吼，比刚才的声音更大。牦牛的头稍稍低了下去，眼睛直盯着老丁，尾巴高高地翘起。因为它的尾巴毛很长很多，这一翘，如同孔雀开屏。老丁连忙拿起相机抓拍。牦牛可不知道相机是干什么用的，它冲着老丁慢慢走去。老丁胆子够大，非但没有往回跑，反而抓住难得的机遇连拍不止。

老汤感觉不对头,大喊一声:"老丁,快回来,牦牛发怒了。"这时,金丝野牦牛的步伐突然加快。

老丁意识到危险,掉头朝我们停车的方向跑来。他这一跑,野牦牛也跟着追过来。丁研究员的囧态,让我想起技术拙劣的西班牙斗牛士。野牦牛四蹄放开,飞奔的速度比人跑得快。我的心一下子提到了嗓子眼。

司机连忙上车点火发动,我和老汤也赶快钻入车内。只要我们上了车,牦牛就没办法了。

所幸老丁熟悉河草的特点,三步并作两步奔到车跟前。他前脚上车关门,野牦牛后脚就追到车跟前。

司机迅速启动车辆,我们要逃跑了。也许是因为着急,车子拐弯时车轮陷进了河边的泥沼中。尽管油门很大,车屁股扭来扭去就是不往前走。这下可麻烦了。野牦牛就站在车子外面,我们不能下去推车,这可怎么办呢?虽然我们车上有刀子、棍棒,但是野牦牛是国家保护动物,谁也不敢随便伤害它。

在汽车后视镜里,我看到快速空转的车轮将泥水甩起来,飞溅到野牦牛的脸上。牦牛在车后打转。汽车发动机的声音更加刺激了它的神经,车子突然向前晃了一下。牦牛发怒了,它一头顶在汽车尾部,幸好有备胎罩子保护,否则那尖锐的牛角可能会把车子顶个窟窿。它使那么大的劲,也不怕把自己的角给折了。

司机还在不停地踩油门、打方向,车子似乎在缓缓地向前移动。突然,"砰"的一声,车子剧烈地向侧面倾斜。靠近我的车门被牦牛角顶进来一个窝。这得有多大劲啊！差点把车子顶翻。

怎么办呢？车子陷在那里走不了，一个庞大的动物还在外面捣乱。透过车窗玻璃，我与那头牦牛四目相对，它的眼神里流露出莫名其妙的凶光。我心里对它说："我们并不想伤害你，你又何必不依不饶呢？"我和牦牛对视了两三秒钟，牦牛似乎读懂了我的意思，它又转到车的后面去。这时，我再次感到车子猛地向前一窜。这个家伙又对着后备厢发力。恰恰就是这一顶，加上司机正好加油，车子竟然一下子冲出了泥沼。"快快快！"老汤不停地催促司机。司机加大油门，汽车一溜烟向公路跑去，远远地把牦牛甩在后面。

汽车冲上了公路，我们才感觉安全了。真是不可思议，我惊出一身冷汗。老汤说，看见金丝野牦牛的人会有好运气。老丁说，他在农科院干了二十多年，这是头一回见到金丝野牦牛，的确幸运。那一刻，我看到那头野牦牛正向我们快步走来。老汤催促着司机快走。老丁的兴致丝毫未减，他要等一等，他还想看看野牦牛要干什么。司机师傅有些担心，他说还是走吧，过一会儿如果来一群野牦牛麻烦就大了。

公路虽然不够平坦，但是总比在草地上跑得快。车后扬起的沙尘瞬间就把牦牛的影子遮住了。老丁满意地拿出相机，翻看刚才拍到的照片，不住地啧啧称赞。老汤凑过去问老丁："野牦牛是群居动物，为什么这头牦牛特立独行呢？"老丁放下手中的相机，回过头来说："通常情况下野牦牛是群居的，但也不排除为了争王夺爱发生打斗。"这头牦牛是雄性的，可能是争夺配偶失败的一方。

我抱着一颗好奇的心问："落单的野牦牛会不会冻死？或者被狼

群攻击？"老丁胸有成竹地说："野牦牛极具耐寒能力，它的牛皮厚实，腹部的毛很长，不会冻死，只要有食物，零下四五十摄氏度它们照样能生存。现在这季节，水草虽然不丰美，但也足够养活它们。至于会不会受到狼或者其他野兽的攻击，这个倒有可能。不过两三只狼，一头牦牛是可以对付的，如果是狼群攻击，落单的牦牛可能会凶多吉少。"我想，但愿这头牦牛能够顺利回归群落，不要再这样冒险独行。如果遇到偷猎者，它那张金丝牛皮可就保不住了。

经过这么一折腾，我们几个都感觉有点累，正好车开到了一个乡镇，于是停车休息。司机师傅带我们进到小茶馆坐下。热气腾腾的酥油茶散发着浓浓的香味。几口热茶下肚，人就精神多了。老汤算计着到达县城的时间，老丁又拿起相机翻看照片。

不经意中，我看到茶馆里走进来一位身材高大的藏族青年。他头戴黑色手抓帽，身穿绿色棉布大衣，脚蹬灰色牛皮靴。他在我们旁边坐下，要了一壶酥油茶。茶倒好了，他又走出茶馆，来到门口电线杆上拴着的白色牦牛跟前，从牦牛驮的布袋里掏东西。随后拿着塑料袋子又进茶馆坐下，从袋子里倒出一些糌粑，和着酥油茶捏成面团吃了起来。看他的装束像是长途旅行的人。

茶馆里再没有别的人，司机师傅走过去与他交谈。他们说的藏语，我听不懂。倒是门口那头白色的牦牛引起了我的注意。

我走出茶馆，来到牦牛跟前。它温顺地站着，目光沉稳，平静得如同深山里的一潭水。它根本不在意旁边发生的一切，包括我的到来。它的牙齿慢慢地咀嚼着，涎水从嘴角流出来，扯成长长的丝。白牦牛看上去很漂亮，毛色均匀，细腻而顺溜，我忍不住就想摸一摸。它的背上驮着几大包东西，鼓鼓囊囊，看得出来是经过了长途跋涉。

休息了一阵子，我们上车继续前行。我问司机师傅："刚才在茶馆里遇见的人是干什么的？"司机说："那人是从安多县前往普兰转神山的。"我有些疑惑，从那曲的安多县到阿里的普兰县，上千公里的路程，他就是这样一步步走来的？司机接着说，"那人牵着自己的牦牛，带着帐篷、衣物还有糌粑，走到哪儿就歇在哪儿，已经走了一个多月。比起磕长头的人，他的速度还是快的。"

我明白了，那头牦牛就是旅者的伴侣兼运输工具。我问司机："牛的草料呢？也是自己带吗？"司机说："不用专门带草料，沿途随走随吃，随时补充能量，比汽车还方便。汽车在半路上没油了，麻烦就大了，还是牦牛好。"

听得出来，司机师傅对牦牛也有感情。我在想，那个安多人定是有信仰的人，否则不会这样执着地走下去，而他的牦牛，也是个任劳任怨的好伙计。

晚上，我们顺利抵达尼玛县城。县农牧局的朋友将老丁和老汤接走了。我去县武装部找到张政委，他是我十多年前的老战友。我们曾在同一个部队服过役。

久别重逢，老张很激动，念我远道而来专程看他，特意准备了丰盛的晚餐。其中有一盘风干牦牛肉是他重点推荐的。老张用刀子割下薄薄的一片牦牛肉送到我手里。我看着盘子里像木材一样的风干肉，不知如何下口。老张却吃得津津有味。我往嘴里塞了一小片，嚼了半天，很硬，比超市里卖的那种牛肉干硬多了，没有什么香味，还略有一丝腥味，如同嚼蜡一般，怎么也咽不下去。老张说："牦牛肉筋道，有嚼头，吃了增加体力，还能御寒，加一些辣椒粉和盐会好吃一点。"可我对它一点兴趣都没有。

在我的老家陕西农村，人们很少吃牛肉。耕牛如果死了，一般会掩埋。因为庄稼人都懂得牛为人服务，拉犁套车，默默无闻、辛辛苦苦一辈子，总不忍心再剥它的皮、吃它的肉。这也许与早年秦国统治时期，鼓励农耕、严禁杀牛有关。

在海拔3000米以上的高原地区，风俗大有不同。性格温顺的牦牛是藏民的帮手和朋友，在农牧区，每家每户都有牦牛，或多或少，但不能或缺。牦牛既是劳力，家里的农活少不了它；又是交通工具，驮运物资，或者骑乘，它都能胜任；牦牛还是衣食的供给者，牛皮可以做靴子，牛肉可填肚子，牦牛奶更是上等的营养品。所以老百姓既养牦牛，亲近它，也宰杀它。在这样特殊的环境中，牦牛带给人们的是实实在在的能量。

我与老张喝着酒随便闲聊。从牛肉扯到牦牛，从野生的金丝牦牛又谈到家养的黑牦牛。老张饶有兴趣地给我讲述了一段他亲身经历的、关于牦牛的故事。

十年前，老张刚调到阿里高原，在波林边防连任指导员。那个连队距札达县城有六七十公里，驻地海拔4600多米。连队有一头黑牦牛，为官兵服务了十几年，守防战士一茬一茬地换，没有人知道老黑牛有多大年纪。

那时，连队的新楼还没有盖起来，生活条件很差，最主要的问题是用水不方便。虽然离河不远，可是百十号人每天做饭、洗涮用水量也不少。山路崎岖，无法用车拉水，老黑牛就承担起给连队驮水的任务。战士们自制了褡裢，在牛背上挂了两个水桶，夏天在河边取水，冬天从河里驮冰。

小河到连队的路，老黑牛不知走了多少趟。从天亮忙到天黑，日复一日，除了吃草休息，它的身影就移动在那条驮水的小路上。时间长了，老牛识途，不需要人牵引，它也知道该怎么走。战士带着它到河边，给水桶里装满水，拍拍它的屁股，老黑牛就驮着水返回连队厨房。炊事班的战士将水卸下后，将空桶挂上牛背，再拍拍它的屁股，老黑牛又走到河边。循环往复，寒来暑往，风风雨雨，老黑牛把生命一点点消耗在运水的山路上。

后来，连队基础设施改善，有了水泵水箱，战士们用上了自来水，再也不需要老黑牛驮水了。战士们给老黑牛好吃好喝，不让它干活，打算一直供养着它。可是老黑牛闲不住，每日天不亮，就在牛槽边磨蹭那条缰绳。一旦饲养员把缰绳解开，老黑牛就自觉地沿着小路走到河边，喝几口水，站在那里发一会儿呆，然后转身返回连队。过不了多长时间，它会再次走向河边，站一会儿，再回来。它像是一位饱经沧桑的老人，每日都在回忆着不平凡的往事。

老黑牛死后，战士们把它埋在连队后面的山坡上，并且立了碑，还用白色石头摆起七个大字"弘扬老黑牛精神"。黑牦牛的坚韧和它的忠诚，终将留在边防建设的史册中。

听完老张讲述的故事,我感慨万分。我忽然感觉,老张就像那头黑牦牛,顽强地扎根在雪域高原十多年,不曾后悔,亦无怨言,默默地在每一个岗位上履行着自己的职责。虽然他的头发已经快掉完了,脸上的皱纹更深了,皮肤变得黑暗而粗糙,然而他的心仍是红的,血仍是热的,对军人职业的坚守依然是真诚的。

飘移的旋风

在足迹没有抵达青藏高原之前,我不知道这个世界上还有藏野驴这样一种动物。

我到了阿里工作之后,经常驱车行驶在交通干道上,不时可以看见公路两边三五成群的藏野驴。

有的踱着悠闲的步子在吃草;有的追逐嬉戏,撒欢打滚;有的四蹄放开如洪水般波涛汹涌。藏野驴体型像骡子,块头比家养的毛驴要大,头部短而宽,耳朵尖而长,皮毛以棕色为主,背部脊线、鬃毛颜色较深,前额、颈下、胸部、腹部、四肢等处则是白色细毛。慢跑的时候姿态优雅,像骑士一样风度十足,很容易让人联想起马术比赛中的"盛装舞步"。

藏野驴如此常见,偶尔猎杀一两头应该没事吧,大概有人会有这样的认识。2014年8月,札达县境内发生的一起虐杀藏野驴案件,为那些抱有侥幸心理的人敲响了警钟。

两名男子在草原上开车撞伤一头藏野驴,而后将其虐杀,并割下野驴的生殖器,拍照发到微信朋友圈炫耀。血腥的场面、夸张的造型、愚蠢的行径,赚足了眼球。然而他们没有想到的是,此举非但没有得到赞赏、羡慕,反而引来舆论的一片谴责。

有网友直接举报他们杀害珍贵濒危野生动物,公安机关随即介入。当事人无处可逃,只能投案自首,在法庭上流下悔恨的泪水。后悔也于事无补,等待他们的是数年牢狱之灾。

人们大都知道藏羚羊是珍稀物种,是国家重点保护动物,而路边随处可见的藏野驴,也已被收入《重点保护野生动物名录》。其身份与藏羚羊属于同一层级,都是国家一级保护动物。刑法对"非法杀害珍贵、濒危野生动物"的处罚是根据被杀动物的保护级别来定罪量刑的。

虐杀野驴案件曝光,改变了一些人对藏野驴的看法,尤其是从外地来阿里高原的人。事实告诉人们:常见的未必就不珍贵。

早在2000年,国家批准设立羌塘自然保护区。保护区包括那曲和阿里地区在内的广阔荒漠、草原、湿地,为高原野生动物提供了良好的生存环境。短短数年时间,曾经濒临灭绝的藏羚羊、野牦牛、藏野驴等动物种群数量倍增。因为普法宣传工作做得好,当地牧民都清楚这些野生动物要保护,不能随便猎杀。如今,藏野驴的胆子大了,随随便便就到公路边来溜达。只有外来的一些人不知情理,或者抱有侥幸心理,容易走上违法犯罪的道路。

驴总是有一些驴脾气的,倔强,不服输,藏野驴亦不例外。它们有一种特殊的爱好,喜欢与驰骋的汽车赛跑。

记得有一次,我们驱车从狮泉河镇前往改则县,途中就遇到一群野驴,大概有上百头的规模,个个膘肥体壮。显然,此地的食物供应比较充足。

汽车引擎发出的声音在旷野上传出去很远。正在吃草的野驴抬起头来四处张望,很快就把目光投向我们。一头野驴慢慢地跑起来,身后的驴群跟着移动,它们的队形松散而不乱,似乎在调整步伐和节奏。高大威猛的野驴跑在前列,小个头的被裹挟在中间。它们奔跑的方向与我们车行方向基本一致,速度也差不多。我们的车如果加速,驴群就越跑越快。

汽车在沙石路面跑不起来,最多就六七十公里的时速,驴群从容地跟进。与喝油的汽车赛跑,恐怕只有藏野驴有这份闲情和自信。作为一种大型食草动物,能在海拔4000多米的高原上飞奔,可见它们的适应能力有多强。

汽车扬起的沙尘如同烟幕弹扯出长长的尾巴,棕色的驴群如同移动的旋风伴随着汽车前行。整个驴群忽左忽右,忽高忽低,时而越过浅河,放慢脚步;时而冲上缓坡,像一朵祥云升起。藏野驴奔跑的身姿虽不如骏马那样矫健,但也是飘逸洒脱。跑着跑着,也许是踩到了鼠洞,有一匹野驴跌倒了,其他的野驴有的从它身上跨过去,有的从它的身边绕过,摔倒的那头野驴在地上打了个滚儿,爬起来,接着追赶驴群。这个小小的插曲并没有影响整体队形,驴群很快协调好步伐,移动的速度并没有下降。它们不但要追上汽车,还要超过汽车,非要从汽车前面横跑过去才算胜利、才肯罢休。

汽车在搓板路上晃荡，驴群渐渐超过我们，为首的野驴出现在汽车的右前方了。它们的爆发力、冲击力令人难以置信。

我让司机加速，想看看野驴的本事到底有多大。

突然，跑在前面的野驴扑倒一片，发出凄惨的叫声。驴群像喷涌的洪水瞬间被闸门挡住，跑在中间的野驴紧急刹车停了下来，后面的尾随而至，都挤到了一起。我们车子趁机追了上去。靠近之后我才发现，野驴撞在草地上拉起的铁丝网。

这些铁丝网稀疏低矮，野驴不易发现，只顾狂奔的它们很容易被这些"绊驴索"锁住。

这一带是牧民的自留草场，而且是冬牧场，也就是战备草场。夏秋季，牧人把牛羊赶到很远的地方，到了冬天，下了雪，人畜不方便行动，才回归冬牧场，靠这些储备草维系生命。他们拉起铁丝网作为分界线，虽然保护了自家的草场，但是这些铁丝网却对野生动物带来了极大危害。尤其像野驴这样喜欢奔跑而且体型又大的动物，一旦撞到铁丝网，肚皮可能被铁丝划破，四肢可能残缺，得不到有效的救治，它们必死无疑。

在驴群脚步停止的地方，有两三头野驴躺在地上挣扎着，看起来受伤较重，还有几头慢慢爬起来绕过铁丝网继续前行，后续队伍跟随着向路边靠拢过来。

我让司机放慢车速，还是让野驴超过我们吧。我的内心有些不忍，后悔不该与野驴赛跑，害得它们撞到铁丝网。

驴群"大部队"通过铁丝网之后,又跑起来,由慢到快,终于再次超过我们的车,在前方几十米处跨越了公路,完成了它们一次伟大的赛程。而后它们站在公路的另一侧,仰起高傲的头颅,干号两声,比起平原地带家养的毛驴,那吼声并不昂扬。这是宣示胜利吗?好吧,你们胜利了。

我在想,如果从高处俯瞰,这移动的旋风应该更为壮观吧。

在后来的日子里,我有幸乘坐巡逻的直升机欣赏了奔跑的驴群。虽然比不上非洲大草原百万角马迁徙的气势,但也足以令人震撼。

直升机的轰鸣声引起野驴群的注意,远远的它们就跑开了。飞机在上空巡航,再蠢的驴子也不会与直升机赛跑,它们只是在逃窜。起初,还能保持队形,时而梯队拉伸,似一根箭头插向前方;时而又聚拢到一起,如冬日里的荷叶荡漾在水面。直升机飞临它们头顶时,它们四散跑开,三五成群,各自为战,如同一堆堆鹅卵石在草原上滚动。直升机飞远了,它们停下脚步,汇合到一起,然后仰头看着天上的"铁鸟"。

如今的羌塘草原已经成为藏野驴的天堂。它们是高原之上唯一的奇蹄动物。因为受到充分保护,野驴数量激增,无形中加大了草场负担,出现了野驴与家畜争食的问题,招来牧民的不满。争草夺食也就罢了,藏野驴对草场的破坏甚为厉害。如果没有什么打扰,它们一天可以连续20多个小时吃草,食量巨大,消化功能又好。

春天,草刚长出地面,藏野驴为了吃到更多的草,会用蹄子刨植被,往往把草根刨烂。到了秋季,露在地面上的草都泛黄了,只有根部还比较青，藏野驴又会挖出根部来吃。

据有关部门统计，一头藏野驴相当于10只绵羊的食草量。难怪牧民要在草场拉起铁丝网。如果任凭它们这样繁殖下去，在缺少天敌的情况下，要不了多久，草原上的生态平衡就会被打破。

我曾听说，在日土县就有人向政府提议，请求采取必要手段，控制野驴种群数量，保障牧民的家畜有足够的食物。说白了，就是建议有组织地猎杀藏野驴。这是羊驴之争，也是人驴之争。

对于一级保护动物，谁也不敢轻言杀之。但是如何处理好人畜与野生动物的关系，却是摆在政府面前的现实问题。尽管西藏自治区颁布实施了《重点陆生野生动物造成公民人身伤害和财产损失补偿暂行办法》，但是由于资金筹措困难，很多补偿实际难以落实。如果因为保护野生动物而降低了牧民的生活水平，那就违背了设立保护区、公布保护动物名录的初衷，人与动物和谐相处就是一句空话。

我不知道后来捕杀野驴的议案是否得到允许和支持。我只是在想，任何生命来到这个世界都是自然选择的结果，为了一个生命剥夺另一个生命是不合理的。但是，自然界有丛林法则，生命与生命有优劣之分，人比动物重要是人类社会的共识。即使是在佛教盛行的藏区，众生平等的理念深入人心，但是杀牛羊、食其肉以求自保，人们还是能够接受的。只是现在有法律摆在那里，怎么越过这条红线呢？

我曾经做了一个梦，梦中我参与了林业部门组织的围捕藏野驴的行动。那场景似乎在什么电影里看到过，开越野车的、开皮卡车的、骑大马的、赶牦牛的，各路"猎人"从四面八方集合而来，开始对藏野驴发起围剿。猎手们四处追赶着野驴家族,受惊的驴群慌不择路,拼命逃往猎枪的射程之外。随着一声声枪响,一头头野驴应声倒下,猎手们举起冒着青烟的猎枪欢呼、庆祝。美丽的棕色旋风在荒原上游移、分散、聚拢,最后消失在遥远的穹顶之下。

我不希望梦中的场面成为现实。

我喜欢欣赏高原上藏野驴的曼妙舞姿。

雪山下的精灵

下了一夜的雪,天刚蒙蒙亮,我就穿戴整齐,跟随一队人马前往边境 M 通道地区执行巡逻任务。

在西藏边防一线,雪地潜伏并不是最艰巨的任务,但是对我这样初上高原的人来说,爬冰卧雪、一动不动的滋味着实难受。十几个小时待在一个地方,人都快冻成冰块,仍不能随意走动。这是战术要求。

为了避免被敌对方发现,我们的小分队没有走山谷中的小路,而是沿着半山腰前行。白色的斗篷在冰天雪地里具有良好的伪装效果。我们在靠近边境线的山坡上,选择在一堆大石头后面隐藏起来。从那个角度看,宽阔平缓的山谷一览无余,对面有任何风吹草动,都逃不过我们的眼睛。

雪后的紫外线异常毒辣,日光从雪地反射过来,刺得人眼又疼又涩。如果不戴墨镜,盯着一个地方看几秒钟就会流泪。

大半天过去了，边境宁静如常，只有冷冷的风从山头吹下来，偶尔撩起石头上的雪。这条山谷与以往大多数时候一样，没有任何活的东西出现。这一带曾经是炮火连天的战场，如今变得冷清寂寞。边境牧民很少涉足，当年埋设的地雷有些没有引爆，也没有排除，只有一些懵懵懂懂的野生动物偶尔出没于此。

寒冷、缺氧和无聊，让战士们有些倦怠。有人开始轻轻挪动身子，伸伸腿脚；有的开始小声说话；还有的拿出保温壶，喝几口热水取取暖。这样的天气，估计不会有什么敌情需要我们处置。大家逐渐放松了警惕，拿出自热食品准备午餐。

突然，信号兵打了一声口哨，战士们立刻紧张起来，迅速回到各自的位置。我倚在石头边顺着山谷往远方望去，在边境线对方一侧的山坡上，隐隐约约出现了十几个小灰点，慢慢向我方靠近。

难道是敌人想趁雪天偷偷越境？我拿起望远镜仔细搜索，很快就看清楚，是一群藏原羚，并非什么敌人。虚惊一场。大家放下武器，继续准备吃的。

藏原羚也叫藏黄羊，生活在海拔3000~5000米的高山草甸和荒漠地区，身形灵巧，耳尖腿长，胆小机敏。我最初见到藏原羚，以为是藏羚羊，兴奋得不得了，后经"老高原"介绍，才知道看走眼了。

藏羚羊与藏原羚体形模样相似，最大的区别是藏原羚的臀部是白色的，短小的黑尾巴镶嵌其中，当地人称为"白屁股"。藏羚羊是国家一级保护动物，而藏原羚就没那么珍贵，只够上二级保护动物。

这群藏原羚慢慢向边界线靠近。我放下望远镜，吃了些东西。当我再次回过头的时候,藏原羚已经离我们很近了。冰天雪地,本来就稀疏的毛毛草被积雪覆盖,藏原羚还在辛苦地觅食,嘴巴伸到雪窝子里能找到草的踪迹吗?生存不易。

看得出来,在那个大家庭中,为首的是一只雄性藏原羚,细长的羊角显示着它的身份。它像一个谨小慎微的探路先锋,走两三步就停下来四处张望。它又像一个擎旗主将,率众在雪地里拱草,还要不时抬头看有什么动静,确认安全之后才领着伙伴继续前行。

我们趴在石头后面不敢有大的动作,生怕惊扰了那群精灵。在高原缺氧的情况下,人的感觉会变得迟钝麻木。藏原羚却保持着极强的听力和视觉,它们感知世界的本领远远超过人类。

人迹罕至的高原边境,没有多余的嘈杂和喧嚣,任何细微的动静都能传出去很远,给生存在这里的野生动物创造了良好的避险条件。猎食者要想靠近猎物,必须用上乘功夫方能隐蔽接敌。

一阵风吹过,异类的气味可能被猎物嗅到。一小块石头掉落,猎食者的行踪就可能暴露,猎物会迅速脱离险境。藏原羚早已适应了恶劣的环境,顽强地生存在雪域高原。

藏原羚似乎是在找水喝,它们始终沿着河道摸索前行,难道它们没有吃雪解渴的经验?在这个距离上,不需要用望远镜就可以看清它们的一举一动。

藏原羚的脸部、脖子以及背部,是灰棕色,肚子和四肢则是白色,在雪地里行走,目标不是很明显。

领头的雄性藏原羚突然停下脚步,耳朵前后晃动了几下。它似乎感觉到什么异样，左顾右盼，短短的黑尾巴快速摆动，这应该是在传递消息吧。我向它们的身后看去，不好，果然是有天敌出现了。

一只雪豹正悄悄靠近藏原羚。

我想提醒可怜的藏原羚，但理智告诉我，什么也不要做。

一场杀戮即将展开。

雪豹弯着腰，走路的样子很可笑，轻轻地、慢慢地逼近羊群。突然，雪豹一个箭步窜了出去，直奔一只正在低头吃雪的藏原羚。藏原羚发现了敌人，顿时乱了阵脚，四散逃开。领头的雄羊步子最快，迅速逃离谷底，跑上我们对面的山坡，如同一道闪电划破雪地。其余的伙伴甩开敌人之后，迅速向头羊处聚集。

雪豹拼命不舍地追逐自己选定的目标。这只逃跑的藏原羚速度明显快于雪豹，它身轻如燕，步伐敏捷，雪豹看起来有劲使不出。雪豹本是短跑健将，藏原羚也不是吃素的，无论雪豹怎么追，就是差几步追不上。

逃跑的藏原羚冲上山坡，又跑下沟底，雪豹穷追不舍。眼看就要追上了，藏原羚突然来了一个跳跃，动作真是漂亮——前腿跃起，后脚蹬直，四蹄腾空，身姿舒展，头颅高高抬起，嘴巴微微张开，整个身子在空中划出美丽的弧线。

藏原羚的这一跳，降低了奔跑速度，等它落地的时候，雪豹已冲到跟前。好在藏原羚的身子在空中发生偏移，雪豹奋起直扑却来不及转变方向，扑空了，落地时脚下打滑，身子扭了一下，摔倒在雪地里，等雪豹爬起来的时候藏原羚已经跑远。雪豹站在原地喘着粗气，眼看猎物从眼皮底下逃脱。

跑掉的藏原羚回归本群。它们在山腰上回望那只雪豹，有几分得意，有几分庆幸，随后一溜烟消失在山梁后面。

失落的雪豹在沟底休息了一会儿，低着头向边境线走去。这是一次失败的捕猎。险些得手，只差分毫。

如此精彩的场面，只有在潜伏状态才能捕捉到。可惜我们没有及时打开摄像机记录这惊险的一幕。

我有些纳闷，为什么藏原羚逃跑的时候要跳跃。如果它一直奔跑，不要跳，凭它的速度，雪豹根本没有机会。跳跃动作得不偿失，既耗费体力，又降低了速度。若是这头雪豹有经验一些，运气再好一点，或许它就得手了。

天快黑了，边境线附近没有什么情况。当天我们的任务就算完成。

返回驻地后，我还在琢磨藏原羚到底为什么喜欢跳跃。据说，动物专家经过长期的观察考证认为，藏原羚也有和人类一样的弱点，那就是炫耀和展示自己的实力。它通过跳跃，向天敌传达一个信息：看看我，不但比你跑得快，还能跳得这么高，你想追上我，没门。真的是这样的吗？听起来似乎有一些道理。

不过，我却不以为然。试想一下，一个人在生死关头只想逃命，哪里还有心思去炫耀。如果藏原羚有思维的话，它的选择应该是奔跑，奔跑，而不是炫耀跳姿。命都快没了，还顾得上去炫耀吗？专家的这种解释不能令人信服。

在我看来，藏原羚逃跑时之所以跳跃，并不是炫耀，而是为了更快地脱离天敌的追捕。藏原羚在跳跃的时候会改变前进的方向,让捕食者扑空,这是一种绝佳的逃避方式。

藏原羚,它们是雪山的精灵,它们的速度令人羡慕,它们的灵动让天敌无奈,它们矫健的身姿给雪域高原带来生机和活力。

雪域良驹

在广袤的北方边疆地区,马是人类忠实的朋友。

骑兵作为一个兵种已经完成了它的使命,退出了历史舞台。中国军队仅象征性地保留了几个骑兵营(连),分布在甘肃、青海、内蒙古广阔的草原上。不过,在漫长的边境线上,还活跃着一队队不被称为"骑兵"的骑兵。

我曾在新疆部队工作多年,到过许多边防哨所,几乎所有的边防连都配备军马。战士们执勤巡逻除了乘车、徒步,还要依赖军马。特别是遇到特殊天气或者道路不通时,军马能发挥特殊的作用。祖国的大西北,有六千多公里边境线,保守估计应有数千匹军马战斗在各个防区。它们既是部队的装备,也是边防官兵的亲密战友。

新疆哈密市与蒙古国接壤,一望无垠的巴里坤大草原养育了良种蒙古马。蒙古马身材矮小,耐力持久,善于奔跑。当年成吉思汗率军东突西讨,驰骋欧亚,刮起阵阵"蒙古旋风",靠的正是这些优良品种的蒙古战马。

新疆伊犁地区与哈萨克斯坦共和国相邻，伊犁草原不同于蒙古大草原。伊犁河谷是山地牧场，野草茂密根深，"风吹草低见牛羊"的场景时常出现在这里。特殊的地形造就了特殊的马种。伊犁马较蒙古马要高大威猛，四肢发达，头脑聪明，性格刚烈，冲劲足，速度快。虽不是汗血宝马，但也保留着高贵的血统，继承了汗血马的优秀品性。

在西藏阿里，我见到的是不同寻常的藏马。藏马不仅生存于西藏，还广泛地分布在青海、甘肃、四川、云南等高海拔地区。玉树、果洛、昌都、日喀则等地的藏马很像蒙古马，体格小，善奔跑。在所有的高原藏马种系中，阿里藏马最具特色。毛色复杂，以栗、青色为多见，体形比蒙古马大，比伊犁马小，身材紧凑，体质结实。头中等长，鼻孔大，脖子细，鬐甲较低，前胸宽阔，胸肌发达，四肢有力，蹄子坚硬，特别擅长在山地粗糙路面行走奔跑。阿里的藏马对口粮要求不高，耐粗饲，有点草加点饲料就能对付。正是这种超强的适应能力，使它们能在高寒缺氧地区生存繁衍。

阿里藏马抗病能力强，持久力好，这一点完全可以和蒙古马媲美。它们最优秀的品质是耐高寒、性坚韧，走路的功夫远胜其他马种。山地骑乘和驮载，步伐敏捷稳健，可以在海拔4000米的高原连续走一天一夜。新中国成立前，西藏没有一公里现代公路，藏民出行、货运、打仗，依靠的主要交通工具除了牦牛，就是这些生性忠厚的藏马。

近年来，阿里边防部队配备了先进巡逻车，但依然不能代替藏马。有些路段，有些天气，只能靠藏马才能完成任务。近千公里的边境线上，每一个山口通道都留下了藏马的足迹。尤其在冬季，雪大路难行，每次巡逻都要动用马匹。它们默默无闻，却也立下了汗马功劳。

我骑过蒙古马、伊犁马、山丹马，还有藏马，我认为最好驾驭的就是藏马。它们像吃苦耐劳的牦牛，韧劲十足，轻易不发飙。骑乘很稳，让人放心。伊犁马体格强壮，可是胆子小，很敏感，当你骑上马背，手中的鞭子刚刚扬起，它撒腿就跑。战士们摔马，主要是因为马匹生性多疑。蒙古马比较随意，见着水草就想停下来啃两口，纪律观念较差。蒙古马和伊犁马都不善于走路，走上几步，它们就要跑，好像只有跑才是马的天性。当然，这也是它们的强项。

我还是比较喜欢藏马这种性格。不过，它们身上也有缺点，就是活力不足。我一直想知道，如果让一匹藏马在草原上飞奔，那该是什么样子，它会英姿勃发吗？它会健步如飞吗？它能灵动机敏吗？

其实藏马不只有老实本分的一面，还有不为人知的另一面。

那是一个冬季的下午，几场大雪过后，阿里地区普兰县的乡镇村落早已银装素裹。我带人去强拉山口查看道路通行情况，返回县城的途中，正值六七点钟，太阳还挂在山头。两座山梁中间有一片开阔地，那里是赤德村的农田，夏天种植青稞、油菜，如今全被大雪覆盖，可谓一马平川。我带着相机，想去拍几张奔马的照片。可是雪地里只有悠闲的羊群和牦牛，手持鞭子的牧羊姑娘也没有出现，未免有些遗憾。

太阳缓缓西下，羊群向不远处的村庄走去。我继续在雪地里搜寻马的身影。

孔雀河的对岸，高高的山崖下，十几匹马正在啃草，或是在吃雪。两匹栗色大马带着一个小马驹走两步吃几口，小马驹不安心吃草，东张西望。三五匹黑色的、灰色的藏马甩着尾巴走走停停,这个季节已经没有苍蝇、蚊子了,它们的尾巴甩搭着无非是一种习惯。

一匹身材魁梧的白马慢跑着追赶一匹黑马,像是在求偶。黑马羞涩地四处躲闪,白马像是驮着王子那样落落大方,一会儿用头蹭黑马的脖子,一会儿用嘴拱黑马的尾巴。黑马信步,白马贴身相依,黑马快奔,白马紧追不舍。别的马若无其事地只顾吃草,只有一只小马驹不谙世事,跑到白马跟前凑热闹,被白马用身子一扛,吓得连忙躲开,跑回妈妈身边,低下头伸长脖子去吃奶。

马群的生活很惬意,无忧无虑,我看不出它们有什么激情,也拍不到什么精彩的镜头。我真希望有人去把这群马赶着跑起来,让它们撒撒欢,那样的场面才好看。可是谁去赶呢?没有看到牧马人。这些马既没有马鞍,也没有辔头,完全自由自在。

眼看太阳快落山,马群知道该回家了,于是自觉地走成一路,向山脚下的赤德村走去。我有些失望。

突然,一阵响亮的铜铃声隐约传来,我扭头向远处的山坡望去。但见一匹枣红马从半山腰冲了下来。它是听到了主人的召唤,还是发现自己的队伍要入厩?我赶快拿起相机,抓拍这难得的瞬间。

枣红马的速度极快,尽管是在半米深的雪地里奔跑,它依然健步如飞,眨眼的工夫就已冲下山坡,掠过两三户人家,又跨过一条沙石路,朝我所在的方向冲来。它的目标明确,向前、向前。快冲到我跟前时,枣红马突然转向,从我的侧前方夺路奔走,我刚才看到的是它的正面,马头一上一下,额头的一簇白毛特别显眼,那是它的标志,也是灵性的象征。这会儿,我可以拍摄它奔跑的侧面,真是身姿矫健。四蹄扬起的飞雪像是白色的烟尘撒向空中,飘逸的长鬃在风中舞动。我想起徐悲鸿的奔马图,又想起金庸小说中的凌波微步。由于雪太深,枣红马的尾巴拖在雪里,正好把自己的蹄印扫除。

在离我几十米远的地方,枣红马停了下来。昂首挺胸,回头望着我。我从它的眼神中看到了困惑。正好,再抓拍几张。它看我没有靠近的意思,并没有威胁到它的安全,便放慢了脚步向马群跑去。我知道,原来它们是一伙的。刚才它掉队了,现在看到同伴要回家,它才急忙从远处赶回来。

枣红马很快就汇入马群,与它的伙伴耳鬓厮磨,好像分别了很久一样。刚才那匹多情的白马还在调戏黑母马,现在它遇到了对手。枣红马靠近黑马,白马就不乐意。两匹马冲突骤起。枣红马用头使劲顶撞白马的下颌,白马不示弱,用脖子扛它。枣红马长鸣一声,用身体撞白马,两匹马互不相让,身子紧紧挨在一起,并排向前跑去。黑马倒是很洒脱,自顾自地吃草,与小马驹玩耍。白马和枣红马跑了一阵子,还是争执不下,枣红马突然张开大嘴,撕咬白马的鬃毛。白马也不是个善主,毫不含糊,前蹄猛然腾空,去踢打枣红马的头部。枣红马快速闪到一边。它没有想到,白马怎么还敢这样拼命,它撒腿向马群跑去。白马一看枣红马要遛,那怎么行,它也甩开蹄子追了上去。谁知刚跑了十几米,眼看要追上枣红马,枣红马突然一个侧转身,向左拐弯。这一闪不要紧,跟在后面的白马没有料到,一头冲向前去。那里正巧有个一米多高的塄坎,白马一个跟头就栽了下去。

我看到枣红马得意地回头一瞥，迈着轻松的步伐，以胜利者的姿态跑到年轻的黑马身边。马如果有表情的话，此时的枣红马一定掩饰不住脸上的喜悦。白马从雪窝子里爬起来，锐气受到极大的挫折。它看了看刚才令它马失前蹄的拗坎，无奈地摇了摇头，无精打采地回归马群。在这场争斗中，它失败了，尽管不服气，但是在枣红马面前，它是不能与黑马戏耍调情了。

这群藏马的趣事都被我看在眼里，记录在镜头里。我庆幸收获不小。

经过一番打闹，马群恢复了平静，排着长长的队伍向村里走去。这是一条熟悉的道路，被厚厚的积雪覆盖，但马群能清楚地判断前行的方向。只有两匹栗色马，还在原地吃草，四处张望，似乎还没有吃饱，不愿意跟着马群回村。

此时，山头已经遮住了太阳的半张脸。我突然听到远处传来一声刺耳的口哨。那两匹栗色马立即停止了吃草，抬起头寻找哨声的来源。

远处的细德村静静地坐落在山脚下，除了暮归的羊群和三三两两的牦牛，看不到什么人。我正纳闷这口哨是谁吹的。那两匹马似乎发现了主人，其中一匹扬起脖子嘶鸣一声，紧接着，两匹马一前一后向细德村急驰而去。

夕阳下，它们俩甩开四蹄，步伐轻盈，浑身有力，享用了一天的美食，体力足够狂奔回家。它们的眼睛盯着远方，根本不需要看脚下，雪地里的浅沟小坎不在话下，飞奔在雪地里，身影像天马腾空于云端。它们越过了悠闲的羊群，从高高的经幡旁边穿过，它们踏进一条不深的冰河，一点也不需要减速，薄冰被踩碎，发出刺啦刺啦的声音，水花溅起，如同晶莹的露珠。一匹马在前面趟路，另一匹紧随其后。它们跑过河滩，登上一处高地，回头望一望刚才一起吃草的马群，然后向着自己家的院落跑去。

以前，我只知道藏马的韧性好，今天终于见识了它们的激情和活力。动物是复杂的，人何尝不是如此？有时候文静，有时兴奋，有时沉稳，有时冲动。

阿里的马，绝不逊色于其他地方的马。它所拥有的不仅仅是适应高寒恶劣气候的耐力，它的血管里同样流淌着倔强，它的脉搏里同样跳动着刚强。

▶ 阿里人

不舍的歌者

藏族小伙子塔青，是个帅气的中尉军官。他出生于阿里地区日土县，从小接受了良好的教育。

因工作性质特殊，塔青很少待在办公室。平日里沉默寡言，开会时总是坐在角落，从来不主动发表自己的意见和主张，看起来像个谦虚的中学生。

我到阿里工作初期想学一些藏语，以便更好地了解藏族文化，也方便与人沟通交流。从前在新疆工作了十多年，竟然没有学会维吾尔语，真是一大遗憾，如今有这样的机会，坚决不能放弃。塔青就是我最好的藏语老师。

我准备了小本子，每天让他教几句日常用语，自己先在办公室里练习，感觉差不多了，再去与藏族同事交流。如果他们听不懂，说明我发音不准，回来再请塔青帮我纠正。先从最简单的学起，"你好——

公康桑""再见——结速结拥"。通过这样的学习,我慢慢掌握了一些常用的口语,也逐渐了解了塔青这个人。

塔青是一位多才多艺的青年。在昆明上军校时,他是学校乐队成员,吉他弹得好,架子鼓也打得有模有样,唱歌更是标准的男中音。最令人刮目相看的是,他还会自己写歌,作词作曲很有创意。我看过他演出的几段视频资料,有点专业的味道。有一段视频是他演唱大学毕业时自己写的毕业歌,他一个人在校园的操场边,抱着吉他边弹边唱。那青涩、那稚嫩、那活力、那充满阳光的微笑,成为告别学校最好的音符和注解。

走出军校,他被分配到阿里军分区斯潘古尔边防连当排长。其间,他给连队写了一首连歌,"美丽的斯潘古尔湖畔,英雄的边防军人,崎岖的巡逻小路……"一首歌就是一幅画,一首歌就是一段情。

调入机关工作前,他被选派去南京政治学院进修。在那里,他又火了一把。学院举办联欢会,他身着藏族传统服饰演唱了一曲《天路》,一鸣惊人,赢得粉丝无数。学院宣传部门的领导找他谈话,希望他留校当一名文化干事。他居然放弃了,甚至没有做多少考虑,也没有征求家人的意见。学期结束后,毅然回到了阿里。

我猜他是恋家,或者这边有了女朋友。同事说没见他谈恋爱,那时他在边防一线的山沟里,哪有条件谈情说爱?父母也没有干涉他的选择,何谈阻挠。不过,他们家只有他一个男孩,如果他决定要留南京,父母可能会不舍。

关于这事,我还专门问过他。塔青说:"南京虽然繁华,政院的条件虽然优越，但那里不适合我，那里没有糌粑吃，没有酥油茶喝。"我想，他的选择恐怕不仅是生活习惯的问题，而是对市井风情与传统文化的感受不同。对于一个土生土长的阿里人，也许回到故乡活得更自在，人熟地熟，更好办事。这是目光短浅、胸无大志、不求上进吗？我没敢轻易下这样的结论。

塔青这样的"90后"，不可避免地打上了时代的烙印。五花八门的繁杂信息也许会迷惑他们的双眼。

回阿里工作以前，塔青写的歌大都是流行曲目，常有"无病呻吟、隔靴搔痒"之感。后期创作的歌曲才有了自己的风格，以饱含阿里地域特色的抒情曲为主。既有西藏民歌的韵味，又有流行歌曲的元素，旋律优美，格调高雅，歌词朴实大方，朗朗上口。

塔青创作的关于进藏先遣连的歌曲《我是先遣传人》，在军分区政工网和广播室展播之后，引起强烈反响。当我了解了这首歌的创作过程，我知道再也不能小瞧这个年轻人了。

阿里军分区的前身是骑兵支队，再往前追溯就是进藏先遣连。1950年，新疆军区独立骑兵师派出一百多人的先遣分队，从新疆和田出发，翻越茫茫喀喇昆仑雪山，把红旗插上藏北高原，解放了阿里全境。如今在改则县、普兰县还留有先遣连生活战斗的遗址。我在普兰革命旧址参观过。那破旧的地窝子墙壁上写着四句话："对党负责、对人民负责、对集体负责、对个人负责。"这是多么崇高而朴实的话语，放在今天仍不过时，依然值得遵从。一位领导参观之后说："'四个负责'就是先遣连的精神所在。"这便是塔青创作《我是先遣传人》

的灵感来源。

他先后去改则县的扎麻茫堡、普兰边防连实地考察。扎麻茫堡是先遣连进入西藏境内的第一个据点，如今只能看到一些地窝子的痕迹。塔青在那里采访了当地牧民，有些人见过先遣战士，有些牧民家里还保存着当年战士们给的银圆。普兰先遣连旧址，保存着阵地、碉堡、地窝子。尽管碉堡快要塌了，他还是钻进去体验了一下当年战士们的艰辛。回到军分区，他一头扎进军史馆，潜心研究这段历史。有了丰厚的积累和体验之后，才开始动笔，然后一气呵成。

他曾将写好的歌词拿来让我帮助修改。我看了几遍，不知从何处下笔，只在个别文字上做了小小的改动。这首歌在阿里军地重要演出中成了军分区的保留曲目。通过这首歌，更多的官兵和地方群众了解了先遣连，也认识了塔青。

都说文艺来源于生活，塔青的歌曲创作正基于此。我逐渐明白，他为什么放着大城市的生活不要，非得回到这偏远的阿里。

每个人都有自己的一亩三分地，在这块自留地上，他可以自由自在地耕耘，可以酣畅淋漓地打滚，可以肆无忌惮地喝醉，可以让内心深处的激情喷涌而出，也可以让脑海里的丰富情节如丝如缕地流淌。我想，神山圣湖护佑下的阿里高原，蕴含着无穷的情感和力量，这里就是塔青的"一亩三分地"吧！

2013年7月，新疆军区文工团来阿里慰问演出。在地区群艺馆军地联合演出中，塔青演唱了两首歌，让文工团演唱队的王队长眼前一亮。

文工团通常是从文艺院校招聘人才。这些演员经过正规院校培养,在艺术方面有扎实基础,但是缺乏部队成长经历,对部队尤其是基层了解不够,很难创作出有血、有肉、有感情的好作品。从部队基层成长起来的演员,其风格和境界就完全不同了。塔青作为一名藏族歌手,年轻有潜质,文工团正缺少这样的人才。王队长希望更多地了解这个年轻人。我把塔青演唱、创作的一些作品刻成光盘,送给王队长。他很看好塔青,说是好好培养一下,定会有大出息。

我问塔青是否愿意去文工团工作,实现自己的文艺梦。他很乐意地答应了。后来经过多方努力,塔青终于如愿以偿地来到了文工团演唱队,尽管只是借调。

在那里,他以演唱为主,同时还玩乐器,经常下部队慰问演出,受到基层官兵的好评。他的消息使我非常高兴。这样的人才就应该放到这样的舞台上去。阿里的舞台毕竟太小了,屈才,会埋没他。

半年后的一天,我正在办公室处理文件,塔青突然推门进来。他说回来休假。我问:"在文工团能不能适应?"他说:"工作上还可以,没有什么问题,那里的老师多,演出机会多,得到的锻炼也多,就是生活上有些不习惯。"我让他具体说说哪些地方不习惯:"是没有糌粑吃、没有酥油茶喝吗?"他笑笑没有回答。

我问他下一步的打算。他说:"休假、结婚,然后就不去文工团了,反正也没有正式调入。"我替他感到惋惜,却也可以理解他的决定。一方水土养一方人。离开了阿里这块土地,我怕他真成了"土包子进城——找不到北"。与其在那样的环境中迷失了自己,还不如守住一方阵地踏踏实实做点事情。

最终，他放弃了大城市，回到阿里，结婚生子，过起了平凡的日子。

塔青的儿子过满月，我和同事都去道贺。那是我第一次见到他的妻子。他们俩可谓郎才女貌、金童玉女。酒过三巡，别的朋友都走了。我和塔青聊起他的婚姻。至此我才明白，他有好几次机会可以离开阿里去更好的地方发展，但最后都放弃了，他真正不舍的是这位漂亮的姑娘。

塔青与那姑娘是青梅竹马。小时候，学校要搞文艺汇演，他们俩都是小明星，自然彼此印象深刻。后来塔青去了内地读中学、上大学。姑娘在拉萨读完大学，报考了阿里地区的公务员，被录取到地区机关工作。她之所以放弃拉萨回到阿里，也是因为心里装着塔青。

塔青和他的妻子用行动证明，真正的爱情经得起时间和距离的考验。即使是在苦寒之地，凡间净土依然能开出纯洁的爱情之花。

我想，爱情也许是塔青创作的另一个不竭源泉。

有一年冬天，阿里地区普降大雪。不少牧民受灾，帐篷被压垮，牛羊被冻死，军队出动兵力去救灾，老百姓非常感激。灾情之后，塔青问我，可否与他合作为那次救援行动写一首歌。我欣然命笔，写下歌词。塔青用速度与激情谱曲，很快就有了那首歌——《风雪卫士》：

常常听阿妈说起，那个漆黑的夜晚。

狂风夹杂着暴雪，袭击我们的家园。

帐篷的顶被吹翻,牛羊的叫声凄惨。
阿爸对着天祈祷,突然间天兵下凡。
帮我们驱赶牛羊,帮我们搬运家产。
军大衣裹在身上,内心无比的温暖。
如今我常常想起,那个难忘的冬天。
战士们顶风冒雪,帮我们重建家园。
牛羊乖乖地入圈,篷顶又挂起经幡。
风雪那样的无情,战士那么的友善。
不知用什么答谢,青稞酒送上祝愿。
有他们守护高原,幸福将永远相伴。

后来的日子里,塔青始终保持着不竭的创作热情。至今我还记得我俩为边防官兵创作的一首歌《雪满弓刀战旗飘》:

一座座雪山,拥抱哨所营盘;
一条条冰河,辉映军旗飘扬。
在世界屋脊的屋脊上,青春献给边防。
高寒缺氧,我们跨马擎枪;
寂寞荒凉,我们斗志昂扬。
捍卫祖国领土,我们有不屈的脊梁。
一座座界碑,镌刻誓言不忘;
一寸寸山河,浸透使命担当。

在雪域高原的阵地上，热血甘洒疆场

军号嘹亮，男儿胆气豪放；

刺刀凝霜，心似烈火激扬。

戍守祖国边防，我们有无穷的力量。

多吉和他家的宝贝

　　多吉是个藏族战士，他的家在普兰县城边的仁贡村。孔雀河静静地流过安详的小村，那里有他们白色的碉房。

　　有一段时间，军旅摄影家向文军来阿里收集当地民俗资料，其中关于民族服饰的部分，他选中了普兰。古老的孔雀服是阿里传统服饰，别具普兰特色，有上千年的历史，值得好好发掘整理。

　　向文军原来准备去科迦村选择素材，托人找一些服饰来拍照留影。后来一打听，那儿的衣服展示还要收钱，一套要数百元。也许是因为科迦村是旅游景区，村民见多识广，有了经济头脑，所以要价很高。摄影家跟我聊起这事，我想起战士多吉就是普兰人，他家应该有一些精美的服饰吧。于是跟多吉取得联系。多吉爽快地答应，一定配合我们搞好这次服装拍摄。

　　那天，我们约好时间。多吉提前给家里打了电话，把家人都叫回来做了精心准备。下午，我们驱车赶到多吉家。那是藏区传统的白色碉房，一楼存放杂物、蓄养牛羊，二楼是客厅、卧室、佛堂。

多吉的母亲是一位慈祥的老人，身着绿色藏装，带着圆形、后面开口的帽子，胸前戴着绿松石和玛瑙串起的项链，手上带着佛珠，还架着一副老花镜。看到当兵的小儿子带朋友回家，她很高兴，给我们端酥油茶、青稞酒。

多吉有两个哥哥，大哥是普兰县民间艺术团的演员，能唱能跳，还会弹奏乐器扎木聂，没有结婚。二哥在家里种田放牧，承包一些小工程，已婚且有了孩子。多吉还有一个姐姐，嫁给了同村一户人家，但平时姐姐是住在娘家的。哥哥姐姐的三个孩子，都是多吉的母亲带着。

多吉的大哥从县城赶回来。一进家门，他就脱了衣服，从摩托车后座上取下一大块羊肉，用砍刀剁开，放进高压锅里煮上了。客厅里的铁炉子添加了牛粪，烧得很旺。尽管我们再三声明不吃饭，但他们还是按自己的想法在做事。

把肉煮上后，大哥才问需要他们做什么、怎么做。我们说明来意，多吉的大哥一声令下，全家人都忙开了。我跟着他们来到一间库房，这里是专门存放衣服的地方。一个大箱子打开，精美的藏族服装人手一套。

多吉的母亲没有换衣服，仍穿她那件绿袍，看来她一直都是那么讲究。多吉的大哥找出一件黄灿灿的袍子，上面有红色丝绣花纹和蓝色祥云，质地考究，不是丝绸，也不是化纤品，像是麻布，手感有点粗，分量很沉，宽襟大袖，有点像汉服。他的穿法并不像我们通常在电视里看到，只穿一条袖子，而是穿得整齐，红色的腰带一系，既提神又好看。那袍子很长，拖在地上，但是系腰带的时候，把袍子往上一兜，需要留多长就有多长。所以这种衣服不管个子高矮都可以穿，主要靠腰带来控制长度。他的帽子像一个大草帽，帽檐四周全是红色的丝絮，几乎要遮挡了半个脸。这让我想起武侠影视剧里的大侠，总是戴着这样斗笠，用细纱遮住面容。这顶帽子就是把细纱换成红丝绒。此外，他还有一个披肩，就是一个宽大的围巾，红黄相间。

多吉二哥的衣服，与大哥的主色调一致，也是黄底子，质地也差不多，但这件衣服有点像清朝的官服，身上有祥云图案，下摆和袖口绣有海浪波纹。帽子造型如同清朝皇帝的帽子，黄底子，顶上有红缨。腰带不像大哥那件红的，而是墨绿色的。

我问多吉两位哥哥的衣服哪一件更好。他说："大哥的更有价值。"我说："这恐怕是你们家最贵的衣服了吧。"多吉说："最贵的是他嫂子那件衣服。"

先不要说嫂子那件衣服有多少宝贝，仅仅从穿戴程序就可以看出它的金贵。

先是一身绿色的山羊绒袍子，里子有羊毛，领口、袖口和下摆都镶有细貂皮。脖子上挂着大大小小十几串项链。短一点项链垂在胸前，长一点的一直垂到膝盖，有的项链上还挂着圆形和正方形的银盒子，最长的一串是用红玛瑙串成的，中间有一颗绿松石。有些项链由白珠串成，不知是菩提还是车渠，有些是蜜蜡、琥珀等。她胸前挂的这些东西少说也有两公斤重。

她脖子上还有一个项圈样的饰物，五六厘米宽，像是立领卡在脖子上，就是要把头固定住，不能低头，也不能昂得太高。这项圈是把各种各样的珠子用铁丝或者木条串起来的，珠子中间还镶着圆形或方形的小石子。

她的耳朵上带的不是耳坠和耳环，而是大大的耳钉，盖住了耳朵的三分之一。

帽子就更别致了，正面看像横顶着一个梭子，两头尖、中间扁，正面有十几串密密的珠子，这些串串的最下面是一个个心形的银片。像秦始皇的帽子，前脸要遮挡一下。帽子的后沿是长方形的皮制帘，上面镶的全是绿松石，大小不等。这些绿松石又被雕花的金牌、银牌分隔成三部分，下面还有一个圆形的铜牌被绿松石包围。最下面同样有一串珠子，用的是小的绿松石，串珠的末端也有圆形的小银片。

此外，她还有一个大大的披肩，里子全是羊毛，面子是丝绣的，图案是祥云和海浪。她的肩膀的左右两边还各有一个梭子形的挂满串珠的装饰。

这套行头起码有十公斤重，一个人穿衣需要三四个人帮忙。

如此珍贵的衣服只能给家里的媳妇穿。家里的姑娘是没有资格穿的，因为嫁出去就是别家人了。

多吉的姐姐穿戴就简单得多。一件长袍、一个马夹、一条围裙，就这些了。唯一值钱的是一顶帽子，用了几颗宝石串珠。

全家人都穿戴整齐，太阳快落山了，光线恰好，正是拍照的最佳时机。向大师带着一家人走出院子，在村边的田埂上摆了几个造型。夕阳的余晖洒在不远处的雪山上，这个背景太好了，可以衬托出此地乃是雪山环绕的普兰。他们或站或坐，或走或停。摄影家拍了一组非常有价值的照片。最后，还特意为多吉嫂子的衣服多拍了几张。

太阳落山以后，我们回到多吉家里。羊肉已经煮好。香喷喷，热腾腾，一大盘子端上来。多吉用小刀给我们切下一块块。我没有客气，塞进嘴里。味道不错，可是似乎没有煮熟，嚼得费劲。多吉一家人却吃得带劲，一片一片地撕下来，津津有味，就连三四岁的小姑娘，也抓着羊肉啃。

吃肉怎么能没酒？先是啤酒，一小杯一小杯的来，后来是青稞酒，一小碗一小碗喝，最后换成了"大央子"（一种酒器，形似脸盆，直径三四十厘米，深十厘米左右）。多吉的母亲端过来给我，老人家敬的酒，我不能不喝，尽管我已不胜酒力。端酒之前，她在"央子"的边沿抹了一点酥油，表示祝福。

我按照当地习俗，三口一碗。喝之前，先用无名指蘸上酒，敬天、敬地、敬祖先，敬完了喝一口，主人会把酒添满，再喝一口，再添满，然后再一饮而尽。那个"大央子"可以盛五罐啤酒。喝到肚子里太凉了，太胀了。多吉的哥哥嫂子都要用央子敬酒，我实在喝不下。他们体谅了我，就换成小碗，我又喝了五六碗。向大师比我酒量好，喝了三个央子。

酒肉下肚，他们才肯放我们走。临走还敬献了哈达。

回家的路上，多吉告诉我们，他家的汽车、牛羊、房子都不算什么，最值钱的宝贝就是他嫂子那套衣服。那是传家宝，一顶帽子最少值十万元，整套衣服大概得几十万。这是他的祖先传下来的，也不知传了多少代。不管值多少钱,这套衣服都不会卖的,会一直传下去。

我相信,在阿里高原,民间一定蕴藏着丰富的宝贝。当然,最珍贵的宝贝不是金银,不是珠宝,而是这片土地上勤劳善良的人民。

他从陕北来

他是一位援藏干部,来自陕西延安。初次见面,他的朴实干练、含蓄机敏就给我留下了深刻印象。

他说话带着一点陕北口音,听着很亲切。我俩都是陕西人,在阿里这个地方能够相见相识,算是一种缘分。

那年夏天,我带着军区文工团的小分队去普兰县慰问演出。他刚到普兰县委任书记时间不长。我记得演出是在一所学校的餐厅里。他和县里的其他领导去观看。我就坐在他的旁边。县人武部李政委介绍之后,我和他算是认识了。

他文质彬彬,有学者的风度。演出前的即席讲话,热情洋溢,简短大方,既表达了普兰人民对艺术家的尊敬、欢迎和感谢,还对未来普兰的文化事业的发展提出了希望。短短的几句话,可以看出他的文采与修养。

舞台上的演员很活泼,一边唱歌一边走来走去与观众握手。漂亮的女演员拉着他的手,请他上台一同跳舞。他显得有些局促,不好意思上台。可是,他不答应,美女就不松手。坐在一旁的李政委反应快,主动上台陪美女跳舞，算是帮他解了围。看得出来，他为人低调，不喜张扬。

后来，我调到普兰县工作，与他接触多了，对他有了更深的了解。

他来自农村，来自基层，血管里流淌着陕北底层劳动人民的质朴和坚定。延安的吴起县是他的老家。小时候因为家贫，他没能读完高中就辍学，在那贫瘠的黄土高坡上挥汗劳作，年轻单薄的肩膀不得不挑起养家重任。因为能写会算，勤奋好学，他在生产队当了计工员，后来进入乡政府成为一名临时干部。一两年后，在万人争过独木桥的激烈竞争中考取公务员，成为国家干部。一分耕耘一分收获。从乡镇到县城再到延安市，一步一个脚印。他扑下身子深入基层，对老百姓的生活疾苦深有体会，又喜欢动脑子，笔杆子也不错，不久就调到延安市委工作。来西藏之前，他已经是市委副秘书长。以他在延安的发展势头，下一步得到重用应该是没有问题的。可是他却选择了另一条艰辛的道路——援藏。

援藏是一个苦差事，仅有一腔热情是不够的。去雪域高原工作，身体能不能适应？家人会不会同意？工作能不能展开？任期内能不能有所建树？一系列问题都摆在他的面前。

困难没有吓倒他，他相信自己在黄土地挥洒汗水、磨砺意志的时候，已经储备了强健的体魄和顽强的毅力。他相信自己每一步都得到过家人的支持，这一次他们也不会阻拦。他更相信凭着自己的热情和多年基层工作经验，完全可以胜任本职。他有决心通过三年的努力让一方水土改天换地。他决定以自己对事业的无限忠诚和对群众的无限爱心，帮助当地群众改善生活、创造希望。这些还不够吗？够了。如果每一个援藏干部能有这样的思想准备和决心信心，还怕什么事做不好呢？

深入了解一个人，需要触及他的思想。我刚到任普兰，他就送来五本著作。当时我既惊奇，又惭愧。一个基层领导干部，利用业余时间完成了这么多的著作，实在是不简单。我也是一个文学爱好者，可是与他比起来，自己的水平差远了。且不说文笔不如人，干劲也不足，身心懒惰，很多业余时间都用在吃喝玩乐上，虚度光阴，思想固化，皱纹爬上了额头，业绩却少得可怜。

他的文学作品以散文见长，文章发自内心，笔下真情流露。他把对陕北的大爱全都凝结在笔端。他的文笔细腻，情感真挚，语言朴实。在他的笔下，陕北农村的一人一事一物一景，全是那么真实美丽。

《乡村漫步》《四季陕北》《大美陕北》，从细微之处描写陕北风土人情。读他的文章，给人一种身临其境的感觉。看他描写陕北的清炖羊肉，我似乎闻到满屋子的香。读他刻画的陕北农民，我似乎看到了系着腰带、扎着头巾的大爷坐在炕头。闭眼回想他描绘的陕北冬天，我好像进入了原驰蜡象、唯余莽莽的陕北高原。他确确实实深入过基层，了解了群众，否则写不出如此精细、真实的场景和民风。他对那片土地爱得深沉，否则他的笔端噙不住那么多真情热泪。他一定为自己是个陕北汉子而自豪，否则他不会为故乡发出令人羡慕的赞叹。

《吴起古城寨堡初考》一书，更反映出他扎实的实地考察调研能力。可以看出，吴起的山山水水、沟沟坎坎都留下了他的足迹。一个个古城堡诉说着古代吴起的沧桑,也记录了一个有心人的努力。数千年来,地处陕甘宁边境地区的吴起县,中原文化与游牧生活共同哺育的历史,留下那么多的遗迹,却从没有人去整理发掘。他用自己的脚、自己的笔,在吴起的史册留下了浓墨重彩的一页。

《野村梦语》这部小说集,通过独特的视角,为我们展示了陕北农村特有的人情风貌。他是中国作家协会会员、中国散文学会理事、中国西部散文学会副会长,还曾是延安市作协副主席。这些名头都不是虚的,是他用辛勤的汗水浇灌出来的,是他用自己的心血积累下来的。

他不仅仅是作家,更是一个实干家。就任普兰县委书记伊始,他就精心筹划如何破局、如何改变普兰的旧貌。第一年,他走遍了普兰县所有乡镇村落,就连一些零星的村民小组、放牧点都不放过。他深入全县十几座寺庙,拜访了每一位僧人。他考察了全县所有的通外山口,多次与驻地军警商量边境管控事宜。

教育是利国利民的大事,他大力支持当地教育事业,让每一个适龄孩子都有学上,都能受到良好的教育。普兰县在阿里地区率先完成全面九年义务教育双基任务,接受了教育部的验收。

普兰县有神山冈仁波齐、圣湖玛旁雍错,还有千年古刹科迦寺。这些都是得天独厚的旅游资源。随着西藏旅游的火热,普兰在他和班子的带领下,紧紧抓住机遇,利用优势资源,打出旅游这张牌,为当地群众带来福祉。

在高原地区吃上新鲜蔬菜是一件困难的事。他以此为突破口,利用援藏资金引进现代农业公司，在县城以东开辟出2000亩的现代农牧业示范园，成立了蔬菜种植专业合作社，采取"公司＋专业合作社＋农户"的模式。政府予以补助，市场化经营，统一开发、统一管理。先后兴建了农副业示范区、温棚牛羊示范区、经济林种植示范区、林草套种示范区、新农村建设示范区、优质牧草种植示范区共六大功能区。园区共建设一百多个温棚，养羊近千只，引进了内地优质的瓜果蔬菜新品种。示范园建成当年，普兰人民就吃到了自己种的新鲜蔬菜。农牧民的增收实实在在。

2014年12月，一场大雪不期而至。普兰这个雪山环抱的地方，再次成了雪海孤岛。那天一大早，我上街去查看雪情。没想到他也裹着军大衣急匆匆往县城外走去。

我问他干什么去，他说去看看大棚。这么大的雪，农业示范园里的温室大棚会不会遭遇不测？那可是他的心血啊。我没有什么要紧事，就随他一同前往。

由于雪厚，车辆根本无法通行，只能步行前往。从县城到示范区有五六公里，我们深一脚浅一脚走了两个小时才到达现场。那里的农户和工人已经开始清理大棚上的积雪。按理说，这是公司企业的事，用不着县委书记亲自来检查。到了现场，他二话没说，脱掉大衣爬上大棚察看积雪厚度，询问大棚的承受能力。冬休时节，工人们大多回了老家，铲除大棚上的积雪靠仅有的那些农牧民不知要干到什么时候。如果再下一场雪，那些大棚就要垮吧。他多方联系请驻地武警和当地村民帮忙，用了整整一天时间，排除了所有的蔬菜大棚的险情。

他为民务实的作风在普兰县各族干部群众中广受赞誉。他是百姓心目中的平民书记、为民书记。他还是一个仁慈善良的书记。由他倡导成立的"冈仁波齐慈善协会",为广大贫困群众增设了一条通往幸福的小路。

援藏干部在雪域高原是一道亮丽的风景线,而他是援藏干部中的亮点。在西藏,在阿里,像他这样的亮点还有很多。这些年,西藏的建设事业取得重大发展,与一批批来自全国各地的援藏干部分不开。他们舍小家顾大家,来到高原与藏族群众同甘共苦。西藏人民会记住他们。我虽然只是一个过客,但我同样不会忘记他们。

他在普兰县一干就是三年。援藏期满,他并没有打道回府,而是申请留在阿里高原。后来,我听说他又调到海拔更高、环境更艰苦的噶尔县任职。

多年过去了,我早已离开阿里。在那遥远的高原,人们还能看到他单薄而坚毅的身影。

高原卫士

离开繁华都市,来到偏远的阿里地区工作,我是经过深思熟虑的。这绝非一时冲动,更没有丝毫的被迫与无奈,纯属个人自主选择。当然,也要感谢组织的成全。

谁都知道,在高海拔地区工作影响健康、损害身体。即使是适应能力较强的当地人，他们的体内也会无意识地积累着各种高原疾病的因子。外地上高原的人，待一段时间就会出现这样那样的不适。有些是显性的，比如失眠、体重减轻、饭量下降、血压升高；有些是隐性的，如血红蛋白增加、心室肥大等。人在高原生活的时间越长，对人体机能的损伤越大，这是毋庸置疑的。

既然明知如此，为什么还有人前仆后继上高原呢？我想，这里面有崇高理想的成分，有对美好梦想的追求，也有的是为了生活。

有来淘金的，做生意、包工程，发了财转身就走，用短短几年时间的付出，换回以后十年的享受；有来援藏的，他们在这里洒下辛勤的汗水，传播希望、积累阅历；也有些援藏干部对阿里产生了感情，干脆不回内地，留在西藏成为本土人；还有人是来此奉献青春的，他们是那些可歌可泣的边防军人。

这些军人身处海拔四五千米的藏北高原，爬冰卧雪，风餐露宿，守卫着祖国的边防线，有的在高原工作二三十年，有的把生命留在阿里。他们的付出、他们的执着、他们的义无反顾，或许是出于自愿，或许是无可奈何。对于那些胸怀大志、道德高尚、愿为理想献身的人，我相信任何困难都压不倒他们。然而，我的境界尚未达到他们的高度，因而更多的是站在一个凡夫俗子的角度考虑问题。

阿里地区行署所在地狮泉河镇，是个偏远落后的边城小镇。对守卫在边防一线的官兵来说，那可是大城市，可望而不可即。能去狮泉河镇逛街，是许多边防战士的奢望。

我曾见过很多战士，他们在深山里待久了，太寂寞，太无聊，神情有些木讷。"白天人看人、晚上数星星",并不是什么夸张的修辞,完全是一种真实情况。待在雪山深处的孩子们,他们多么想坐上连队买菜的车走出大山,到城镇看一看街市景象,见一见各种各样的人。仅此而已,没有更多的奢望。

阿里地区的县城都很小,常住人口不过两三千。冬天人更少,大部分店铺人去楼空。即使这样萧条冷清,战士们还是非常愿意去。即使不买什么东西,只要能去看看就行。如此单纯的愿望,有相当一部分战士是无法实现的。因为连队每次买菜的车只能带两三个人出来。若是下雪封山,那谁也别想出去,四五个月就待在边防哨所。直到某一天,他们要脱下军装了,才坐上卡车从山沟里走出来。摘掉肩章、领花,裹着一身旧军装,回到他们上山时曾经集中过的地方。那时,他们可能会有一半天时间去"狮泉河市"转一转,然后悄然返乡。

那年毕业,我的两个同学去了西藏工作。如今二十多年过去,一个回了北京,还有一个仍战斗在雪域高原。他们的青春,最宝贵的青春已然留在高原。有一个还在这里娶了藏族妻子,完全融入了这块土地。

由于地处偏远,交通不便,社会依托条件差,部队的生活保障存在很多困难。在内地看起来不起眼的小事,可在阿里可能就是人命关天的大事。面对这些困境,我们的边防军人只能立足现有条件,尽量想办法克服困难,实在克服不了,也没别的选择,就一个字——"忍"。

我曾经工作过的普兰县,还算是条件不错的地方,论气候在阿里地区是最好的。然而，基础条件依然很差。我们单位的发电机坏了，需要一个配套的螺丝，可是找遍整个县城，就是没有那个型号的螺丝。其实那样的螺丝就值两三块钱，可是买不到，停电以后就只能摸黑。非得要去400公里以外的狮泉河镇，才有可能买到。有什么办法呢？

会议室的线路需要改造，灯具也要更换，可是找不到电工。费尽周折，好不容易找到县上一个懂行的师傅，打了多次电话，人家总说很忙，没时间。好说歹说，总算请来了，他只简单看了一眼，说是这两天家里有事，过几天再来。我们有什么办法呢？一点都没有。

办公楼内有几间房子的暖气出了问题，怎么烧也不热。找了几个包工头来，三番五次地折腾，每个人维修之后都保证自己的方案绝对可靠，肯定没问题。于是我们注水、烧水，一试不热，再改、再试，还是不行。遇到这种情况，除了恼火，就是无奈。因为干活的人都是野路子，没有行家里手，完全凭感觉、想当然改造管道。暖气片并不听他们的话。眼看寒冬将至，还是修不好，只能将那几间房子的暖气片与主管截断，保证其他管线正常运行。我们有什么更好的选择吗？没有。只能等到来年，天暖和了，山下的施工队来了，再找懂技术的人维修吧。

驻在县城的部队好歹还有基本保障，那些偏远山沟里的哨所，他们的生活境遇更差。冬季来临之前，早早派车把过冬物资拉进去。主要是食品和燃料，土豆、白菜、海带、粉条、罐头、冻大肉等，全是经久耐放的。整个冬季，大雪封山，战士们就吃这些东西。他们有什么选择吗？没有。不吃就得饿着，根本别想吃什么新鲜蔬菜。连个绿色的影子也见不到。

有一件事，过去很长时间了，想起来心里就发酸。

边防连一名士官的未婚妻来队，想在连队举办简单的结婚仪式。这当然是件大喜事。可是如何操办，该准备些什么，连队干部发愁了。荒郊野外的，到哪里去采购婚礼所需的物资呢？连队经请示，派出一辆车去县城买菜，借机买些必要的装饰品，如彩条拉花、大红喜字、对联、散喜糖……

买菜的车去了县城，次日下午才返回连队。然而，结果令人大失所望。负责采购的战士回来说，找遍整个县城，没有卖彩条拉花的，想买一张大红纸剪个喜字也未能如愿。就是没有。最大的红纸是 A4 的。只买回一些鞭炮和糖果。实在没有办法，战士们用红色的染料在白纸上写了一个大红喜字，然后剪下来，也只能这样了。好在那士官的妻子通情达理，并不计较这些。简单得不能再简单的婚礼，就这样在边防连举行了。

这就是雪域边防。这就是高原卫士。

雪山"樵夫"

写下这个题目，自己都觉得可笑。既然是雪山，哪里来的树木？既然没有树木，又何来樵夫？可是，在遥远的阿里高原，我就亲身体验了一次在雪山深处当樵夫。

阿里人

那年冬天,阿里地区普降大雪。有一个哨所与外界联络中断。又因天气恶劣,直升机无法起飞。哨所的情况不明,令人担忧。雪那么大,帐篷能否经得住考验?取暖的煤炭够不够用?有没有人员生病受伤?种种问题牵动着人们的心。

大雪下了好几天,像是给高原蒙上一层厚厚的棉被。雪停之后,直升机立即升空,携带救援物资飞往哨所。那次侦察救援行动,我有幸随机前往采访。

飞机飞越雪峰,脚下是一座座白色的山头,真是"一览众山小"。飞机穿越迷雾,流云飘过悬窗,不由得又让人心里打鼓。经过两个多小时飞行,我们终于看到山谷中的几顶绿色帐篷。

帐篷附近有一块不大的地方没有积雪,我猜想那应该是战士们清理出来的"停机坪"。"停机坪"的中央有一个黑色的大圆圈,圆圈中间画了个十字。果然,直升机平稳地降落在圆圈里。下飞机时,我发现那圆圈是用炭渣画的。

哨所的战士们看到"神鸟"从天而降,兴奋,激动。

置身冰窖一般的临时哨所,我才知道什么叫荒凉,什么叫无助。

原来,巡逻队的柴油用光了。没有燃料就不能发电,电池就没法充电。电台的电量耗完之后,他们与指挥部失去联系。战士们就像当年进藏先遣连的前辈那样,在毫无外援的情况下,咬着牙铆在那片无人知晓的土地上。

救援直升机带来了柴油、焦炭、药品,还有备用电台、手持机等。飞机在哨所停留一个多小时后就返航了。我因为工作需要留了下来。

直升机在我们头顶盘旋了一圈之后飞走了,远远地消失在雪山之巅。

我的工作随机性大,每次外出采访,除了必备的采录设备,还随身携带行军背囊,说走就走,需留则留。跟战士们一起坚守雪山哨所没多大问题,只要给我一个铺位就可以。

这个临时哨所什么都缺。

缺氧就不用说了,阿里高原哪个地方的氧气都不充足。驻扎在这里的战士们首先要面对的不是敌人,而是恶劣的自然环境。克服寒冷是每个踏入此地的人要过的第一道关。

在哨所的第一个晚上,我就领教了什么叫冻彻心肺。

临睡前,战士们提醒我,早点睡,不要熬夜,而且要穿得厚实一点,否则无法入眠。取暖的煤炭来之不易,帐篷里的火炉只烧半个晚上,后半夜就要熄灭。必须在炉火熄灭之前睡着,这个夜晚才可能安然度过。若是炉火熄灭后还没有入睡,再想入睡就难了。战士们不怕白天巡逻辛苦,就怕晚上睡觉难熬。若是轮到半夜站哨,那更是痛苦。夜里醒来一次,就再也睡不着了。

薄薄的帐篷无法抵御高原的风寒。我蜷缩在被窝里一动不动,生怕动一动就会消耗能量,把仅有的一点温度放跑。我的脚是凉的,尽管穿着厚厚的袜子。头顶总感觉有风,尽管戴着厚厚的棉帽。两床被子之上还压着羊皮大衣,还是觉得冷。这种冷让人头脑清醒、睡意全无。我隐隐感到一丝凉气悄悄顺着足底向脚腕上移,慢慢地逼近小腿,在膝盖处稍做停留之后,沿着大腿钻入腹部。我不会被冻僵吧?这样的念头在脑子里一闪而过。黑暗之中,我闭着眼睛努力搜寻那股凉气在体内的运行轨迹，不知什么时候居然睡着了。

一声清脆的哨声，把我从梦中惊醒。该起床了，战士们迅速整理自己的床铺。我从帐篷的门帘缝隙向外看，天刚蒙蒙亮。

我倒了一点点热水将毛巾打湿，胡乱在脸上擦了几把，算是洗过脸。这时，我听到有人在喊："不好了，不好了，马死了。"我放下手中的毛巾，跟着几个战士跑到马厩。

说是马厩，不过是沿着山坡低洼处挖了个"地窝子"，四周用木头撑起来，顶上铺些柴草。马厩里面有二十几匹军马。在最里面靠近角落的地方，两匹马躺在地上。战士们围在那里指指点点。

起初，我以为是夜里狼来了，将马咬死的。这样的事情在边防连曾经发生过。我走过去，看到马的尸体没有什么伤痕。那是什么原因呢？同样的饲料，别的马没有事，应该不是食物的问题。两具马尸已经僵硬。

站在马厩角落里，一股冷风"嗖嗖"地往衣领里钻。那地方正好是风口，可能是为了马厩内的通气，战士们并没有把它全部封闭。正因如此，毫无保暖功能，这两匹马极有可能是被冻死的。

大家七嘴八舌，实在找不出其他理由。就在这时，有个参谋拿来温度计，说是昨天晚上放在帐篷外的，温度计已被冻裂。这温度计最低温度值是零下四十摄氏度，可见夜里的温度低于零下摄氏四十度。天呐，难怪那么冷。

军马是战士的伙伴，谁也不忍心吃马肉。等到巡逻的战士出发之后，留守的战士动手挖坑将两匹马掩埋。我没有随队去巡逻，哨所指挥员安排我先适应一下这里的环境。

早饭后，我在床铺上写东西，炊事班的战士问我愿不愿意跟他们去打柴。我开始没听懂他是什么意思。经过解释，我才明白，哨所取暖做饭需要的煤炭供应不足，战士们要自己动手补充燃料。

这倒是一件新奇事。我带了砍刀和绳子，跟随四名战士沿河边去打柴。

哨所附近人迹罕至，植被也少得可怜，更没有牧人放牧。所谓的柴火不是什么树木，而是河道里干巴巴的毛刺。这种植物毫无生机，死气沉沉地趴在地上。全身是刺，牛羊不吃它，它也长不起来，除了夏天给高原增添一丝绿意，似乎没有什么用处。如今，它成了战士们刀下的好柴火。

原以为砍柴是件很简单的事情，可真正做起来并不顺手。

毛刺毛刺，浑身是刺，根扎得很深，个头与人比肩，砍刀又不够长，要砍下一棵毛刺还真要费些功夫。仅仅砍下来还不行，还要把它打成捆才好拖回去。我试了几次想把砍下的毛刺整好都没能得手。还是战士们有办法，他们把砍下的毛刺堆起来，站上去用脚踩扁，在中间夹上几根木棒，像卷草帘一样再把毛刺卷起来。然后用绳子捆好，再插入自制的扁担，一捆柴就可以搬回哨所了。战士说，别看这毛刺棘手，可是烧起来，火还是挺旺的。

四名战士，两人一组，抬着"战利品"返回哨所。我把大家的砍刀归拢起来背着，跟在他们身后。

在高原不带什么东西徒手行进，如同在平原负重20公斤。打柴的战士，哪一个身上不扛个二三十公斤重量？我没有扛柴火，只背了几把砍刀，走了一会儿就累得气喘吁吁。战士们依然大步流星。

打柴烧火，挖地为床，几天不洗脸、不刮胡子、不换衣服，似乎是不可思议的事情。然而，它确确实实就发生在阿里的边防战士身上，时间并不是遥远的过去。

有了柴火，可以多烧热水，晚上泡泡脚那是莫大的享受。如果能灌个热水袋放在被窝里暖身子，那就更好了。可惜，我的这些美梦一个都没实现。睡觉，在高原实在是一件痛苦的事，也是顶顶重要的事情，如同吃饭一样，有时甚至比吃饭还重要。

说到吃的，自然就要提到水。为了选择适合安营扎寨的地方，战士们也是费了心思。最终确定的这个方案可以说是逐水草而居，依山势隐蔽，生活用水就近取来很方便。没有人知道这条河的水质如何，含什么矿物质，是否适合人畜饮用，因为人们管不了那么多，能有水喝就不错了。

我在哨所的那段时间，河水已经结冰。听说前些日子，冰不厚，可以破冰取水。冰层随着气温降低而加厚，破冰取水难度大，就只能铲雪化水，或者凿冰化水。

这里最缺的还是人。方圆几十公里，只有这么十几个人，除了巡逻站哨、执勤训练，其余大部分时间战士们都是在哨所附近活动。想看电视没有电，想打手机没有信号。想看书，本来就没带多少，加之人在高原缺氧条件下，看一会儿书就会头疼。有时，哨所会开动发电机，让大家看一部电影光盘。不过发电机要喝柴油，战士们珍惜燃料，只能把自己的欲念一降再降。

这里不仅仅是冷，极大的昼夜温差让人很不舒服。战士们白天要执勤巡逻，晚上要站哨潜伏，他们总是想方设法把现有的能穿的衣服都穿上。可是，穿的衣服太厚，行动就不方便，要携带武器参加战斗行动，怎么可能像"猫冬"的牧民那样皮袄、棉衣、长袍都往身上裹呢？何况穿得太厚行动起来又容易出汗，打湿了的内衣，冰凉冰凉的，更难受。

高海拔地区离太阳近，紫外线强烈刺激着人体的裸露部分。只要来到这荒原，不需要一个星期，脸庞黝黑不用说，嘴唇还发紫。战士们说，再过一段时间，可能口舌生疮，指甲凹陷。造成这种结果不只是缺氧问题，还是因为吃不上蔬菜，导致维生素缺乏。

看着战士们可怜的模样，我想，如果他们的父母知道自己的孩子吃这样的苦，心里会有多难受。

然而，不论有什么困难，不管身体受到什么样的摧残，战士们心里清楚，只要他们牢牢地"铆"在那里，他们脚下的土地就属于中国。

在这块土地上，他们有时是伙夫，有时是马夫，有时是樵夫。不管是什么"夫"，他们都有一个名字——战士。

► **阿里的梦**

梦可以不在远方

边巴是个很能干的军事参谋,单位里许多工作只要他上手,我就可以放心。

他是土生土长的阿里人。因家境较好,边巴从小受到良好的教育。中学在拉萨读书,大学进入西藏民族学院求学。大学毕业,他没有选择去别的地方,而是报名参军,回到了阿里高原这个生他养他的地方。在边防部队经受了几年磨炼,一步一个脚印成长为一名参谋。边巴爱学习,人文地理知识丰富,军事业务娴熟,汉语、藏语都说得很好,而且为人坦诚,心胸开阔。

有一年夏天,边境地区出现新情况,需要处理的边防事务很繁杂。边巴找我请假,说是有事想回拉萨几天。我知道,如果不是十分要紧的事,在这个节骨眼上,他是不会请假的。我虽然没有具体细问,边巴还是主动说明了情况。他的儿子小学毕业,准备报考内地西藏中学,这是他们全家的心愿，更是一个家族的希望。他想回拉萨帮助孩子处理此事。

孩子的事当然是大事，应该去处理好。只是我不明白，边巴为什么非要把一个12岁的孩子送到遥远的内地去读书。边巴说，这都是没有办法的选择，别人家的孩子都是这样走过来的，去了内地，孩子能接受更好的教育，增长见识，将来才会有出息。

边巴的父母从阿里退休后，住在拉萨养老。边巴的儿子从幼儿园到小学一直在拉萨读书。边巴和妻子只有在休假的时候才能回拉萨陪伴孩子。两口子一起回拉萨休假多好啊，可他们夫妻从来都不同时休假。他们那样做是为了让孩子的身边尽可能有父母陪伴，哪怕只有一个，毕竟时间可以久些。真是可怜天下父母心。

这些年，我经常看到、听到一些留守儿童的故事。像边巴这样的情况，是另外一种逆向留守儿童。孩子生活在条件相对好的大城市，父母奉献在偏远的穷山沟。

边巴休假后，他的工作暂时由参谋平措接替。平措也是一位有故事的人。他是学医出身，后来改行做情报工作，成天混迹于各色人等之中，外界没有几个人知道他的真实身份。

我与平措聊起孩子上学的事。他非常赞同边巴的做法。他说孩子受点苦没有什么，如果有能力在内地读中学、大学，毕业后留在内地更好，没有必要回西藏。我说，如果大家都是这种心态，那么改变西藏落后面貌靠谁呢？靠援藏干部吗？在平措看来，西藏的发展当然主要依靠当地的干部群众。不是每一个走出去的孩子都能留在内地，大部分还是要回西藏。

平措还透露了他的一个打算。他想退休之后去成都生活,他对那里的气候环境赞不绝口,已经在那里买了房子。人往高处走,水往低处流。而在西藏,人都像水一样,往海拔低的地方去,那样可以吸取更多的氧气。这是一种潜意识的导向,还是自然选择的结果呢?是不是生活在阿里的人都有这样的想法呢?他们所要寻找的梦想一定是在远方吗?

有一天,平措来找我,请我帮助他劝说一位亲戚同意儿子外出打工。我和平措来到亲戚家。那户人家有三个儿子,大儿子在政府部门工作,二儿子在拉萨读大学,小儿子初中毕业就在家里。拉萨有家企业来普兰县招工,小儿子报了名。可是他的父母不同意。父母觉得小儿子再外出打工,自己的家业就没人守了。他们一定要在身边留一个儿子。不管儿子干什么或者不干什么,只要留在家里就好。家里的经济条件足以养活他过上不错的日子。

我问他们:"难道不想让儿子找一份工作,过上体面的生活?"孩子的父亲说:"有工作就一定好吗?打工的工资未必比他在家里收入高。家里有一群羊、十头牦牛,资产也是相当可观。娶媳妇根本不用愁,只要家业充实,城镇、牧区的姑娘可以随便挑。"

我说:"孩子走出去可以开阔眼界,增长见识,一辈子守在这偏僻的地方有什么出息?"孩子的父亲说:"出去见识一下又能怎么样?外面的世界再怎么精彩,与他们又有多大关系呢?"

曾经做了多年思想工作的我,还真的无法说服他们。在这位父亲看来，把家里羊群发展壮大，把房子修得漂亮一些，到时再抱几个孙子，生活就很满足了。

我明白了，他们的梦想很现实，不虚妄。要帮助一个人，最好是在他需要的时候，而且要选择他能够接受的方式。

我的身边有很多的藏族朋友，他们自己曾在内地上学，后来都回到西藏工作，有的甚至放弃优厚的条件回归阿里。我的朋友塔青，当年南京政治学院让他留校，他说舍不得父母，打起背包就回来了。后来又有机会去军区文工团，他还是放弃了。他自己常说，贪恋小家，舍不得妻子、儿子。我想，他放不下的正是这块生他养他的土地。

军分区的一位领导，上级要给他晋升职务，调他到更高一级的机关任职。他不愿意去，宁可不升职也要留在阿里。他放不下的，难道是这恶劣的环境吗？不。唯一可以解释的原因是，他的梦就在阿里，而不在远方。

回过头来再想想边巴和平措。当初父母送他们去内地上学，也希望他们出人头地，功成名就。可是他们一个个都回到西藏，回到阿里。如今他们的孩子又去了内地。谁又能肯定，他们为孩子选择的路，给孩子创造的机会，一定能保证孩子会留在内地。

我相信，有志于西藏发展事业的人，必将选择回到西藏。实现梦想有很多的途径，改变自己命运也有很多种方式，而要让自己挚爱的土地充满活力、焕发生机，就必须实实在在地站在那块土地上。

寻梦的人，似乎都要走向远方。有人实现了自己的梦想，却迷失了回家的方向，漂来漂去，远方成了故乡，故乡成了远方。有人打碎了梦想，捡起了希望，回头是岸，脚踏实地，本土既是燃烧激情的热土，也是成就事业的沃土。

尽管我也曾到远方去寻找梦想，可我还是认为，梦可以不在远方。

失落的莲子

"我是你五百年前失落的莲子／每一年为你花开一次／多少人赞美过莲的矜持／谁能看懂莲的心事……"

位于阿里地区札达县境内的古格王国遗址，犹如一颗西藏文化母体上失落的莲子。数百年来无声地诉说着灿烂文明消逝的悲伤，无奈地撩拨着一批批执迷的探究者的心弦。

那是一个冬日的早晨，天还没有亮，札达县城一片宁静。昏暗的路灯守护了漫长的寒夜，似乎有些倦怠，显得没精打采，巴不得太阳出来它们好熄火休息。我早早起来，开车向古格王国遗址奔去，为的是赶在太阳出来之前到达预定位置。在第一缕阳光射向古格王宫时，按下快门，记录下美丽而迷幻的古格晨曦。

我的车到达山脚下时，那里已经停着好几辆车。比我更敬业的"好摄之徒"大有人在，他们早就占据了有利地形，"长枪短炮"一应俱全。我没想到冬天也会有这么多"执迷不悟"者。他们是想探寻古格王国覆灭的因由，还是想破解古格文明失落的密码？

在阿里工作多年，我对藏文化产生了浓厚的兴趣。但我清楚，凭自己浅薄的功底，不可能找到古格王国失落的密码。我只想拍几张照片，不是为了炫耀，而是为了记忆和思考。

破晓了，金色的光芒如期而至。在车里躲着的、在帐篷里猫着的、挤在一起抽烟闲聊的，一时间都跑了出来，迅速进入预设阵地，快门"咔嚓咔嚓"响起。雄伟的古格王城定格在一个个镜头里。短短几分钟后，太阳完全露出了笑脸，景象大异。金光灿灿的王城失去了光芒，变得土气，玄幻朦胧之感也渐渐隐退，世界变得清晰明了。晨光留给人们的时间太短了。

据说古格文明是在瞬间蒸发的。当年到底发生了什么？

我的眼睛紧贴在相机的取景窗前，试图再搜寻一些令人兴奋的画面。不知不觉中，我的视线开始变得模糊，眼前晃动的是什么呢？远处金色的大门好像缓缓地打开……

那是三百多年前的一个早晨，太阳照常升起，古格王城最高处的坛城殿经幡，刺破苍穹露出峥嵘。年迈的国王扎西查巴德睁开迷糊的睡眼，拖着病体从床上爬起来。服侍他的宫女不知跑到何处，厚厚的窗帘只有一条缝，射进来刺眼的光。

也许是因为战事连连失利，他过分操劳，所以起了个大晚。没有人叫他醒来，宫内寂静得令人心慌。老国王拉开窗帘，阳光一下子扑了进来。

他连喊了几声，没有人答应，也看不到侍卫。奇怪，难道是拉达克的重兵都撤了？难道是忤逆的王弟忏悔了？难道古格王国的大难解除了？他疑惑不解，这到底是真是梦？他清了清嗓子，提高声音喊道：

"来人……"苍老的声音在深宫里传出去很远,还带着回声。过了一会儿,他听到一阵急促的脚步声从身后传来。

王后带着几个宫女急匆匆走近。国王有些生气,却没有发作。王后说:"王弟早早求见,欲请国王向拉达克军队投降,以保古格数万子民免遭涂炭。"国王先是大怒,但很快就平静下来。他问王后:"王弟现在何处?"王后一回头。国王顺着她的目光看去,但见身着红色僧袍的王弟已站在门口。

国王扎西查巴德看了一眼面带奸笑的王弟,他一切都明白了,然而一切都晚了。这位王弟身为出家人,权欲极强,借助佛教在卫藏的强势地位巩固自己的势力范围,妄图与国王争锋。眼看阴谋难以得逞,他竟然吃里爬外、认贼作父,勾结敌国入侵。如果没有这位王弟做内应,几年前刚刚战败的拉达克怎敢发兵古格,又怎么能长驱直入包围王城。

此刻,老国王很是懊恼。以前不该对王弟心慈手软,以致养痈成患。他很是后悔,不该在最需要支持的时候让安多德神甫离开王城。如今身边的大臣们都躲起来不愿朝见。将士的抵抗意志也开始动摇,死守了一个多月的王城岌岌可危。尽管拉达克军队也快撑不下去了,但是王弟的出现,说明敌人对于王城内部的情况了如指掌。既然如此,扎西查巴德国王所能做的,就只有投降了。为了保全子民,也是为了数代先王苦心经营七百多年的古格王城。

扎西查巴德请求王弟出面,与拉达克国王森格朗吉谈判,愿投降纳贡。拉达克国王要求扎西查巴德亲自出城交出降书。国王无奈,只好穿戴整齐出城请降。不料旋即被捕,连同后宫亲属数百余人,全部沦为囚徒。坚不可摧的城池不是被敌人攻破的,而是从内部瓦解的。

拉达克王将扎西查巴德等人押往列城。数百里行程,老国王病体难支,无限惆怅,想想偌大的王国毁在自己的手里,真是愧对先祖列宗,难容后世子孙。想当年,先祖吉德尼玛衮身为吐蕃王室后裔,在吐蕃王朝土崩瓦解之际逃到阿里,得到阿里王的支持,在这里建立起强大的王国。北抵昆仑山,南接印度,西邻克什米尔,东至冈底斯山麓。晚年,吉德尼玛衮将所属领地分封给三个儿子,长子贝吉衮占据芒域,后来发展成为拉达克王国。次子扎西衮占据扎布让,后被并入古格。幼子德祖衮占据象雄,即古格王国,这位最年幼的王子,成为古格王国的开国元首。拉达克与古格是同宗同祖,但在数百年的发展历程中兄弟反目,战事连绵。即便战争频频,古格王国作为阿里的宗主地位一直无人撼动,保持了七百年的强盛。

古格的先王们吸取吐蕃王朝因灭佛导致人亡政息的教训,在古格境内大兴佛教。特别是十一世纪初的益西沃国王,派出留学生前往克什米尔学佛,又亲自迎请大尊者阿底峡来古格弘扬佛法,还拨付大量钱财修建了著名的托林寺。

此后,古格王国的事业不断发展。寺庙如林遍布阿里三围,贵族僧侣集团日益庞大,到十三、十四世纪,出现了经济、佛教和文化艺术发展的繁荣昌盛时期。十六世纪进入鼎盛,人民安居乐业,王城商贾云集。当时,王城附近居住着近十万人。象泉河谷地的小麦青稞连年丰收,山区野地里牛羊成群。

扎西查巴德国王做梦也没有想到，大好河山一去不复返，固若金汤的城池在他的手里丢掉了。他企图用基督对抗佛陀达到巩固政权之目的，一招不慎，功亏一篑。可是，如果国王不采取行动，恐怕这个王国早就被搞垮了。僧侣集团打着佛教的幌子，不断强化自己的利益和地位以对抗王权，这是任何一个政权都不能允许的。正在扎西查巴德国王一筹莫展时，来自印度果阿地区的基督教神父安多德一席话点化了他，老国王扎西查巴德推行基督教，以此限制佛教势力坐大。然而，功未成，身先败。

拉达克的军队和老国王的身影在镜头里渐渐消失了。我回过神来，将相机角架拆除。光线太强，已经不适合拍摄。我站在山脚下抬眼望去，两条河谷之间突兀着数百米高的城堡。黄土久经风蚀，显示出十足的沧桑。残垣断壁之中，几幢红白建筑格外醒目。王宫建在地势险峻的山冈之巅，洞穴、佛塔、房舍、碉楼、庙宇、王宫自下而上，依山迭砌，直逼长空，气势恢宏。山顶的红墙在朝阳的直射下越发鲜亮，大大小小的洞穴，鳞次栉比的屋舍，还有若隐若现的小道，都在给这古老的王城增加着神秘的色彩。

我沿着一条窄窄的山路缓步而上。曾经的雄伟壮阔在经历了数百年的风化之后，如今已破败不堪，说它代表古格文化的辉煌似乎不大令人信服。

走进一座白墙围起的殿堂，最先映入眼帘的是回廊里的四大天王塑像。这些塑像保存完整，形象逼真，一个个目露凶光。对付邪恶，还得用狠角色，不能太仁慈。恶魔在佛陀的教化下回心转意，就成了护法神，就如这四大天王。《西游记》里的黑熊精，被菩萨收了去，就作了护院大神。殿内有二十多尊泥塑佛像，大多已成"残疾"，偶尔可见几个面相或者身肢完好的，足以显示出当年的雍容华贵、婀娜多姿。

殿内的壁画尤其引人入胜。东侧的壁画描绘的是吐蕃王朝和古格王朝的谱系历史。从第一代吐蕃王聂松赞普的画像一直到最后一代，也就是第42代赞普朗达玛。古格王朝的世系图，从吉德尼玛衮一直到扎西查巴德。壁画反映出古格王朝与吐蕃王朝是一脉传承。虽然古格王国统治的地域比吐蕃王国小得多，但毕竟还是王室血脉。

大殿西侧的壁画内容丰富，场面宏大，生动地再现了古格王国的繁华。画面中有敲锣打鼓、鸣号起舞的仪仗队伍，有驮运贡物的牛马，王公贵族、后妃宫女、僧侣商贾与百姓载歌载舞。一群女子的舞姿吸引了我的眼球。十几个姑娘长裙袭地，头戴黑色的屋形帽，帽檐有串珠垂下，正好遮住了上半边脸。她们排成一列，手臂交错挽起，步调整齐划一。

殿堂南侧的壁画讲述了古格王益西沃，迎请印度佛教大师阿底峡的故事。国王、王后以及大臣坐在百姓中间，与民同乐，几乎不分彼此。街巷中的杂耍艺人各显其能，一根木桩竖在中间，四根斜杆撑在周围。有个身形矮小的人爬在木桩顶上，另一个人双臂张开骑在斜杆上往下滑。附近有两个小丑，一个赤膊上阵，挺着大肚子，肚皮上站着一只羊，另一个小丑背上顶着华盖在旋转。小丑的旁边还有两个女子敲鼓助兴。不远处，一人倒骑在马背上，另一人站在马背上，后面跟着四名骑手正在回头张弓射箭。

白殿的壁画让人流连忘返。从白殿出来再往前走，是一座红色围墙的殿堂，姑且叫它红殿。那里的壁画更加令人震撼。画中佛像肩宽腰细，体骼匀称，服饰简约，充满活力。面部表情和蔼可亲，浓眉大眼，嘴角上挑，似乎在微笑。尤其令人眼前发亮的是女性佛的画像。一个个丰姿卓越，蜂腰溜肩，上身短袖紧身，袒露双乳和腹部，下身长裙飘逸，玉带临风，扭动的身躯散发着和谐的韵律。

如果说白殿的壁画细腻，红殿的壁画生动，那么王城最高处坛城殿内的壁画，就只能用夸张来形容。

坛城殿壁画的上沿是骷髅衔铃的装饰图案。

主图分为三层，上层画的是天界。佛陀、菩萨、度母、天女、金刚，神色各异，其中以天女造型最为精湛。这些天女全身裸露，体型修长，丰乳肥臀，腰肢婀娜。她们头戴花冠，颈饰璎珞，四只手分别拿着法铃、金刚杵、华盖和海螺。她们神情多变，各不相同。

壁画中层画的是人间世相，既有信徒礼佛图、佛陀讲法图，又有高僧、译师、修行者的人物群像。画面中的高僧、尊者大都裸露上身，穿着短裤，每位都有莲花座和头光。人间世相图中，还有耕地、纺纱、修行的生活场景，反映出家人的修行生活，同时也展现世俗生活的场景。

壁画的下层是地狱变相图，看着令人毛骨悚然。躺着的骷髅、被吊的罪人、残腿断臂者，尸横遍野，鹰食死尸，兽吞人肉，火烤罪人，剥皮割鼻，拔舌挑筋，地狱的恐怖惨状——呈现。

最下方的图边装饰不是骷髅而是妩媚优雅、仪态万方的裸体美女。

在照相机没有发明的时代，绘画是形象记录的最好方式。札达当地气候干燥，壁画保存相对完好，西藏特有的原石颜料，也给了壁画久历时光的底气。可以看出，古格壁画风格独特、气度非凡，全面反映了当时社会生活的各个层面。古格王城的壁画虽然不如敦煌莫高窟壁画那样内容丰富、历史久远，但也可以看出古格王国受多元文化影响而产生的特有的艺术风格。

除了壁画，我还想了解的是王城内的暗道和取水线路。然而令人失望，我所看到的暗道仅有短短几十米，不知是因为我没有找对地方，还是王城遗址开发成景区以后，管理方出于安全或者保护目的，只开放了这一小段。取水问题是怎么解决的？没有找到答案，大概是靠人背畜驮吧。据说有一条暗道专门从河里取水，可惜我未能找到。

古格王城遗址，带给人最直接的感受是神秘。人们之所以对古格王城如此在意，是因为那个文化符号消亡得太过迅速，如同一道闪电，瞬间就从眼前消失。或许是人们想多了，古格王城本来就没有多少秘密。一个王朝覆灭了，王城周边的环境恶化，大量人口主动或者被动迁徙，最后就只剩下残破的城堡。至于非要说，十万人一夜之间消失殆尽，或许只是一个噱头。那么多人难道会从人间蒸发？

与其追究古格王国覆灭的轨迹，不如静下心来回味古格文化的壮美。古格王朝原本就是西藏文化母体上一颗失落百年的莲子。

> 只为你转身的一个凝视
>
> 我就为你祈盼一辈子
>
> 只为你无心的一句承诺
>
> 我就成了你的影子

文明的泉眼

西藏阿里,一个遥远的地方。冷峻的高原,惊艳的雪峰,普通人终其一生或许也不会涉足那里。

我像一叶孤舟,在生命之海漂泊,无意中被风吹到孤岛阿里,就此落锚上岸。驻足这陌生的净土,静心体味着世外凡尘的清幽。这是生命的体验,也是人生的财富。

置身藏北高原,我时常在想,可不可以用自己单薄的身躯,温暖脚下一小块土地,融化身边一点点冰雪,好让自己的心在这里生根发芽。

一本本关于阿里人文地理的书籍摆在案头,一句句简单的藏语开始学起。我慢慢地对这片土地产生了感情。从起初的焦躁不安,到后来的心平气和;从后悔自己的冲动,到庆幸自己的勇敢。我爱上了阿里的山山水水、一草一木,还有一个个和蔼可亲的朋友。

阿里高原没有想象的那么可怕。它是地球最大的陆地之腹心,它是众多大山大河聚集发源之地,理应成为文明的交汇之处。然而,这个焦点常常被人忽视,甚至漠视。

强权铁血总是像明亮的灯塔吸引着人们的眼球,殊不知佛前微弱的烛光虽然暗淡,却也深蕴光明的真理。人们把太多的注意力放在欣赏自身的伟大和羡慕强者的金元,却很少留意身边寂寞的文明。在古希腊哲思和中原先秦诸子引领时代之际,阿里高原同样盛开过朝气蓬勃的文明之花。

崛起于阿里高原的象雄王国,最早见于汉家史册,虽只言片语,却也勾勒出高原文明的影子。象雄王国历史悠久,疆域辽阔,兵强马壮,以苯教为国教,雄居青藏高原西部数百年,直到公元七世纪松赞干布发兵灭国,它才从人们的记忆和历史的叙述中淡出。不过,吐蕃的强势统治并不足以消解象雄文明。"因为任何文明的底层,都与地理环境、气候生态、千古风习有关,伟大如尧舜禹也未必更易得了。"

象雄王朝时期,阿里高原保持着较为优良的自然生态环境。据《西藏王臣记》载:"上部阿里是大象与野兽区,现在森林已消失,大象在阿里已无迹可寻。"我记得在普兰县科迦寺看到过很多猛兽的标本,有老虎、豹子,还有巨蟒。可以想象,象雄王国地处喜马拉雅山脉和冈底斯山脉形成的走廊地带,又有狮泉河、象泉河、马泉河、孔雀河等河流润泽,气候、植被应该不会差到哪里。即使是到了象雄王朝后期,松赞干布的胞妹萨玛噶嫁给象雄王的时候,还唱着"我们的饮食是鱼和麦子,吃也吃不完"。我想,那所谓的麦子应该是青稞吧。

从春秋战国到秦汉时期,象雄王朝能雄踞一方,称霸高原,自然有它的生存之道。当时的象雄王国兵力有十万之众，可以推测它的人口应该有数十万或者近百万。

由此可见，象雄王朝统治阿里高原时期，那里的农牧渔业都比较发达，尽管高原地区气候特殊，但远比现在的生态要好得多。否则也不可能有"鱼和麦子"吃，更不可能养活那么多人。象雄王国曾经拥有的辉煌灿烂并不比其他文明逊色，只是，只是由于自然的原因，它被世俗抛弃，被历史尘封，令人惋惜。有人说是频繁的战争导致人口流失，文化损毁。可是，中原大地经历的战争还少吗？为什么文明依旧延续？我更相信是环境气候发生了巨大变化，导致象雄文明的衰落。

如今的阿里高原，远离都市，人口仅有区区十万。象雄文明在我的脑海中更多的是一种想象。神秘的象雄王国，是不是也曾有丰富多彩的思想结晶？是不是也涌现过诸子百家？是不是也有雅典卫城、咸阳皇宫那样的气魄？是不是也产生过无数能工巨匠。想象是丰富的，又是虚幻的，我说不出所以然，也无法用什么来比对和衡量。我是一个感性的人，不善于通过理性的分析来判断是非、推论真伪，但我能肯定，有些东西感觉比实证更为可靠。

当我的思绪沉浸在象雄文明的神秘幻海中时，老同学方振东打来电话，说他要来阿里考古，一下子让我看到了实证象雄文明的可能。

方振东是我的高中同学，起初我俩在一个班，后来文理分科，他学文科，我学理科。报考大学时，我的理想是学地质，结果未能如愿。他却心满意足考上武汉大学历史系，后来又进入社科院读研究生，专学考古。多年磨砺，如今的方振东在考古界小有名气。这次，他是跟随社科院考古所与西藏文物所联合考古队来阿里，对噶尔县古如江寺古墓群进行发掘，并考察卡尔东城遗址。

在一个周末的下午，我驱车前往考古队驻地曲龙村，去看望这位老同学。我找到考古队营地时，方振东他们还在发掘现场没回来。

天快黑了，几辆车呼啸而来。考古队员都戴着帽子、围着围巾，大大的墨镜遮住了半张脸，我无法辨认出哪个是方振东，只好站在那里看着他们。

方振东发现了我，摘下眼镜跑过来和我拥抱。他还是像以前那样奔放。我拍着他的肩膀说："你这双手不知抱过什么东西，又来抱我。"他笑着说，白天抱干尸，晚上回家照样抱老婆。他的性格一点没变，总是那样油腔滑调。

晚饭后，我们围着炉子喝着酥油茶，闲话陈年旧事。问事业，聊家庭，谈理想，论未来，最后的话题落到考古工作上。我很想知道，他为什么忽然对西藏考古产生了兴趣。

他说，其实开始不想来，担心这里环境恶劣，海拔又高，身体吃不消，可是在考古所里，相对于老的少的，他是最适合的人选。只好服从组织决定，硬着头皮来到阿里。没想到，工作展开以后，他的探索欲被激发出来，他庆幸自己来对了。也许这次考古可以让他的事业更上一层楼。这些年，西藏考古的空白点很多，历史断代都成问题，尤其是阿里地区，本来是考古的富矿，却很少有人涉足。这次的机会对他来说千载难逢。

也是机缘巧合。不久前，苯教寺院古如江寺修复施工，发现了一群古墓，出土了一批青铜器、金面具之类的文物，引起考古界的关注，距古如江寺不远的卡尔东城遗址，自然就进入考古界的视野。

方振东告诉我，从已有资料看，卡尔东城遗址可能是西藏地区发现的最早的古城，也是保存较为完好、文化堆积最为丰富的城址之一。民间传说，卡尔东城是古代象雄王国的都城"穹窿银城"，一直缺乏实证。

我不失时机地抛出问题。以阿里高原的地理位置和自然条件，两千多年前怎么可能建立起一个高度文明的社会呢？

方振东说，象雄文明是确实存在的，古墓群出土的文物就是佐证。象雄王朝的繁荣恰恰得益于这种特殊的地理环境和文化的开明。象雄王国西接中亚，北通丝绸之路，南抵尼泊尔和印度，其文化在很大程度上吸纳了中亚、南亚等地的文化。象雄文明的发迹根本原因是它的开放性。今天看来十分封闭的阿里高原，在古代却是文明的汇集之处。正因如此，象雄文明才成为青藏高原早期的文明中心。

我不完全赞同他的观点。在科技发达的今天，阿里尚且交通不便，沟通艰难，何以在千百年前那样落后的条件下，它能成为文明交汇之处？

方振东说，看似不合常理，其实符合逻辑。在遥远的古代，信息和物资的交流主要靠人力、畜力，平原和高原的差别并不大。只要地位足够重要，信息四通八达并不是难事。如今科技高速发展，反倒让平原地区与高原地区拉开了差距。今天看来交通闭塞的地方，或许古时候正是商旅汇集之所。

有人说，西藏文化主要体现在藏传佛教，而佛教是从印度传来的，所以西藏文化传承了印度文化的根脉。

方振东对此不以为然。他说，佛教的传入虽然对藏族文化产生了重要影响，但是藏族文化的源头不是佛教，而是苯教。藏区很多习俗都是源于苯教，或者说是佛教化的苯教。佛教传入之前，青藏高原是苯教的天下。以冈底斯山为中心区域的苯教文化向四周传播，影响到尼泊尔和印度。佛教诞生前，苯教传入印度，对婆罗门教产生较大影响，在此基础上才诞生了佛教。数百年后，佛教传入西藏，实际上是文明的回归。佛教之所以能深入西藏民众的心底，或许不仅仅因为它的教义高明，还是因为它本来就发源于青藏高原。

方振东来阿里的时间不长，竟然对西藏文化、象雄文明有如此高深之见解，令人佩服。

他说，因为站在了阿里高原，才对藏文化有了更深刻的认识。

月已西下，不觉已是凌晨。我们俩喝了两壶酥油茶，一点都不觉得困。尽管意犹未尽，但是为了明天的工作，我还是要求他赶快睡觉。

次日，我离开考古队驻地回到狮泉河镇，继续我那平凡的工作。方振东依旧用他的热情拥抱着伟大的象雄文明。

后来有几次，我打电话给他，均无法接通。不知他是否已经离开卡尔东，或者是去了别的地方。应该不会是回北京了，如果那样的话，手机就可以接通。而我打他的手机，始终无法接通。我想再去看看老同学，也想知道他是否有新发现。于是，我又一次去了曲龙村。村民告诉我,考古队早已经离开。至于他们回北京还是拉萨,或者是去别的地方继续考古不得而知。

由于工作原因,我曾多次与卡尔东城遗址擦肩而过,没有仔细考察过,只是远远地望一望它的雄姿。卡尔东城也叫"穹窿银城",藏语称"穹窿威卡尔"。"穹"是大鹏鸟之意,"窿"是"地方",穹窿也就是大鹏鸟居住的地方。"威",是银子的意思,可以理解为银色,"卡尔"是城堡之意,"穹窿威卡尔"即"像大鹏一样的银色城堡"。

《敦煌吐蕃历史文书》记载,吐蕃公主萨玛噶嫁给象雄国王之后,吐蕃曾遣使去看望萨玛噶,萨玛噶在歌中描述了穹隆银城的景象:"我所嫁之地呀,是穹隆堡寨,从外观看是险峻山崖,苍白又崎岖,从里边看是黄金与宝石。"

如今,我站在山下向城堡望去,依旧是高崖险峻,苍白而又奇雄。我决定爬上山头,近距离探个究竟。

半山腰有不少破败的房屋、洞穴,羊角、牛骨和石臼随处可见。苯教有杀牲祭祀的传统,这些牛羊骨头或许可以说明一些问题。越靠近山顶,越感受到城堡的气势非凡。如此宏伟的建筑群落,到底是怎么建成的,要耗费多少人力物力?如果象雄王国是一个穷邦弱国,怎么可能建起如此大气的城堡?

站在城堡面前,我似乎听到了繁华市井的喧嚣,似乎感觉到车水马龙的景象。我摇摇头,眨眨眼,让自己清醒一下。定睛观瞧,还是一座座废墟。城堡内的建筑杂乱无章,似乎又错落有致。有些地方像是广场,有些地方像是祭台。残缺的佛塔、佛像已分辨不出是佛教风格还是苯教圣迹。在山的顶部,刀削般矗立着一排城墙。虽是破败的断壁,但不失壮观,如此鬼斧神工,想必一定是王宫之所在。

在海拔四千多米的高原地区爬山,的确不是好玩的。当我气喘吁吁登顶的时候,便不再怀疑这就是伟大的象雄王城。我不是考古工作者,没有翔实的考证,只凭自己的直觉。

站在山头向南望去,开阔的河谷,缓缓西向的象泉河,诉说着千年沧桑。城堡北侧是连绵不断的山梁,东边的远处是高耸入云的神山冈仁波齐。这里既是承接天地精华的风水宝地,也是易守难攻的绝好城池。

置身于斯,心头的激动无法掩饰,更不可抑制。历史真是难以捉摸,伟大与渺小,强势与柔弱,到底哪一方更禁得起岁月的风蚀?万里长城今犹在,不见当年秦始皇。曾经雄霸一方的象雄王国何其威武,如今人去城空,它的辉煌几乎被历史遗忘。

岁月如歌,歌颂的多是繁华锦绣。岁月如泣,倾诉的多是离愁别恨。岁月如血,染红了天地又被埋进尘土。

象雄文明是西藏文化的精神魂魄,是阿里高原的优秀基因,是青藏高原文明的泉眼。象雄王国灭了,但文化不灭,它会以这样那样的方式生存下去。我相信象雄文明的遗传密码依然存在于阿里高原。虽然不为人知、不为人解,但它不会消失得无影无踪,只要去探寻,终究会有一个结果。

然而,真正找到了那把钥匙,又有什么用呢?即使破解了象雄文明的密码,也不能还原象雄文明的伟大。历史真相对于现代人意义何在?也许有人以为,考证可坐实历史,历史可以古为今用,以史为鉴。

然而，人类是健忘的，千百年的历史一直在反复重演。人类最深刻的教训就是从来不吸取教训。同样的罪恶行径过几百年又会粉饰登场，有的连形式和手法都如出一辙，所谓太阳底下并无新鲜之事。如此这般，研究历史岂不是没有必要？这样想，似乎又陷入了历史虚无主义的泥坑。那么，到底应该怎么对待历史，怎么认识古老的象雄文明？真是应该静下心来，好好思考。

几个月后的一天，我正在办公室看书，方振东闯了进来。我几乎认不出他是汉族人还是藏族人，问道："这几个月跑哪里去了？怎么像变了一个人似的？"他带着几分神秘的口气说："我去寻宝了。"

他所谓的寻宝是深入民间，搜寻有关象雄文明的文字史料。考古发掘告一段落之后，考古队撤走了。方振东却留了下来，相关部门为他配备了一个司机兼翻译，还有一辆车。他就这样游走于阿里西部四县的角角落落，仔细搜集民间传说。他相信古老的象雄文明一定有零散的手抄文本流传乡野。

了解西藏的人都知道，有学识的藏族人都有抄经的习惯，既是宗教信仰，也是文化传承。佛教既是如此，那么苯教信众自然也有这种做法。《神山圣湖志》《象雄十八王记》就是这类手抄本。正是抱着这个信念，方振东走村串户去搜集资料。

我问他收获如何，他摇摇头，说是收获不大。其实，可以理解。类似的工作，政府相关部门肯定早就做过多次，仅靠他一个人单枪匹马，能有多大效果？不过方振东并没有灰心，他确信可以找到更为精准的象雄密码。我为他的执迷赞叹，但劝他不要抱太大的希望。

方振东说，来到阿里就像中了邪一样，一下子沉迷到古老文明中执迷不悟，理性甚至不再左右人的行为。

他的这种感觉我也曾有过。每当我在阿里工作一段时间，回到内地休假时，朋友都会问我是不是醉氧，他们以为我从氧气稀薄的高原回到氧气充足的平原，肯定会有迷糊的症状。我倒不曾有那样的感觉，可是被他们一说，似乎也真的有点醉了。回到平原闹市，常常不习惯都市的喧闹，不习惯那里的阴霾，反应似乎迟钝了，所以朋友说我发木。

也许是吧。是藏族文化浸润了我的心，让我变得"木"而纯。我很坦然接受自己的这种木讷。在别人的嘲笑中，我更加理解了藏族文化的厚重。我想，方振东也跟我一样，是被西藏文化勾了魂。

方振东回北京了，他说他还会来阿里。那我就在这里等他吧。

"问渠哪得清如许，为有源头活水来。"西藏阿里，隐藏着太多的神奇和秘密。我相信，藏族文化的泉眼就在阿里。

心可寄托的地方

在阿里高原工作过的人，都会有这样一种感觉，离开高原一段时间，再次返回阿里的最初几天，总是身体不适。浑身乏力，精神萎靡。与第一次上高原的人没有什么两样。

这也难怪，从氧气充足的地方到了氧气不足、海平面60%的高原，没有反应才不正常。

对我而言，所谓的高原反应不是胸闷气短，头晕恶心，而是失眠。

没上高原之前睡眠挺好，困了、累了，倒头就睡，一觉到天亮，只有睡不够的时候，哪里会有失眠？根本不知失眠是个什么滋味。到了阿里，对失眠的痛苦才有了深切体会。以前听人说，睡不着觉是很难受的事，有人会因此得抑郁症。那时我觉得不可思议，怎么会睡不着呢？在阿里，能睡着觉、睡好觉，对很多人来说是一种奢望。

失眠的痛苦没有体验的人是无法理解的。从感觉上来说，困。可是躺在床上一两个小时过去，眼睛睁开，一切还是那么清晰。即使在伸手不见五指的室内，似乎还是能看见很多东西。白天无论再困也不能睡，午休时间强迫自己干点事，想把瞌睡留到晚上。天刚黑，心里就开始打鼓，今天晚上能不能睡好呢？

为了能睡着觉，需要做很多准备工作。先用热水泡脚，然后上床看书，看了很久，眼睛发酸，瞌睡虫慢慢爬上鼻子，赶快熄灯躺下。心里默默数数，希望数不清，然而已经数到七八百了，还是一个不落，还是清楚而准确。不得不爬起来，拿出白酒喝几杯。也没有什么菜，就那么干喝，感觉有点晕乎了，熄灯躺下。睡姿一变再变，总觉得哪个地方好像不自在。再次起来，靠在床头打开电视。纪录片、新闻专题、电影，直到将频道调一个轮回又一个轮回，实在找不出可看的节目才关机。再睡，还是睡不着。那就看手机吧，刷微信，看微博。到了这个时分，朋友们都已休息，还能与谁聊呢？

人其实是很孤独的。看起来朋友不少，真正需要陪伴、需要倾诉时，却不知该给谁打那个电话或者发那条短信。即使最亲近的人，即便他就在你的身边，有些心事也无法说出来，何况还离得那么远。一个人就是一个世界。

都说吸氧能帮助睡眠。我打开氧气，将吸管戴好，平躺在床上。房间里很安静，氧气瓶出口处的过滤器发出细微的吱吱声，我听得清清楚楚。它无助于睡眠，反倒干扰了睡意，索性又把氧气关了。

如此这般折腾，直到凌晨四五点钟，竟然觉得肚子饿了。下床，泡一桶方便面。吃下去，这才迷迷糊糊进入梦乡。刚睡下不久，起床号就响起。新的一天开始了，还是那样精神萎靡、食欲不佳。晚上，同样的情节又要重复。

如此状态大概会持续七八天，慢慢会恢复正常。

失眠是痛苦的。人在痛苦的时候就会思考，而且往往是自我反思。在那些失眠的日子里，我反复地问自己，放弃已有的待遇，告别舒适的环境来到阿里高原，到底为了什么？图个什么？想得到什么？能否得到？得到了吗……

天马行空般胡思乱想，不会得出任何有价值的答案。可我却不由得去瞎想。

西藏，令人神往的地方。大学毕业那年，我主动申请到西藏工作。尽管从来没有见过那蓝天白云、雪山冰河，但它的美丽却在心里时时召唤着我。在学校举办的文化艺术节上，我的一篇散文写的是想象中的西藏，竟然获得一等奖。这更加激发了我对西藏的向往。

令人遗憾的是，我的志愿没能实现，还有别的同学争着去西藏，而我则被分配到了新疆。后来才知道，是领导考虑我身体单薄，怕不能适应高原气候，所以没有同意我的请求。

我之所以想去西藏，除了向往那里的净土，还有一个理由——我想享受每年数个月的假期。我是一个不安分的人，喜欢行走在路上。长假可以让我有机会游历更多的名山大川。

这样的想法，现在看起来有些幼稚，可当初的确就是那么想的。如果非得要找一个冠冕堂皇的理由，那也可以说，一腔热血，只思报国。

十多年后，一个不期而遇的机会，我终于实现了夙愿，来到阿里高原工作。这里是西藏的西藏。

阿里是一个安静的地方。安静有助于思考。但思考不是生活的全部，冥想也不能解决所有问题。人是要吃饭睡觉的，人是受控于七情六欲的。我不知道自己的抉择是理性的寻梦，还是盲目跟着感觉走。我所追求的东西到底是什么？阿里能带给我什么？那个很简单而又饱含哲学意义的问题摆在我的面前。我是谁？我从哪里来？要到哪里去？每每想到这些问题，我就十分沮丧。我清楚，自己回答不了。

给自己的心找一个可以寄托的地方，或许这种潜意识才是我踏上阿里高原的真实原因。尽管我没有这样想过，但冥冥之中，它就是这样指引我的。

到过阿里的人，或许都有这样的疑问。生活在这片土地上的人们，为什么心灵那么宁静？恶劣的自然环境为什么没有消磨他们的意志？是什么东西让他们保持着乐观，维持着令人羡慕的幸福指数？也许与他们的信仰有关。

人来到世上，还是要做点事的，总不能白吃白喝浪费资源。如果能创造点什么、留下点什么当然更好。奋争是必需的。付出了努力，即使没有得到想要的东西，那也不留遗憾。人在哪里都可以活，怎么活都是一辈子。

生活在阿里的人们，更多的是追求精神上的富足。相对于浮躁的社会，这种追求显得难能可贵。他们只是按照自己的方式在生活，并不是为了吸引别人的眼球。

在这样的环境待得久了，我时常会产生一种想法，就是找一个地方去修行。

修行不一定要出家，也不必非得去寺庙。我所说的修行，不过是寻求自由和安静。

修行并非一定要隐居。如今这样的社会，哪里还有林泉陋室可以抚琴？哪里还有世外桃源没被开发？若是能找一个安静的地方，读书、思考、饮酒、品茗，或者约三五好友纵论古今，何尝不是修行！

阿里高原平静的生活让我的思绪杂草丛生，也帮助我认清了自己。还是走一条属于自己的路吧，别人的路怎么走与我无关。即便是子女的路，也不需要做父母的操心设计。每个人都有自己的命运，每个生命都有自己的活法。

如此想来，我似乎不是在追逐梦想，而是在寻找一个地方，一个可以寄托心灵的地方。或者说，是在寻找一种生活的方式，一种蕴含哲理，却又简单有趣的生活方式。在阿里，我似乎找到了。

阿里，缺氧但不缺信仰。

阿里，心可寄托的地方。